Ingrid-Barbarina Hoffmann

Das Kind der
hunderttausend Bücher

ERLEBTE
TRAUM-PRAXIS

novum pro

Dieses Buch ist auch als e-book erhältlich.

w w w . n o v u m v e r l a g . c o m

Bibliografische Information
der Deutschen Nationalbibliothek:

Die Deutsche Nationalbibliothek
verzeichnet diese Publikation in
der Deutschen Nationalbibliografie.
Detaillierte bibliografische Daten
sind im Internet über
http://www.d-nb.de abrufbar.

Gedruckt in der Europäischen Union
auf umweltfreundlichem, chlor- und
säurefrei gebleichtem Papier.

© 2023 novum Verlag

ISBN 978-3-99131-484-4
Lektorat: Dr. Annette Debold
Umschlagfotos: I.-B. Hoffmann,
Subbotina, Flynt | Dreamstime.com
Innenabbildungen: I.-B. Hoffmann
Umschlaggestaltung, Layout & Satz:
novum Verlag

Die von der Autorin zur Verfügung
gestellten Abbildungen wurden in der
bestmöglichen Qualität gedruckt.

www.novumverlag.com

Climate neutral
Print product
ClimatePartner.com/16547-2201-1002

Inhaltsverzeichnis

VORWORT

Medialer °Courier-Einspieler

__Paranormales__/Die Phänomen-Erklärung:

** Das Auftauchen unbewußten Wissens, Joan Windsor/Das innere Auge, Ariston 1987) ** Allgemein gängiges Wissen: „Automatisch schreiben auf Papier" (Weitverbreitet!)

Aber spontan**, so einfach am PC** …?? **Junge, Junge! –** ☺ **Wenn DAS** viele trifft?!

Liebe Leser! … DAS war dermaßen **fantastisch:** Nämlich bestimmt um **mehr** als gute 90 Prozent komfortabler als mit *Bleistift oder Naturfarbstiften am Papier. –

Phänomen-Bezug: (Sheldrake, 1999, Weltbild Verlag/ Zitat: „Unglück und Tod an fernen Orten") – (Milan Ryzl, Knaur Taschenbuch, 1990: „Nutzen Sie …" u. a. m.)

__FAZIT:__ **Unglück und Tod an fernen Orten, erzeugt im Kollektiven: Spontanes Auftreten von ASW. – (Anmerkung:** Bitte beachten Sie auch den __Traum-Einspieler__ in Punkt **4:** „Kollektiver **Notruf SHANGHAI**", 23./24. April 2022.) –

<u>Phänomen relevante Zusatz-Info:</u>

Nachweisbar registriert wurde das Phänomen „*Medialer °Courier-Einspieler*" zuletzt 2004. – Nachzulesen in der Publikation: Novellenband *„Die ein letztes Mal leben"*, **Novelle Nr. 12. – Erschienen 06/2005 im novum verlag.**

Medialer °Courier-Einspieler, 30.04.2022 –
(Namenstag: „Heilige Walpurga")

Die Charakteristik der °**Courier-<u>Einspieler-Phasen</u> kurz erklärt**

Radar-Tuchfühlung/potentiell dafür offenes Empfang-Medium: Subjekt geortet/auf Online-Radar-Frequenz kalibrieren: subjektiv spürbares, minimales „Leichtstrom-Gefühl" im Unterbauch; subjektiv: scheinbar Andocken der °Courier-Welle, auf Parameter-Region „Solarplexus" (Online-Connection erfolgreich = die minimale Soft-Trance setzt ein).

Die Soft-Trance bleibt durchgehend konstant; **jedoch nur** bis zum Punkt: wo der Radar-Courier „offline geht" = durch Trance-**Abbruch** die Verbindung **kappt.** – <u>So weit die charakteristischen Einspieler-Phasen.</u>

SACH-BEZUG: °Courier-Artikulation, 30.04.2022

Subjektiv: synchron kinetisch u. akustisch (simultan) Sprechstimme: männlich, klar, sauber, akzentfrei/ Schwingung: BARI-TON/**vollends präsent als °Courier-Onliner**, ab ca. 19:05 Uhr, wie folgt:

„... **Unsere Empfehlungen für Sie!** ... **Denn SOLCHES ist Naturgesetz:** Wer den Schwur ... seiner Berufstreue willkürlich zu umgehen sucht: Der ist sein eigener Richter. – Denn vom kollektiven Traumgewissen **äußerst streng** gewarnt, biegt er **gewollt nach links** ab ... **Er spricht** sich also **souverän** sein **URteil** selbst. – **Moment! JA, selbstverständlich (!) stünde es ihm FREI:** bevor (!) er sich ins lockende Verderben reitet: daß er sich seines Berufseides **entbinden** würde ... seinen Schwur **entmachtet, nämlich:** ... Indem er seinen **Widerruf** der **globalen Öffentlichkeit** kundmachen ließe. – Die wenigsten Erdlinge tun es, sie nehmen lieber ihre Konsequenz in Kauf ... erinnern wir uns ... zum Beispiel: an die **1996** global und international, zuverlässig festgelegten Gesundheitsregeln? Na, sehen Sie. Und dann, in geheimer Agenda, geht man her**, verstümmelt** durch 21 Jahre, ... in Salami-Taktik, **das gesamte Regelwerk von 1996 ...** Bis endlich 2017 eine ... ungeheuerliche PROFIT-Tragödie starten kann: Der eine, im Anfall, verkündet offiziell, er sei „ein Gott!", der andere, der schwarze Ritter „Satansbraut", veröffentlicht den luziferisch stupiden „Great-Reset", dabei entblättert sich seine Rapusche: als größter Genozid-Vollzug aller Zeiten. – Na bitte, wenn **das** „sein Himmelreich" sein sollte? ... **Wenn** er es aber **glaubt?** ... Jedem ... jedem geschieht nach seinem Glauben ... Und **das** weiß er. Das **weiß** er selber haargenau „... (°Courier setzt fort nach ca. 4 Minuten Sprechpause)" ... Aber, **was** wer **glaubt: muß** keineswegs die **Sorge** aller möglichen **anderen** Menschen sein; ... **deren** Part ist vielmehr: das Gegebene **zu registrieren/akzeptieren** ... *** Denn: dem angemessen ... zu verfahren, heißt: jedem Delinquenten RECHT zu sprechen. – Beherzigen Sie bei alledem jedoch ... als OBERSTES (!) GEBOT, (damit Sie: sich nicht selbst verletzen!) ... *Das humane Vorrecht zur Erd-Gerichtsbarkeit: obliegt definitiv **immer** dem **alleinigen** Beschluß der Gremien: der standeseidlich dazu befugten HUMAN-Vertreter* ... Denn nur SOLCHE: sind dank *Berufs-Eid ... der URKERNKRAFT, durch ihren Treue-Schwur gesegnet im Wort. – ... DAS meint: einzig durch Eid Berufene ... sind vor „Verurteilen" naturgemäß geschützt ... Sodaß sie gewissenhaft RECHT SPRECHEN: können/müssen/sollen. – ACHTUNG! ... somit dürften ALLE anderen ... seelenruhig jedes Aufkeimen von „SCHULD-Zuweisung" (möglichst) völlig ignorieren: ... Denn „Schuld" ist negativer KULT ... ist weitreichend eine Erfindung: die vorzeiten „naturalisiert/ kanonisiert" wurde, nämlich in sichtverblendeter Eigenwertübersteigerung, einzig zum Zweck: das mehrheitliche ... Kollektiv aller Menschheit: ihrer eigenen, pompös trivialen, unbefugt selbstgerechten Kuratel zu unterjochen. ... ACHTUNG: Die empfohlene Art, es primär ergebnisorientiert, behutsam abzuwägen, lohnt sich für Erdlinge besonders darin: daß (die zumeist ... nach bestem Gewissen Handelnden): fast so gut wie unfallfrei durchs Leben kommen; häufig mit fulminantem Timing, zufällig zur besten Zeit am rechten

Ort sind; in vieler Hinsicht **wesentlich** ihr Dasein zufriedenstellend einrichten; ihr Zeug gut in Schuß haben, geliebt und wertgeschätzt werden u. v. m. … Kurzum: **Wer niemandem Rache <u>vergönnt</u>: schützt sein positives Wesen, bestmöglich vor Unheil.** – *Falls jedoch, trotz allem … eine Art **Rache-Durst**, weiterfort gären sollte: **So ist** auch **dieses** jedes Menschen <u>freier</u> Wille. – ALLERDINGS … **Als Souverän seines Selbst** wird er um so gewissenhafter abwägen: **ob** denn „insgeheim verdammen", Rache „schwören", „mit Schimpfwörtern drohen" sich für ihn LOHNT.

Denn, auch DAS **ist** Naturgesetz: Wer anderen (offen oder latent) feind oder neidisch ist: **Solche Einstellung** kränkt und vergiftet nur ihm selbst den besten Anteil der ihm förderlichen **Kraft.** –

<u>Anderen Falles</u>: **Sollte jemand** sich gar nicht erwehren (und **optimal** den Gegner auf Vernunft einpendeln können), bietet sich an: **das eigene** Schutzinteresse der vereidigten Anwaltschaft zu übertragen; die naturgemäß den Streit **wohl** schlichten kann." *(Nach geraumer Stille …)* … „**Den obersten Segen der White Cloud: an alle.**" –

(Soft-Trance-Abbruch: etwa 23 Uhr 07, Satzzeichen optimiert: am **Sonntag, 01.05.2022)**

***

1 DIE HARTNÄCKIG puristische SPRACH-POLIZEI auf Power-Welle TRAUM-KANAL

Sehr verehrte Leserin – sehr geehrter Leser:

Willkommen im Buch, das (weil die ZAHL so hübsch ist) 999 Fragen klärt. – Und ich danke Ihnen so sehr, daß **die Natur Ihrer Träume*** Sie interessiert.

***Krafttraum-Prinzip:** 5 geheime PANZERTRESOR-SCHLÜSSEL*

😊 (Achtung: *MULTIKULTURELLES CLOUD-ERBE)

Sie träumen <u>ANALOG</u> = Nehmen Sie einfach wahr, **was** Sie sehen, hören, riechen, schmecken, ertasten; nehmen Sie es als gegeben hin, notieren Sie Ihre Traumerlebnisse; am besten eignet sich dafür: Format A4 liniert …

Notieren Sie: so wie der „Nacht-Film" in Ihrem „Traum-Kino" gelaufen ist. Beim **selber richtig Deuten** bedenken Sie z. B. auch folgende Parameter: **daß Ihr (genetischer Code) … etwa hindeutet auf: „schon früher wann geboren gewesen sein": die IHNEN persönlich vertrauten Kultur-Wurzeln, womit SIE selbst begrifflich etwas tief verbindet: seien es Mythen, Märchen, Sagen, Brauchtum, kulturelles Lieder-Gut, Weisheit der Gassen, Erinnerung, Redensarten etc. … aus der Tradition Ihrer Herkunft. PUNKT.

(Achtung: Sprach-Polizei) 😊

Geborener Idealist = der ideale Mensch an sich: (jung, sich „die Hörner gründlich abgestoßen") fortan der Beste, wie von Natur aus erwünscht: Er bleibt seinem ICH BIN unverbrüchlich treu, sein Leben lang. *Oder wie der Bauer sagt:* „Die wildesten Fohlen werden die besten Rösser." PUNKT.

(Achtung: Wegweiser-Vorwarner)

Wenn Sie im Traum nach **LINKS** oder auch **HALB LINKS** eine Richtung anpeilen: gehen Sie ziemlich sicher **FALSCH**; wenn Sie darauf lustig sind, dürfen Sie es gern tun (wenn es Ihnen die Bruchlandung wert ist). PUNKT.

(Achtung: gute Symbole, schlechte Symbole)

Allein IHR Gefühl, Ihr Instinkt (9. Sinn) gibt Ihnen **Ihre** Definition:

Fühlt es sich **qualitativ: positiv** Zutrauens würdig an, dann **gilt: DAS.** –

Fühlt es sich **qualitativ: negativ** (mißbehagend, verzerrt, unecht, etc.) kurz gesagt als Fälschung an, sodann **gilt: DIESES.** – Fertig, PUNKT. <u>**Naturgenau authentisch: *DAS sind IHRE 5 TRESOR-Schlüssel.**</u>

FRAGEN-BLOCK ZUM Panzer-Tresor
DER POWER-TRÄUME

Die Dreier-Formel:

1 – **Im Anfang war** das GUTE **Wort.** – Dieses Willkommen **muß** (spätestens) sein, wenn das Neugeborene mittels Abschneidens der Nabelschnur vom Mutterleib entbunden wird. –

2 – Man kann als MENSCH (als „Human-Erdling") kaum gut genug sein: im täglichen Umgang miteinander. – Wenn Sie den „KNIGGE" fünfmal und **ganz** in Ruhe lesen oder ihn sich gegenseitig vorgelesen haben, **dann haben Sie verinnerlicht**: was der Punkt 2 bedeutet. –

3 – Spätestens dann steht für Sie fest: **daß n**iemand. Also keiner. Also **niemals i**rgendwer – **über Sie ermächtigt ist:** Ihnen, kurz geschmeidig, pardon: auf den Schädel zu scheißen;

im Klartext**:** *Sie im Handumdrehen* *u**m** Ihre wichtigsten Grundlagen **„erleichtern",** nämlich: **um Ihre lebenslangen Errungenschaften,* **um Ihre gesicherte Existenzgrundlage,* **um einen Teil Ihrer Familie,* **und mit links:* *um Ihre souveräne *Menschenwürde.* – **PUNKT.** –

Liebe Leser, halten wir also fest: Die **W**ürde – SOUVERÄN zu **d**enken, **w**erken, **w**irken, **w**andeln, **t**räumen, ist IHR Geburtsrecht von Natur. –

Nein, **MEHR** als Geburtsrecht: Es ist, so gut wie möglich, Ihre Pflicht. –

Noch klarer: Wenn Ihnen Ihr Seelenauftrag erst einmal bewußt wird … und Sie diesen erfüllen wollen (den Auftrag, wozu Sie ur*sprünglich geboren werden wollten): **dann** kommen Sie ums **strikte** eigenständig **bleiben** Ihrer Souveränität schon grundsätzlich **NICHT drum herum**. –

Sehr spannende Einblicke, liebe Leser, in das tiefe Geheimwerk der Kernkraft- und Herzkraft-Traum-Anzeiger: Da geht es um wesentlich mehr als das Zusammenspiel von Parametern der menschlichen Natur.

Aus dieser Warte, liebe Traumfreunde, schauen wir uns nach dem folgenden Fragen-BLOCK auch noch an: Den telepathischen Traum-Appell, im Fall Shanghai. – Die Antworten liegen alle vor. – Darum bitte, schauen **Sie sich gut um**: im **Wilrun**-Teil, **in** allen **Praxis-Feldern**. –

(Sach- und sinnverwandt) – **Es ist ein Kamikaze-Trip, mit Turbo-Leerlauf-Garantie: sich** andauernd zu **<u>sinnlosen</u> Fragen verleiten lassen (sich hinters Licht führen lassen)**. – Und davon <u>**werterfüllende**</u> **Ergebnisse: erwarten**. –

DENN, was wäre, wenn:

… die „10 Gebote" bloß eine Metapher sind: **für Ihre 10 Sinne?**

… **100 %** der Menschheit damit **gut** ausgestattet zur Welt kämen?

… wenn der **10. Sinn** der **Gerechtigkeits-Sinn** wäre?

… dieser Sinn bei rund **95 %** **sehr** gut ausgeprägt sein würde?

… etwa **3 %** nur gelegentlich labil sind, „humpty dumpty" im Gebrauch?

… etwa nur **2 %**: wenig bis null davon nutzen würden, etwa weil sie beratungsresistent ihren **10. Sinn ignorieren** anstatt ihn konsultieren?

… die **95 % + 3 % = 98 %**: oft nur **deshalb** Ursau-mistig träumen, weil sie in unbewußtem *„Frondienst"* parasitär indiziertes Karma bereinigten?

… der Mega-Black-**ANTEIL**: zu **98 %** aus dem parasitären Schwachsinn der winzigen Minderheit von **2 %** resultierte?

So weit, so gut. – Und nun, liebe Leser, das Spielchen kurz **andersherum;** spielen Sie mit:

Was wäre, wenn:

… die alten Dorf-Hebammen alter Kindbett-Stuben: auf der **Stirn** der Neugeborenen das feinstoffliche Licht noch hätten sehen können? –

… die Begabung alter Dorf-Leute: genetisch an Kind und Kindeskinder und deren Kindeskinder … weitergegeben worden wäre? –

… die *Weltkollektive Energie-Cloud* (**UR-CLOUD**) *an sich:* eine *Mega-White-Cloud* wäre? –

… jede Kerzen-Flamme Ihnen sagt: „Guckst du, Erdling, bin ich Teil der lichten **UR-CLOUD,** zu der die Seele zurückfliegt, wenn dein Erde-Leben endet?" … (Goethe: „Mehr Licht!" und „Sieh, das Gute liegt so nah!")

… von Natur aus **die UR-CLOUD** … eine selbstreinigende Cloud wäre, **nämlich selbst vermögend:** die kleinen täglichen Patzer **sämtlicher,** jeweils am Planeten Erde lebenden Geschöpfe **spielend** zu tolerieren und zu verdauen? … *Vorausgesetzt:* daß auch die *eingefleischt ignoranten* **2 %** den ihnen zugeteilten **10. Sinn** in Zukunft wieder nutzen würden? – **ENDE.**

Dieses kleine Praxis-Buch geht diesem … GESTERN, HEUT' und MORGEN auf den Grund. –

2 DANKSAGUNG –
AUFKLÄREN STATT WEGDUCKEN

Bis hierher ein spannend niedliches Thema, liebe Freunde der Träume. **Humor** und frohes **Lachen:** *posten* **Extra-Bonus** auf Ihre Kernkraft; Sie wissen ja, das **G**lück winkt gerne dem: der sich **sein** Teilchen *denkt* … und sich **sein** Liedchen *pfeift*. – Es reimt sich glatt aufs Dichterwort: „Wie fröhlich bin ich aufgewacht." **Und: h**ab **w**as **a**us **d**em Traum **gemacht.**

Weiters bringt das *Danksagen für meine Lieblingsbücher,* auch für Sie, herrliche Tips zum: *Ihre Träume selber richtig deuten, leichtgemacht.* Meine Danksagung **darf** an den **A**nfang rücken statt an das **B**uchende. – Denn die Ereignisse verpflichten: **AUFKLÄREN STATT WEGDUCKEN.**

DANKE ZUVORDERST MEINER **MUTTERSPRACHE DEUTSCH:** Denn ihrer **Dynamik**, **Präzision** und **Fremdsprachen-kompatiblen Melodik** verdanke ich im Leben: **ALLES.** –

UNENDLICH dankbar bin ich **meiner Mutter „Barbara"**, der Besten der Besten: Sie war ein <u>Trauma</u>-Traumkanal und konnte ihre tonnenschwere Kette sprengen: **noch** bei Lebzeit, liebe Leser. **Wer** hätte DAS gedacht? –

INNIGEN DANK dem **novum verlag:** für das gute Verhältnis zueinander, seit vor 2004, und die erstklassige

Betreuung seiner Autoren. – Diesbezüglich denke ich sehr gern zurück, an die wohltuend berufliche Kompetenz und Freundlichkeit von Herrn Ing. Bader, Frau Bader, und ganz unvergeßlich: Frau Hofer-Autherid, Frau Suttnig, Frau Leser, Frau Schlaffer, neuerdings betreut mich Frau Monika Grandits, ebenso Frau Christina Renner: danke für alles, mein Herz wünscht Ihnen und allen, die Ihnen wichtig sind: weiterfort viel Segen. –

DANKE, Thomas C. Priedl: für **500** Träume, ein voller LIBRO-Ordner; das war **Rekord,** nämlich: indem du, was nötig war, in Ruhe … und aus dem Effeff … eines nach dem anderen dir errungen hast. – (Wow! **BINGO!!)** **DANKE,** allen Kunden, die ich vorsorgeberaten durfte unter Einbeziehen ihrer Träume. – Ebenso allen, als Hausfrau und *Party-Gastgeberinnen, *super* *vorbildlich engagierten* Damen und allen ihren Gästen; mit vielen von Ihnen, der Party nachträglich, gelang es zu klären, was Ihr Traum Ihnen sagen will. Haben Sie vielen Dank für Ihr langjähriges Vertrauen. –

Für 23 Jahre KARATE DO danke ich **ganz** herzlich meinen Söhnen, den zwei Karate-Trainern: für mein „Training-Zaungast-Privileg", als Schriftführerin ihres Freizeit-Clubs; es war die helle Freude: zuschauen, wie Jung und Reifer sich hochentwickeln zu den *Meister-Graden in der Abwehr-Kunst, mit leerer Hand: Herzberührend, von *Erfolg gekrönte Leistungen; … ihr zwei seid wunderbare Männer, ich danke euch. –

VIELEN DANK, Schwiegertöchter Karin und Hannelore, ihr seid: bravo, bravo, bravo! … Vielen Dank: für eure warmherzige Freundschaft. –

INNIGSTEN DANK, meiner Tochter „Sophie",
daß ihr **zweimal** gelungen ist**,** was an ein Wunder grenzt**:**

daß sie trotz einer *Serie von Not-Aufnahmen, allein im*
Mai 2021… **plus weiteren** *vier* Not-Aufnahmen im De-
zember 2021 etc., **nach unfaßbar aussichtslos erschei-
nendem Kampf** ums Überleben, dem **Spritzen-Tod**
sehr langwierig, … aber sicher von der Karre abgesprungen ist: Hab vielen **Dank, Dixie,** daß du deiner schönen Mitwelt zurückgegeben bist, **so selbständig: wie
stets zuvor.** Bitte nur etwas mehr Geduld noch, mit deiner vollen „Akku-Verfügbarkeit"; denn **noch** stehst du
im Trauerjahr, teils mit Tränen, die den Überdruck der
Trauer von der Seele waschen. **M**erke: **I**m Anfang waren der Gedanke und das Wort: **„Es geht dir** *(Merci be-
aucoup, Monsieur Emile Coué)* **jeden Tag, und in jeder
Hinsicht: immer besser und besser. Super danke
lieber Gott."** Vielen Dank, DIXIE. –

DANKE, Schwieger-Sohn +Karl Kager. –

Ihm, liebe Leser, **glückte das leider nicht.** Denn der beste der besten Schwieger-Söhne: mußte *(dank Tier-Medizi-
ner Wieler & Dorsten-Carlos di CrackLeich)* am **26.01.2022,**
zu Hause, komplett einsam, vom Leben scheiden … während seine geliebte Frau Dixie: fern von ihm, im Notfall-
Krankenhaus ums Überleben rang.

Danke, lieber **+Karl** für alles: Wir *bleiben* verbunden,
das ist das Beste.

DANKE, an +Karls vielgeliebte Schwestern: *Greti* und
Karla in WN und deren Ehegatten *Ernst* und *Michael:*

Danke für euren schier unermüdlichen Treuedienst und eure Fürsorge, für Dixie und +Karl**,** egal ob zur Nachtstunde oder bei Tag. –

DANKE, Kusinchen +Kornelia Wilfinger: für dein helles, freundliches Wesen**;** auch dafür, daß du demütig dein ***Schicksal: HIV-positiv, dank „lebensrettender"** **Blutkonserven*,** getragen hast **seit 1984,** und danke fürs Mitteilen deiner **Träume** ab 2005 bis 04/2022 … Letztlich haben dich, von der White Cloud via Traum-Kanal, deine +Eltern und deine drei Brüder, +Hans, +Gerhard und +Erich, **begleitet: ab der 2. Spritze,** permanent Nacht für Nacht, vom 11.01.22 …bis zum 01.04.22, wo früh am Morgen, deine Seele vom Erde-Dasein frei, fort, zum Ur-Licht zurückkehren durfte … Danke, liebe **+Conny,** danke für alles.
DAS war es nun so weit aus *dieser* Hinsicht. –

Verehrte Leserinnen und Leser:

Hier darf ich Ihnen von der herrlichen Satire berichten, die im Insider-Jargon, am Stammtisch, unter den Tops der Versicherungskaufleute, kursiert, von Ost bis West, in Österreich. **Nämlich:**

Der österreichische Pandemie-*Vorsorge-Vertrag* (ein Generationen-Vertrag: vorsorglich aus **Bürger**-Steuergeldern bezahlt) hatte eine Laufzeit von 1949/50 bis 2020. – Die gesamten 70 Jahre waren gottlob abgelaufen: **OHNE** Auftreten einer „**Pandemie** = etwa **900** *Leichen* pro Woche, je Millionen-Stadt, wie Wien". – Aber, zufolge der *vortrefflich* gepflegten Städte und Orte, dank *erstklassiger*

Sanitär-Anlagen und *optimalen* Hygiene-Standards in ganz Österreich, war es zu derartigem MASSEN-Unglück nicht gekommen … Daher hätte besagter Vertrag, 2020 stillgelegt, oder **wegen Wegfall des Risikos**, überhaupt beendet werden können. – (Ein perfekter Vorsorgevertrag. Wasserdicht und lupenrein.)

… DAS wiederum läßt die Kern-Frage, nie und never, unter einen Teppich kehren: **WIESO** sind in der Ära *Kabinett Merkel (I, II, III, IV), im **K**raftwerk **E**uropas: in Deutschlands stolzen Städten, ganze Stadtteile zu … Hochburgen für Husch-Ratten und von Ungeziefer verseuchten … stinknormalen MÜLL-STÄTTEN und SONDER-MÜLL-Depots verkommen? – PUNKT.**

Auch folgende Sachlage steht offen im Raum: WESHALB auf Anfrage, nirgends (scheinbar weltweit: nirgends) ein Versicherungs-Wesen offen ist **dafür:** vorsorglich für das Risiko „Versehrtenbedarf im Impf-Schadensfall", im **Einzel-** oder **Familien-Vertrag** – diversem **Gruppenvertrag**, eine **OPFERHILFE-Garantiesumme** zu polizzieren. – (Denn man muß ja wohl kaum: Atom-Physik studiert haben, um so was Einfaches zu fragen.) – Oder?

Desgleichen, obligatorisch: Die „*Schadens-HAFT-PFLICHT*"… *Haftung, „Haft-Pflicht"* – Schon einmal wo das Wort, gehört, liebe Leser??

… Nein, liebe Welt, seit 2020/21 ist alles „anders": TIERARZT Wieler – (Tierarzt), Tierarzt! Wieler & Co. lassen parteigläubigen **HUMANS** es frommen: „SUPER SCHÜTZEND! – ALLES: Kommen!" – so an Gläubige, per **Post.** *("Wen der Spritzen-Tod **will:** Trifft er! – Wir halten uns fein schadlos.")*

Aber so, Herr Wieler, **tut** *ES NICHT.* – (Ich wüßte allzu gerne, was ihr träumt. –)

Oder hier bitte, liebe Leser, sagen Sie selbst:

Wie paßt denn **das** zusammen: Da predigt jemand großspurig in Brüssel, … **ist** als Arzt vereidigt, … **war** auch Familienminister, … **hat sieben eigene** leibliche Kinder. PUNKT. – Und so jemand reißt Millionen anderen: deren Kinder, deren Leute aus den Sippen fort**,** per **Todes**-Spritzen. – Sie, wenn ich mir – diese **vier** Fakten – näher überlege, kommt mir vor: Ich muß da **gründlich** etwas falsch verstanden haben …

Verehrte Leserinnen und Leser:

Vor allem will ich wirklich hoffen: daß nicht auch Sie ähnlich traurige Betroffenheit im Herzen tragen. – Falls aber doch, so haben Sie soeben: lediglich gelesen, was mein 10. Sinn registriert hat**,** und das ist legitim, soweit es jedenfalls die Tatsachen betrifft. – Mir sagt es: daß etwas läuft, was ungezählte Leben und die Sicherheit aller rücksichtslos gefährdet. Und daß man: einmal Angerichtetes **n**icht ungeschehen machen kann.

Daher: Bitte verpulvern Sie Ihre positive Kernkraft: **nie, nie, niemals** an die Schuld-Frage. – (Durch Eid-Befugte, erledigen das: gewissenhaft.)

Noch mal: Der **MYTHOS „Schuld-Frage"** = Blanker **KIRCHENBULLSHIT.**

BESSER, wir nützen: die ⋆Power der Trauer⋆ und bauen damit ein Mindset „Do it"-Klima von werterfüllend, naturgerechter Lebensart.

… **DAS** sollte uns **spielend** … gelingen:

Einfach **im Alltag:** Ihr gewohntes Bestmögliches tun und dank ruhigem Gewissen **entspannt** bleiben. – Damit: **Glückwunsch, …** *denn auf solcher Welle: „Segeln Sie ruhig weiter, **wenn** der Mast auch bricht …"*

Weil damit … sind **volle 95 % der SCHUTZ-KERN-KRAFT-ENERGIE ganz bestimmt auf Ihrer Seite. –**

⁎⁎⁎

3 DANKSAGUNG AN EINE HANDVOLL DER BESTEN

DANKE, **Bruce Lee:** Er als Meister hat es auf den Punkt gebracht: Die **Geduld, sagte er, knackt es –**★★**Geduld ist konzentrierte Kraft★.★**

SUPER DANKE, **Cesar Millan,** für die herrlichen Erfolge und Jahre voll Freude: **Dank** Cesar Milans Ratgeber-Kanal, liebe Leser, konnten seit 2012 nach und nach: **acht** „Old-Dogs", sieben davon über TIER-WAISEN IN NOT, bei mir ihr Zuhause finden. – **Großen Dank, allen Tierpaten,** wie Brigitte Heilig und Carmen Garcia, und vielen, vielen, vielen, die für Tier-Chirurgie und allfällig Notwendiges, *immer gern und großzügig hilfsbereit,* ihr Mögliches gespendet haben … Womit **aktiv (**und **zwar: direkt)** *Kiefer sanieren, Kastrieren, jede Art von Wunden behandeln, Haut-transplantation, Brüche operieren etc. in Kooperation gestemmt werden konnten und können;* ein Super-Kompliment, dem ★**Wunder-Team vom Tier-Asyl Belgrad★:** Jedes, jedes, jedes der Tiere, bei Übernahme in **bestmöglich** wieder hergestelltem Zustand, adoptiert: ★*Hofkönigin* **Sissi,** deren würdevoll und kompromißlos sanftes Wesen **jeden** Neu-Ankömmling von Anfang an auf „**Harmonieren"** eingestimmt hat: *Weiß-Wölflein* **Old Monoki,** *Sonnyboy* **Old Anki,** *Omilein* ***Cuca,*** *Granny* ***Flofika/Fokica,*** Zuckerpüppchen ***Old Lotti/Metra*** und Old Petzi-Bärchen **Super-Dex:** der heute noch, im 17. Lj., mit weißer Katz **Joana** ein Bund und eine Seele ist. –

DANKE: den – *bis zum Umfallen* – Einsatz leistenden Teams von den *TIERWAISEN IN NOT/WIEN* und *Hoffnung und Hilfe für Tiere* immer unter der bravourösen Leitung von Diana Aly und Co-Pilotin Elisabeth Seebacher. – DANKE, Tierarzt Dr. Franz Pürrer, dafür, daß er große Klasse ist im ärztlichen Betreuen von Haustieren. –

DANKE, Herbert Adelmann und Lisa. – DANKE meinen ehemals „Fabrikhallen-Kolleginnen und Mitarbeitern" von seinerzeit PREH, dann: KROSCHU/AT. –

DANKE: TANZ-SCHULEN und MUSIK-VEREINE. –

DANKE: MAKEOVERGUY & Beloved Styling-Coach: Lady MOTHER. –

MILLE GRAZIE: Rita Perfetto per „Il Refugio Perfetto". –

DANKE, Fa. HUEBER f. d. **super-effektive** Reihe WORTSCHATZBOX. –

DANKE an AURA SOMA: Für die perfekte Deutung der FARBEN; ganz wichtig zum „gut leben und *Träume selber richtig deuten". Vielen Dank. –

DANKE an PRANAHAUS für die tolle Kundenbetreuung. – Immer prima.

DANKE, MUSIKVERLAG OTTO RAUSCHER – DANKE für alle Freude: Hans Dondl. –

DANKE an die deutsche Dichterin **Helene Christaller,** unvergessen: mein *erstes* völlig selbständig gelesenes Buch (1955, mit sieben Jahren), „Helene Christallers Weihnachts-Geschichten". –

DANKE SCHÖN, Frank Auerbach, München: für Wichtiges von 1988 bis Mitte 1991. – DANKE, Nikolaus Gruß/ August von Goethe-Literaturverlag: für jährliches Einladen und Herausgeben des jeweils aktuellen Sammelbandes „Die besten Gedichte". –

DANKE, für meine klugen, superhilfreichen Lieblingsbücher … An:

Victoria Finlay/**Das Geheimnis der Farben;** Werner Tiki Küstenmacher mit Lothar J. Seiwert/**Simplify Your Life;** Max Schimke/**Freund unter Feinden;** Karl-Markus Gauß/**Die sterbenden Europäer;** Rosalene Glickman/**bestmögliches denken;** Marc Dugain/**Der Fluch des Edgar Hoover;** Oriana Fallaci/Das unnütze Geschlecht. Wo lebt die Frau am glücklichsten; Gerhard Flügge/**Das dicke Zillebuch;** Tom Hodgkinson/**Schöne alte Welt;** Nachum T. Gidal/**Die Juden in Deutschland von der Römerzeit bis zur Weimarer Republik;** Jüdischer Verlag/**Heimat u. Exil, Emigration der dt. Juden nach 1933;** Bradly K. Hawkins, Brian Wilson, Cybelle Shattuck, Jamal J. Elias, Dan-Cohn-Sherbok/**Die fünf Weltreligionen.** Geschichte, Lehren, Perspektiven; Vera F. Birkenbihl/**Die Birkenbihl-Methode, Fremdsprachen zu lernen;** Joris van den Bergh/**Mysteriöse Kräfte im Sport;** Jane Roberts/**Gespräche mit Seth;** Milan Ryzl/**ASW-Training;** Peter Johannes Hensel/

Astro-polaraty; Otto Glagau/**Der Börsenschwindel u. Gründungsschwindel in Berlin**; Ulrike Laufer/ Gründerzeit 1849 bis 1871; Nikolaas Witsen/**Daten über die Sintflut**; Frankfurt/**Archiv f. ältere deutsche Literatur u. Geschichte**; David J. Schwartz/**Die Wunderwirkung großzügigen Denkens**; Wolf-Dieter Storl/**Unsere fünf heiligen Bäume, Erkenne dich selbst in der Natur**; Christina Harrison u. Tony Kirkham/**Besondere Bäume**; Peter Wohlleben/**Das geheime Leben der Bäume**; Mark Döser u. Günter Kunert/ **Vom Mythos alter Bäume**; Rüdiger Dahlke/**Störfelder und Kraftplätze**; Gary Bruno Schmid/**Tod durch Vorstellungskraft**; Johannes v. Buttlar/**Die Methusalemformel**; Joachim Bauer/**Schmerzgrenze**; Rupert Sheldrake/**Der siebte Sinn der Tiere**; Ludwig Gartz/ **Deutsche Volksmärchen**; Siegmund Helms/**Die große Musikschule, Kinder u. Jugendliche lernen musizieren**; Frank Bettger/**Lebe begeistert und gewinne**; George Walther/**Power Talking**; Rainer Horbelt, Sonja Spindler/**Tante Linas Kriegskochbuch, Tante Linas Nachkriegsküche**; Robert Wringham/**Ich bin raus**; Gabriele Schmenkel/**Leichte Küche aus schweren Zeiten**; Dorothea Baumjohann/**365 Tage Hochbeet**; Richard Willfort/**Gesundheit durch Heilkräuter**; Petra Bracht/**Intervall-Fasten**; Dr. Ulrich Strunz, Andreas Jopp/**Fit mit Fett**; Joshinori Nagumo/**Leerer Magen macht gesund**; Bruce Fife/**Ölzieh-Kur**; F. Batmanahelidj/**Wasser, die gesunde Lösung**; Dorothee Lüttmann, Patrick Schwarzkopf/**Pimp up your Coffee Break**; Jürgen Feder/**Der Pflanzenretter**; Robert Bouchal, Johannes Sachslehner/**WIEN – STRENG GEHEIM. Vergessene Welten**; Einhard Bezzel/**Alle Brutvögel Mitteleuropas**/Das BLV Handbuch Vögel;

Peter Berthold, Gabriele Mohr/**Vögel füttern – aber richtig;** Elli H. Radinger/**Die Weisheit der Wölfe;** Adolph Freiherr von Knigge/**Über den Umgang mit Menschen;** Vicky Baum**/Hotel Shanghai;** Wolfgang Schmidbauer/**Die hilflosen Helfer** – Über die seelische Problematik der helfenden Berufe; Allan Carr/**Endlich NICHT-Raucher!** … Das war es im Moment. –

DANKE fürs *ideale Umsetzen und Erfüllen ihrer Träume an:*

Mag. Wolny/WN-Mannheimer, Frau Krenmayr, Gabriele, Nähstube Gabi, Chef-Drogistin: Sabine Zaubersterne, Claudia und Willi, Krenn Markus, Helga und Helmut Küker, Juliane und Thomas Bauer, Wolf-Dieter Höhle, Ernst Wilfinger, Ernst v. Steinbach und Gattin Christl, Perl Martin, Frühstück Robert, Elisabeth Tiefenbach, Sissy Sebesta/Sylvia Thun-Hohenstein, Johann Dubrovic, Johanna Kühnel, Ruth Bures, Erna Freitag, Slobodan Dragovic, Gerda Hohl, …

DANKE der ‚Crème de la Crème' der **hohen Love-Liner-Intelligenz** und **des brillanten Sachverstandes,** … um nur wenige zu nennen:

DANKE, Jason Muller/Kalifornien, Raik Garve, Götz Witneben, Michael Vogt, Thomas Trepnau, Florian Homm, Marc Friedrichs, Florian Kössler, Proders Spiegel, Karin Kneissl, Dr. Forsthuber, Martin Wehrle, Jürgen Fliege, Christoph Hörstl, Aleksander (Wisnowsky?), Ivan Rodinov, Wjatscheslav Seewald, Margo Heiß-serviert, Tim Kellner, Sven Denkt, Uwe Steimle, Dr. Brunelli, Hans Peter Freiherr v. Liechtenstein, Lutz Männel, Jürgen Felger, Oliver Flesh, Toni Bartl, Kathrin Huß, Eva Herman, Andreas

Popp, Mike Michaels, Thomas, Claudius, Jens & Arthur, Oliver Jahn, Chris The Heart-Fighter, Stoner & The Golden Hurricanes, und ganz groß Hajo & Daniel, Dr. Michaela Dane, Ken Jebsen, Ernst Wolff, Matthias Richling, Lisa Eckhart, Filmemacher Edi Maurer, Nathaniel Jordon, Dr. Brettschneider, Inge Rauscher, Ludwig Gartz, Lothar Hirneise, Bert Ehgartner, Monika Gruber, Katja Haintz/ Human Design, Elmar Sportsgeist Hellbrunn – Ihnen weiter: viel Erfolg; ebenso den hier nicht Genannten. –

Großen DANK allen treuen Bewahrern der **Runen**-Kenntnisse, wie etwa Christopher A. Weidner und anderen „Soul & Mind"-Communities; denn *Runen-Sprache* ist **außerordentlich** relevant, in vielen Träumen. **Desgleichen** das Wedische oder das jahrhundertelang viele Länder in Freundschaft zusammenhaltende, Kultur-Leben von Großtatarien:

Sehr, sehr **stark** verankert, liebe Leser, im kollektiven Traum-Bewußten. Als Beispiel belebender Kernkultur drei herrliche Interpreten:

DANKE, Rudi Schurike, für den Edel-Feger, der noch aus vormals Zentraleuropa das paradiesisch wohltuende Wesen damaliger Leb-Art, ganz urwüchsig herüberrettet, … auch noch bis heute:

„*Mit Musik geht alles besser, mit Musik wird alles leicht …*", Ilse Werner: „*Sing ein Lied, wenn du mal traurig bist*", Comedian Harmonists: „*Ein neuer Frühling*" –

*****NEU** die **W**elle, **UR** die **Qu**elle: „*Don't Worry, Be Happy.*"- **Ja genau … Von wegen „***Nazi-Nazi-Schlager*", prrrt, prrrt. – DAS täte manchen so in die Grün-Kramuri ihrer „*Fressefreiheit" passen. – Leider, leider, nicht. **Aufwachen,** Freunde! (*Fressefreiheit-Sager: A. Baerbock)

DANKE: Bobby McFerrin; ...*Rudi Schurike, Ilse Werner, Comedian Harmonists; Heinz Rühmann; Willi Fritsch/Ich laß mir meinen Körper schwarz bepinseln; Evelyn Künneke; Hans Holt, Maria Andergast; Helen Vita, Bully Buhlan, Lyla Negra,* ... **A**lles **M**enschliche, **H**erzwärmende, **E**rbauliche, **a**ustarierend **G**randiose; ... Stefan Zweig**;** George Simenon; Paula Wessely/Das Herz einer Mutter; Gilbert Bécaud/ Nathalie; ...Max Raabe/Kein Schwein ... etc., etc. ...

Danke, danke, danke für alles: **Das** ist ur-**großtatarischer** Natur. –

DANKE, daß auf Youtube so viele Portale: exzellente Kenntnisse teilen, sowohl übers Wesen der Runen als auch über das Wedische. –

DANKE für euren Traum vom Leben: ALGE-Wien & Muttilein Elisabeth Einöder, Walter Matz, Helga & Sami Bachmann, Roman Wilfinger, Piroska Nemeth, Monika Sarközy, Monika Riedl, Sonja Tatum, Mandl Carolyne, Alice Bossmann, Inge Wildomez, Leo & Gitti Stimakovic, Marion & Family, Bizerka Jonovic, Lore Resl, William Rosenstingl, ...

DANKE allen unseren feinsinnigen Philosophen, um von **enorm** vielen Spitzen-Leuten zumindest **zwei** zu nennen: Danke, Prof. Heinz Grill. Alles Gute jetzt erst recht: Gunnar Kaiser. – TAUSEND Dank für den großartigen Fleiß im Bücherschreiben, an Ulrich Mies, Dr. Reuther und **alle**

Büchermacher: die **glänzend** beschlagene Love-Liner sind und sich, pardon, den Arsch aufreißen, um zu **Human**-Bewußtsein sorgsam beizusteuern. – … Sorry, man weiß zur Zeit … ja leider kaum, wessen Namen man überhaupt noch publizieren darf, ohne wen damit zu gefährden. –

UNBEDINGT ein Riesen-Danke: den **Simply Best of Star-Fighters:** Reiner Füllmich, Viviane Fischer, Justus Hoffmann, Martin Schwab, Wolfgang Wodarg, Dr. Bagdhi, Ulrike Kämmerer, Renate Holzeisen, Robert C.; Alexander Kühn und all den werterfüllenden Kontakten nah und ferne: **die dank Berufs-Eid** (sagen wir so): **dem 10. Sinn, dem Gerechtigkeits-Sinn: die Stellung halten; besonders angesichts der** weltweit (**bitter** aus den Angeln gerissenen) **Leidtragenden.** – Glückwunsch zum runden Hunderter im April 2022. – Sämtliche positive Kernkraftwelt denkt von Herzen mit euch mit: Für den vorbildlichen „DIY-Mindset"-Erfolg. – (Wie schön, daß es euch alle gibt.) –

MEHR KERNKRAFT – MEHR KLARSICHT. – WIR schaffen das, **Angie Merkel:** Es empfiehlt sich, statt °Kalergi-Feten **2010,** plus/minus gipfelstürmender Atom-Physik – **einfach mal:** Ihre eigenen *Träume,* selber richtig deuten, leichtgemacht.**

Stop-p-p, im Überfluß der Namen, liebe Leser, sonst wird es 😊 wohl zu viel, fürs kleine Praxis-Buch. – Darum, vom Überfluß der Besten, eben nur die wenigen, zuvor, genannten … Ich könnte **ganze Bücher** füllen**, nur** mit Namen von den Besten. – Also: stop! –

Doch halt! Verzeiht, … **da** fällt mir … **noch** was ein:

Und DAS geht viele, viele, **viele Leser** an. – **Facebook: Tausende!** Von den – zu Beginn erwähnten – **98 %** waren mit mir in Facebook-Verbindung gewesen. – **Ab 2012 … null Sperre bis April 2020** – feste Regel:

„Pöbeln, motzen: no way!" – *wer doof kommt: wird klar vorgewarnt in Güte …*

Erst beim 2. Verstoß: **Taste**, *Mouse-Klick > „Tschau, it's over."*

NEIN. – Ganz bestimmt, ihr Lieben, ich wüßte nicht: Wie könnte ich euch, wann, vergessen …

DANKE, für eure Herzens-Träume: Franz Stieg, Steiermark/Canada/British Columbia; Lydia Rapp/Innsbruck, Gabriele Haschek, Paul Schwarz/Wien, Monika Donner, Heidi Amadé, Robert Delagio, Martin Sellner, Martin Ruttner, Ignaz Bearth, Carsten Stahl, Carsten Jahn, Silvia Bayerl, Ritchie Link, Manuela Schmiedt, … unvergessen:/+Marlitt Wüstenberg, Aug. 2019, und rasch nachfolgend +Uwe Wüstenberg/… Hunderte, ständige Kurz-Kontakte, am Freizeitabend, am PC. – Jede Woche: *Deutschland, Rumänien, Schweiz, Rußland, Holland, Ungarn, England, Slowenien, Polen, Italien, Philippinen, California, Österreich, ja sowieso ihr Sterne, und so weiter und so weiter,* **Tausende:** waren/sind die **Besten.** – (Anders wäre mir keines auf meine „Konto-Seite" gekommen. Never. Never. Never.) Ich hoffe, allen geht es gut. –

Für eure Treue zur ⁺Länder-Gruppe: DANKE euch allen, wo ich der einzige Administrator sein durfte von 2015 bis Mai 2020 … Ab APRIL **2020:** … **Plötzlich** steht mein fb-Konto … *ständig im Beschuß … der Sperre-Kumpels …*

Tja, wie **nennt** man solche Faulenzer-Koryphäen: **sperren** einem *tatsächlich* das Konto und die Länder-Gruppe, **sobald** der Admin: **am Sonntag! Bitte, liebe Leser:** eine **Landes-HYMNE (!)** von Youtube, in die Länder-Gruppe teilt. (Etwa ab 2018 häuften sich in Massen die „Zecken-PROFILE", die angeben: Arbeitet bei: facebook.)

Echt funky-clever, die Heiko-Sondermarke: „Vom Arbeits-Wesen unbedarft, alias System-Schmarotzer"; aber suuupergeil: **weltweit** im Netz, wie vollgekokste Zocker-Babys: **bim, bim, bim, bim, … die arglosen Inhaber der** Plattform-**Konten** der Reihe nach abknallen, … steckt ihr hinterlistig geschwärzt wie feige Heckenschützen, **g**esichtslos, **namenlos:** mit **Laptop- oder Smartphone-automatischer** Pump-Gun: **„Smart, Steuerfrei & von zu Hause aus."** – <u>**Wie wär's, Sportsfreunde:**</u> statt „Home-Office" im Daten-Nirwana: *Ein Job, wo ihr herzeigbar coole Charakter-Leute seid, mit offenem Gesicht, mit froher Lebensenergie, in maßgeschneiderten Style-Klamotten, wie es euch standesgemäß als* „Humans" *zukäme. – … Studiert lieber mal *korrekt: eure Träume, *checkt mal genau die Fakten eurer Umfeld-Realität: was diese euch sagen, und packt es an.* – Gott segne es. Punkt. –

… Soviel, verehrte **Leser,** auf der <u>„Meta-Ebene",</u> die jeder Psychologe kennt und jeder Parapsychologe. – (Und danke für Ihr Verständnis.) –

DANKE an **„Barbara",** danke für alles: Von allen wunder-wundervollen „Humans" warst und bleibst du für mich die Allergrößte. –

Sie, liebe Leser, werden ihr in diesem Buch begegnen: **Sie** hat ihren Inkarnations-Auftrag: **beinhart** erfüllt; und letztlich doch ihren Lohn dafür geerntet: Aber **HIER** auf **Erden** bitte bereits *(und nicht erst blablabla am „St. Nimmerlein")*. – WAS sich da also zugetragen hat, 1990/91, lesen Sie gerne nach, im kleinen **Erdbeerroten,** *vom novum verlag:* **„Die ein letztes Mal leben"** – In der *lebhaft fließenden* Power-Novelle Nr. 12 „Sonnenseiten einer langen Nacht", da finden Sie es. – Und überhaupt: In den 12 innovativen *Love-Power-Novellen, jede rund 20 Seiten stark: **Sie** werden *staunen,* **was** so manchen alles zukommt, durch ihre „Traum-Kanäle". – Also dann: Viel Spaß dabei! – Ich glaube gar, Sie werden auch das Erdbeerrote gerne haben. – JA wirklich: Die *faszinierendsten „Humans" laufen Tag für Tag herum* auf dieser Welt. Exakt: Das ist so. – http://ingrid-b.hoffmann.pageonpage.com

*Ein Letztes noch, um **Ihre** Träume (vor *Shanghai* und dem Buch **WILRUN**) kann ich Ihnen hier anbieten:

*Wenn es Fragen gibt** – gern können Sie fragen:

Was sind *Sparring-Träume?** Was heißt: fremd indiziertes Karma abtragen? Animalische Träume: wozu? Erotik **im** Träumen: wozu? Horror-Träume: wozu? Kinder, Essen, Hasen, Küken, Auto, Fahrrad, Mofa, Harley Davidson, Engel-Mann, … Menhire, Gräber, Hügelgrab, aufgebahrt, Begräbnis, Sterben, Tod …** Setzen Sie solche Stichworte, für Sie zum Überblick: **eigens** auf Ihre Stichwort-Notierliste …

Wenn solches Ihre Fragen sind, können Sie gern mit Betreff: TRAUM-KANAL **Ihre** *Stichworte** senden an Mailadresse: kraft.traum.box@gmail.com

Bei entsprechend aufkommendem Interesse: Wenn ein Info-Portal auf Youtube gewünscht wird, bin ich gern für Sie dabei. –

4 TELEPATHIE im NOTFALL „SHANGHAI"

(**Erlebte Traum-Praxis, 23./24. April 2022**)

Liebe Leserin & lieber Leser:

Nun hatte ich das (Short), das Kurz-Video online gesehen – Hernach, **bei Nacht**, hat es mir im Traum: dieselben Szenen, wiederholte Male: **gezoomt** – entfernt – **gezoomt** – entfernt … besonders: **das bittere Weh-Geschrei
von Shanghai, bei Nacht.** – Ich will es hier für Sie, nur
kurz angedeutet haben, denn auch das: ist erlebte Traum-
Praxis und muß darum herein in dieses Buch. – Hiermit
wünsche ich Ihnen den optimalen Erkenntnis-Gewinn
vom Buch-Teil „Wilrun" mit erstklassigen Informationen
zu Ihrem Anliegen: Ihre Träume selber richtig deuten. –

In bester Zuversicht auf allerseits werterfüllenden Erfolg,

Ihre
I.-B. Hoffmann

(Erlebte Trauma-Praxis, 23./24. April 2022)

Meine Leserin & lieber Leser,

Das Buch „WILRUN"

DAS ERWACHEN

1 Tasten und Schauglas

<mark>*Status-Anzeiger/PANZER-TRESORSCHLÜS-SEL-START-UP:</mark>

<mark>**DIE SPIRIT-GRADE UNTERSCHEIDEN, LEICHTGEMACHT.**</mark>

Betriebsausflug in einem Grandhotel in entlegener Bergregion:

Es scheint akute Faschingszeit zu sein: Viele haben bunte Kostüme an, die sich voneinander sehr unterscheiden.

Wilrun Ena trägt ein hautenges, bodenlanges Kleid, ein Kleid mit tiefem gerafftem Dekolleté, langen Puffärmeln; das Kleid sieht hinreißend aus zu ihrem schulterlangen Blondhaar; es ist aus blaßlilablauer Brokatseide.

„Welche Kanaille hat mir ein so hartes Getränk eingeflößt, im Schlaf?" ... Sie ist kaum fähig, einigermaßen ordentlich zu gehen.

Ihr Hals ist inwendig so dick angeschwollen, daß sie Mühe hat zu sprechen. – Andauernd sagt sie sich vor: „Wenn ich bloß nicht so **besoffen** wäre!" – Wilrun denkt: „Was wird mein Sebastian sagen, er hat keine Ahnung, wo ich stecken könnte." – Sie sieht sich barfuß gehen ... Sie kann das Zimmer nicht finden, in dem sie ihre Alltags-Klamotten zurückgelassen hat; die Gäste-Zimmer des Grandhotels sehen aus: eines wie das andere; sie irrt am Gang, von Tür zu Tür, im Kreis: beinah in jedem Zimmer, wo sie zur Tür hineinguckt, wird im selben Moment ein weibliches Belegschaftsmitglied gebumst.

Aus einem solchen Gemenge wirft ein Firmenarbeiter ihr lauthals zu: „Du! Bist **auch** gleich an der **Reihe**, wie dem Meier sein Hund!"

Wilrun sagt sich vor: „**Mich** kriegen die **nie**! – Wenn ich bloß nicht so **besoffen** wäre!" – Sie sieht in einem Rahmen eine Tür hängen, daran ein festes Metall-Schloß, darin steckt ein verzierter Generalschlüssel.

Sie greift sich flugs den Schlüssel, ein Hotel-Page geht soeben an ihr vorbei und grinst höchst belustigt übers ganze Gesicht:

„**Wozu** denn **DAS**? Die **Türen** sind ja für ihren Rahmen, zu klein!" –

Wilrun kontrolliert … Tatsächlich: Die Tür ist völlig frei durch ihren Rahmen raus- und hineinzuschwenken; die Tür, **kein** Schutz?? … Sie ist gar nicht verschließbar!?? – Scheiße!

Sie sucht ins Freie zu kommen.

Im Hotelfoyer, rechts, tritt sie heran, an das raumhohe, kristallklare Schauglas: Sie sieht darin wirklich fantastisch gut aus!

(Wenn sie bloß nicht so **besoffen** wäre!) Sie strebt dem Ausgang zu, entdeckt vorher, rechter Hand, eine Nische mit Telefon. Sebastian empfängt spontan ihre Kurznachricht. – Geschafft!

Wilrun taumelt weiter: dem breiten, hohen Bogen entgegen: vom weit offenen Ausgangsportal.

Sie kommt auf freies Terrain: Gelände aus Pappmaché, hügelig.

Sie gewahrt unter ihren nackten Füßen: einen Spalt im Erdreich, eine Aussparung, in der sie sich notfalls verbergen könnte.

Schon hört sie die „Indianer" spielenden Voll-Narren sie johlend verfolgen. Sie springt in den Spalt hinein, drückt sich geschmeidig in die Aushöhlung unterm Erd-Vorsprung. Sie wird übersehen: Krakeelend setzt die Horde blind hinweg über ihren Sichtschutz.

Wilrun flieht.

Sie gelangt in eine unterirdische Grotte. Darin ruht ein Riesen-Urtier, … es besteht scheinbar aus mörtelartigem Graumaterial; zu mehreren S-förmigen Passagen scheint es zusammengelegt zu sein. Bei dem Tier könnte es sich um einen lindwurmgroßen Aal handeln, mehr noch: denn scheinbar ist es elendslang. –

Die Haut des Tieres: fühlt sich warm an und Vertrauen erweckend: wie etwa der Leib einer warmblütigen Schlange.

Wilrun sitzt im Nacken des Ur-Tieres auf.

In dem Moment, wo sie bequem genug sitzt, hebt es seinen Kopf: Zielsicher bewegt es einen Körper kerzengerade hinauf; sehr hoch hinauf, bis ganz hinaus ins Freie. –

Wilrun Ena darf absteigen: Sie befinden sich auf einem Hochplateau. –

Von hier aus kann sie weithin alles überblicken.

(ENDE)

… 1948: Lenzing, Ostermond, Wonnemond, Bracher,

Heuert, Ernting, Herbstmond, Weinmond,

Nebelmond, Start! – Christmond

… 1949

… 1950

… 1951. Dieser Tag ist ein Samstag. –

Die aparte Barbara mit dem kastanienbraunen Haar gilt noch immer als das „hübscheste Mädel vom ganzen Haus".

Soeben hat Barbara Klein-Wilrun abgeholt vom Kindergarten. Jetzt kramt sie in ihrer Einkaufstasche nach dem Wohnungsschlüssel. Der Einzelraum liegt zur ebenen Erde; die Mutter sperrt die Tür auf. Ein flacher Unterteller steht auf der Tischmitte, darauf flackernde Kerzlein:

eines, zwei, drei! Neben diesem Geburtstagsgedeck sitzt eine Puppe. Höchste Zeit! Schon seit ihrem ersten Geburtstag hatte das Puppenkind, „geschlafen", in Barbaras Wäschekasten!

Das Püppchen sitzt auf einem Schriftstück.

„Ist das **auch** ein Geburtstagsgeschenk, Mami?"

Barbara entfernt kleine Tränen aus den Augenwinkeln.

Sie antwortet:

„Man nennt so etwas ein Dokument!" – Wilrun hat nicht verstanden, sie fährt fort, Barbara fragend anzugucken.

Die jedoch wischt mit dem Schürzenzipfel über ihre geröteten Lider, packt den Zettel fort, zurück in die Schachtel, in der Wilrun das „Dokument" schon einmal gesehen hat. Ja fein, dort ist es wenigstens gut aufgehoben. –

***

Ihrer Freundin Frau Leinweber vertraut Wilrun an:

„Ich weiß nicht weshalb … aber mir kommt die ganze Welt: auf einmal so **neu** vor."

Die Greißlerin stemmt ihre Werktags-Hände in die Hüften, sieht Wilrun ganz schräg an und meint: „Ja, aber **eines** weißt du **längst**:

„Wilruns" Mutter „BARBARA"

daß deine Mama sich sehr freut darüber, wenn du von überall her **Lieder** anschleppst: in eure Wohnung!"

(Was bitte steht dem Wesen von Erwachsenen schöner an, als kleine Kinder zu bestärken, in ihrer großen Herzensfreude? –)

Da, im Besatzungs-Wien: … wachsen (gehörmäßig) die jungen Kinder auf, mit Minimum: vier Sprachen. – Barbara sagt: Geheimnisse reden die Großeltern gern auf Ungarisch, Schwyzerdütsch gibt es am Hof der Großeltern, zu Ostern und Weihnachten; Onkel Joschs erster und zweiter Sohn, die wurden noch droben geboren, im alten „Juden-Haus": Die Gemeinde vermietet das alte Mehrfamiliengebäude an ein paar Jungfamilien, die grade selbst im Dorf ihr eigenes Häuschen bauen; … gleich drunten, im

Nachbardorf: steht noch die Synagoge: wo einst Kaufleu-
te, Weber, Kanzlei-Schreiber, Notar und Ärzte und die
Söhne: beisammen waren zum Beten und zum Lesen der
Thora. – Barbara sagt: Im Nachbardorf, wo einst die Ju-
den-Schule war, *(zufolge der „Zerstörung Jerusalems")*, sitzen
seit nach dem Krieg nunmehr die Dorfkinder: die Volks-
Schüler. – Barbara sagt: In den nahen wendischen oder kro-
atischen Dörfern grüßt man anständig als Kind mit: Dobre
dan; … und alle Sinti und Roma würden außerhalb ihrer
Sippen ohnehin glatt das ortsübliche Deutsch sprechen …

<u>Noch einmal Wien</u> – Nahe den Demarkations-Linien:
verstehen Kinder die Besatzungs-Russen ziemlich gut: Mit
„njet" und „dobro" **und** an ihrer **klaren** Körpersprache; …
Französisch: zumindest via Radio; … Deutsch/Wiene-
risch, ja sowieso; … das Englisch/Denglisch, vielleicht
wo: drüber halb der Donau und auf Sendern, wie dem
„Blauen Donau-Radio", … gut Amerikanisch, jedenfalls:
in Döbling, Währing und Gersthof … Und Böhmisch,
Mährisch, Polnisch, Jiddisch, Hebräisch und noch mehr:
ist alles da. – Wenn aber **flott** geredet wird, wobei die
Augensprache ziemlich untergeht, ja gut, dann unterscheiden Kinder: eben nur nach dem besonderen Akzent. –

* * *

Aus dem Radio singt Marika Rökk. Das Kind, völlig
verknallt ins schöne Heute dieser Stimme, singt hinge-
rissen mit.

Da ist die Mutter **schon** wieder, nahe an den Tränen! Sie
stürzt mit dem Zeigefinger los auf die weiße Taste, das
grüne Radioauge – erblindet.

„Schluß! Schluß damit!", ereifert sich Barbara, „Was heißt denn hier ‚schön'!? – Sieh dich doch einmal richtig um hier, Kind! – Ein **Rattenloch** ist diese Bude! Eines, das den stärksten Mann umwerfen kann!"

Das scheint Wilrun … bisher völlig entgangen zu sein. – Was steht denn geschrieben in Barbaras Gesicht?

… je länger Wilrun ihre Umgebung vergleicht mit dem Gesichtsausdruck ihrer Mama, desto bereiter ist das Kind, Barbaras Ansicht zu teilen.

Die Mutter erholt sich rasch wieder.

Sie lockt: „Ich weiß ein anderes Lied für dich!", dabei zieht sie das Mädelchen näher heran an das einzige Fenster des Kabinetts. Der Ausguck zeigt einen trostlosen Schacht; Koloniakübel sind darin eingepfercht und denen gegenüber – das Waschhaus:

Die Waschküche führt ein schummeriges Dasein mit eiskaltem Fließwasser. Barbara und Wilrun können sie **nicht** ausstehen!

… die Augen des Kindes folgen denen der Mutter nach: Sie klettern die gegenüberliegende, nachkriegsgraue Hausmauer hoch, bis zum ersten der vier Stockwerke und – Endstation!

Das Frauenantlitz wirkt auf einmal entspannt: ganz so, als könne Barbara ein Bild erschauen, das bestimmt zu finden sein müßte, irgendwo, weit weit jenseits der grauen Mauern.

Nun beginnt Barbara zu singen: „Bei mir zu Haus: da blüht für dich ein schöner Garten! Bei mir zu Haus: da scheint die Sonne für uns zwei!" – Und dann noch: „Bei mir zu Haus, wo tausend Träume auf dich warten …" – Wilrun liebt ihre Mutter.

Wilrun liebt ihre Mutter und das Schlager-Radiogerät.

Wilrun liebt ihre Mutter, das Schlager-Radio und den großen, gerahmten Spiegel über dem Tisch. So sieht Wilrun also aus: kurze Nase, große Blauaugen, Blondwellen bis über die kleinen Schultern.

Von Frau Müllner stammt der handliche Hund aus lila Flanell-Resten: Diesen hat sie mit weißen Hemdknöpfen sehend gemacht. –

Wilrun liebt ihre Mutter, das Radio, den Spiegel, ihren lila „Waldi" und nun auch: ihre Puppe.

(Ach was: Die heißt doch nicht „Schildkröt"!!)

Für Wilrun heißt sie gradheraus: „Sophie".

***

Während der nächsten Szene läuft parallel dazu eine andere, an einem anderen Punkt der Welt. Dort finden wir – stets unbekannten Aufenthaltes, Wilruns Vater; er wirkt dort als Kapellmeister und spielt, im eigenen Schautanzorchester, Violine oder Klavier. –

Wilrun selbst aber lauscht der Stimme der Sängerin Rosita Serrano. Sie kann es fast sehen, was sie als Kleines da nachzuäffen versucht:

„Übers Jahr, wenn die Kornblumen blühen …"

Das Kind läßt auch mit Begeisterung den Schlager „Roter Mohn" einfließen in sein Gemüt. – Die Bilder trägt das Kind in seiner Seele.

Für Wilrun ist es nur noch eine Frage der Zeit: wann zum ersten Mal lebende Feldblumen vor ihre Augen kommen werden.

* * *

„Nein bitte: Das dürfen Sie ihr wirklich nicht angehen lassen …", protestiert Barbara gegen solche Freiheit – sie scheucht ihre Kleine fort von der Buchstaben-Tipp-Maschine des Gastgebers.

„Und du!", wendet sie nun den Spieß gegen Wilrun, „du bleibst von nun an eisern neben mir sitzen; hast du kapiert?"

Mies! Miserabel! Scheußlich! Herr Mendel braucht die Kleine doch nur anzusehen!

Mit dem Scharm eines Gönners geht er zu auf Barbara: „Aber Barbi, Sie sind doch gekommen, weil Sie mit meiner Frau plaudern wollten! Also trinkt doch zusammen euren **Tee** – und redet über euer Dorf! Und **kümmert** euch gar nicht um das, was **wir** beide vorhaben!"

Verstohlen blinzelt Mendel Wilrun zu.

Er löscht den Kinderkummer mit Papier: Mit einem so gebieterischen Schnarren zieht er den weißen Bogen ein in die Walze, daß Barbara sich geschlagen gibt. Sie kehrt ihr Interesse wieder allein der Freundin zu.

Schon tippen zwei Fingerchen gezielt bald auf diese, bald auf jene Taste, sie befehlen Hebel aus ihrem Bett, setzen – hack, hack – stumme Zeichen auf den unbefleckten Untergrund.

Jedes Mal, wenn zwei Hebelarme in den Clinch gehen, zuckt aufgescheucht das Damen-Duo in die Höhe. Den Gönner bringt das nicht aus seiner Ruhe. Er hilft. –

… Die Minute scheint **überreif** zu sein! Barbara zieht ihren Sprößling mit sich nach draußen, in den Vorraum: Sie packt Wilrun in das milchweiße Plüsch-Mäntelchen; sie lobt das schmackhaft gesüßte Heißwasser der Gastgeberin, bis über den grünen Klee, sie stülpt dem Kind die weinrote Strickmütze über, sie schnürt die Bänder zusammen unterm Kinn, sodaß die dicken Pommeln nur so tanzen.

Auf Barbaras Anweisung, kratzt Wilrun einen höflichen Knicks … dabei fällt ihr etwas auf: Ihre Mama bemüht sich darum, für Wilruns „unmögliches Betragen" um Nachsicht zu werben!!?

Mendel schüttelt Barbara freundschaftlich die Hand.

Dann zückt er aus seiner Gesäßtasche zwei Märchenbändchen hervor. Er klemmt sie fest, unter Wilruns rechtem Arm, zwinkert nun „ganz offiziell".

Es war also doch nur: halb so schlimm? –

Wilrun und Mendel werden einander nicht wiedersehen.

Meister Mendel ist – ein Brandstifter.

***

Wilrun denkt jetzt, daß **alle** Einzelkinder sich sehnen nach Geschwistern. Ihr begegnen sie fast überall, wo sie bekannt wird:

Da sind im Kindergarten Buben und Mädchen, die besitzen daheim wunderhübsche Kinderbücher. Da wohnen … über ihr, in den Stockwerken – und in den benachbarten Häusern – ältere Kinder; einige lassen sie stöbern in ihren Sammlungen; andere schenken ein abgefranstes Buch gerne her; wieder ein anderes liest gerne vor – aus seiner Jung-Leserattenzeit. –

Wilrun findet: Leute, die ein Buch lieben, und Bücher, oder wenigstens ein Koch-Buch, sind viel entspannter, zufriedener, liebenswürdiger als andere im täglichen Umgang. Zum Beispiel die grauhaarige Frau Kohout vom Arbeitsamt am Esthe-Platz: Sie hält ein buntes, selbstgehäkeltes Netz in der Hand für Wilrun; es ist gefüllt mit nagelneuem, schimmerndem Inhalt. Dieses Präsent ist wohl: der „allerschönste Hand-Ball von ganz Wien!"

Mit der freundlichen Milchfrau „nächste Gasse, ums Hauseck", wo es atemberaubend … duftet, nach Milch, frischem Brot und Backwerk, ist es ebenfalls gemütlich Tratschen. – Als Wilrun … am allerwenigsten denkt, an den verführerischen Mehlspeisvorrat der Filialleiterin, erntet sie, zu Mamas voller Milch-Kanne dazu, eine „altbackene" (?!?) Gratisdraufgabe. Die wird geteilt, mit Mama! –

Gegenüber – an der Ecke zum Wasserturm-Park, steht schon wieder die Frau Leinweber, die resolute, runde Greißlerin vor ihrem Laden: am Hinterkopf, sauber gezwirbelt, festgenadelt, die silberweiße, dicke Haarschnecke. – Mag diese Frau eine „Derbe" nennen, wer das will. – … Diese Frau hat eine seelensgute Art: wieder überreicht sie „ihrer Klanan" ein Probepäckchen. Irgend etwas – und nichts – verpflichtet sie dazu: „Eines such dir aus", sagt sie oft; ihr Angebot reicht vom Margarine-Würfelchen bis hin zur Schuhcreme. –

Aus dem dritten Stock kommt dem Kind der alte Herr Lorenz entgegen, feierlich mit Steirerhut. Er ist Posaunenbläser, in der Straßenbahner-Kapelle. Wenn er, nächstens wieder, sein Instrument zerlegen, die Einzelteile mit Paste blank putzen wird – dann darf Wilrun zu ihm „helfen" kommen. – Trotzdem wird Herr Lorenz an jedem Tag, wenn sie einander wo begegnen, im Säckel ein Fünfziggroschenstück haben, für Wilrun: „zum Ausgeben!"

… dafür bekommt man im Sommer im Zuckerl-Laden ein Gefrorenes, im Winter erhält man, um eben so einen Groschen: ein Päckchen Kaugummi, anbei: ein kleines Filmstarfoto. –

Oft steckt in kleinsten Dingen ein ganzer Riesenberg voll Herz.

***

Es ist kurz vor Weihnachten. Barbara bringt Wilrun ein Gedicht bei; sein Sinn: wovon Kinder träumen, in der Nacht vor dem Heiligen Abend. Barbara kann es nicht lassen, ihr Hinweis wird angehängt:

„**Alle** Kinder, **alle** Menschen, warten jetzt, auf das Christkind!"

Manche würden vergeblich warten?? – „Sei deshalb **besonders** artig, damit es ja auf dich aufmerksam wird!" – Huch! –

Hat Klein-Wilrun durchgeschlafen? Sie hört ihre Barbara – mit jemand flüstern! ... sie kann nur die Ohren spitzen, ihre Augen wollen nicht aufgehen ... Was geht hier vor?

Neben dem Bett, das sie sonst um diese Zeit mit ihrer Mama teilt, knistert und raschelt es leise ... aber ungemein, aufreizend.

Nur ruhig Blut, Wilrun!

Endlich lüftet der Wimpernvorhang einen schmalen Schlitz, niemand wird es bemerken.

Da steht doch neben dem Bett: Tante Blanka! Beugt sich über einen geöffneten Koffer! – Kramt daraus geheimnisvolle Dinge hervor!

... wie Engelslocken fällt ihr dabei, das helle Haar tief in die Stirn. Blanka denkt, daß Wilrun schläft: Freundlich lächelt sie zum Taufmündel herüber, das wohl etwas unruhig träumen mag. – Aber Wilrun lauscht: Die

Christkindl-Freuden, die hat Tante Blanka soeben mitgebracht, direkt aus der **Schweiz.** – Die Frauen wispern miteinander: „Ja – zu Weihnachten, kommen alle zusammen: Daheim." ... dann raschelt wieder das Seidenpapier der Orangen; sie werden abgelegt, am Tisch. Wilrun gleitet zurück in die Nacht der bravsten Schläfer. –

In den folgenden Tagen ist es einfach, den weihevollen Beginn der Rauhnächte im voraus zu bebildern, es unterstützt dabei: der wunderwelt-hübsche Adventkalender ... Wilrun weiß jetzt: Ab nun wird es nie **früh** genug sein, die großen Jahresfeste – gebührend voraus zu feiern; und deshalb wird sie stille, jeden Abend beten:

„**Bitte,** laß mich auch morgen wieder ein gutes Kind sein: das sichert mir, für meine Fahrt heimzu: die Schoßkarte!"

***

Ein gutes Kind sein, ist oft leicht gesagt. – Wilrun kann den Eindruck nicht abwimmeln: ihre Kindergarten-Tante hat **keine** Zuneigung zu Kindern; die Frau nennt nicht nur sie „deppert", sondern auch andre. Darum ist auch die Freiheit – hier im Park, **wesentlich** behütender, wohltuender als der Feldwebel-Kindergartenton! Hier reichen die Schlüsselkinder einander freiwillig die Hände! – Wilrun sieht sie herumstehen im Kreis, wie sie da allesamt, aus vollem Halse krähen: das Lied von den Sommerferien bei Pflegeeltern in Holland: dort sieht man auch Fischersleute in blau und weißer Tracht ... Und bestimmt verbringen sie, auch nächsten Sommer, wieder bei Pflegeeltern in Holland. –

Was kann ein Kind unternehmen, damit ihm Erwachsene gut sind? Warum sind Wärme spendende Öfen so heiß, daß man sich die Fingerchen daran verbrennt? –

Wie so oft, sehnt Wilrun sich auch in diesem Moment danach zurückzukehren: zu Barbara. – Wie wird es heute abend sein?

Wird Barbara wieder einmal „völlig erledigt!" niedersitzen auf ihrem Stuhl?

Macht nichts, dann wird sich eben das vertrauliche Gespräch beschränken: auf das gemeinsame Gutenachtgebet. –

… dann ist es, als sei man wahrhaftig … der ganzen Menschheit seelisch verbunden, in Herzlichkeit. – Wilrun hört es schon:

„… alle, die mir sind verwandt,
Herr, laß ruh'n in deiner Hand:
Alle Menschen, groß und klein,
sollen dir befohlen sein …
Hab' ich unrecht heut' getan,
sieh es, lieber Gott, nicht an …"

***

Das geflügelte Stop-Wort, das durch die Zeit kursiert, besagt:

„Ach, **leck** mich doch in Krakau!" – Ja so was?? – (Krakau!) –

… da besteht doch eindeutig die Möglichkeit, raschest in die Nähe von POLEN zu gelangen! – Am **liebsten** zusammen, mit Barbara!

„Wie schön ist Polen? Wie weit ist P…??"

* * *

2 Die Kraft gemeinschaftlichen Betens

Der Geist Gottes ist Wilrun derselbe gefühlsmäßige Begriff, wie für jeden unverbogenen Menschen.

Die Kirche ist nur fünf Minuten fern vom Rattenloch.

Barbara wird in der Andacht dieser Protestanten-Kirche beten: für Tante Blanka – und „die anderen".

Wilrun sitzt neben ihrer Mutter auf der vollbesetzten Bank.

Sie kann von hier aus nur drei Dimensionen wahrnehmen: die Nähe von Barbara, den Gesang der Menge, die lebensgroße, gußsteinerne, geweißte Statue des Gottessohnes; die weiße Statue hält die rechte Hand erhoben: über der Sonntagsgemeinschaft, zum Segnen. –

Heute scheinen die Gebete der Erwachsenen endlich alle Himmelsregionen durchdrungen zu haben.

Das Wetter ist mild. Barbara hält ihre Wilrun an der Hand, strebt übers Kopfpflaster, in Zielrichtung Innere Stadt; sie kommen nicht durch: Es sieht fast aus, als wären alle Bezirke außerhalb des Stadt-Rings auf den Beinen: um irgend etwas entgegenzunehmen, aus dem Stadtkern:

Vom Zentrum aus schlägt ihnen mit einem Mal ein Brausen entgegen! Ein Freudenorkan! Er fegt über die Köpfe von Barbara und Wilrun hinweg, hinfort, nach allen Richtungen …

Wilrun fühlt sich von der Wirkung dieses Wirbels so weit betroffen, daß ihr Händchen tiefer hineinkriecht in die Hand der Mutter. –

Da hat wohl eine Segensbotschaft, mit Adlerkräften, eine Kette aus Stahl gesprengt? –

Die Nachricht besteht aus **drei** einfachen Worten – sie setzen sich zusammen aus **fünf** Silben – aus fünf Silben, die plötzlich fünfmillionenfach widerhallen, sich verzigfachen, und so die segensreichsten Hoffnungen aufkeimen lassen.

Etwas – **unbeschreiblich** Herrliches – mußte vorgefallen sein, … alles Fußvolk, scheint einander zu erkennen, in dieser Stunde:

Menschen umarmen sich gegenseitig, Menschen, die einander nie zuvor gesehen; dann lassen sie ab voneinander, eilen, umfangen den nächst daher Kommenden …

Da und dort tanzen welche, auf offener Straße, unzählige Münder lachen, lächeln einander zu – über zahllose Lippen fließen dabei – die unterschiedlichsten Tränen …

Ein Kind könnte den Eindruck gewinnen: daß vielleicht keiner so recht weiß, wohin er eigentlich, unterwegs ist – ab heute. –

***

3 Abstecher in die Zeit davor

Das ist Wilrun?

Winzig und flaumköpfig ist das Kindchen! –

Eben hat es herausgefunden, daß es – trotz des dicken Stoffpackens in der Strampelhose – sich am Gitterbett aufraffen und herumstaksen kann, wenn es oben sich gut festhält.

Bums, da sitzt es wieder!

Barbara steht plötzlich allein mit Wilrun in der Welt.

Alles klar: Ein Wiener Rattenloch tauscht keiner gegen Amerikas „Midnight Dreamings" und „Salsa Lounge"-Rhythmen. –

Barbara sucht nach einer Lösung für ihr Dilemma.

„Vielleicht **ist** der alte Dorfpfarrer gar nicht so streng … vielleicht hat er im Unterricht der Konfirmanden-Klasse nur so getan!"

Nein: Zu den **Eltern** will sie **nicht**.

Bloß **denen** nicht ihre Not eingestehen. –

Der alte Pfarrer ist ein Seelsorger: Er telefoniert, beteuert, schreibt Zeugnis … Barbara kann Wilrun und Reisekoffer zusammenpacken. –

Sie beide werden aufgenommen in einem guten Haus; dort hat es gutes Brot, ein trockenes, lichtes Zuhause und menschliche Wärme:

Barbara schafft als Verantwortliche in der pieksauberen Küche. Das Ganze hier ist das Gegenteil der übrigen Verhältnisse, der Stadt; hier herrschen Fülle und ein Segen, der alle, die hier sein dürfen, beglückt. – Die Schülerinnen und Kindertanten sind unbekümmerte Frohnaturen. – Die Küchenmädchen, singen auch schon wieder!

Sie trällern fromme … und unartige Lieder, im schönen Wechsel? – Da muß wohl heute vormittag wirklich „die Luft rein" sein!

Wilrun weiß: Das Essen schmeckt lecker, ganz egal, ob Bircher-Müsli oder irgend sonstwas vorgegeben ist am Speiseplan. –

Die parkähnliche Anlage beherbergt mehrere saubere Stall-Anlagen, darinnen eine Unzahl von Kleintieren und einen Karren-Esel.

Unter zottigen Trauerweiden blinkt ein großflächiges Planschbecken; unter Laubdächern mächtiger Linden und Kastanienbäume stehen an niederschlagsfreien Tagen die Betten der Kleinen und Kleinsten. –

Das ebenholz-schwarze Piano, im Saal? –

Das sorgt für Festtags-Stimmung. Es untersteht: der Zugriff-Bewilligung der Heimleiterin!!

Ob Wilrun auch einmal an die Tasten 'ran darf? – „Ausnahmsweise!"

Wilrun darf dieses – „Ausnahmsweise!"

Wilrun darf jenes – „Ausnahmsweise!"

Sie kauert jetzt neben Barbara, in deren lichten Mansardenzimmer: dort wo die Wedel hoher Märchen-Tannen durch das Fenster winken; die Mutter hat eben Freistunde. –

Kann das nicht sein, so winken Mutter und Kind einander zu, am Fensterbrett der großen Küche.

Barbara hat in dieser Umgebung enorm aufgeholt. – Sie ist erblüht! – Man sagt ihr dieses Lob – häufig, offen ins Gesicht.

Es ist der Tag, wo sie endlich genesen ist von Umbruch-Turbulenzen; Kriegshöllen-Elend; Totes: niederwalzend versiegeln, etc. … Dieser Notstands-Lumpen und Wassersuppen-Misere der Nachkriegsjahre. –

Sie lehrt Wilrun ein …:

„Komm her, ich sing' dir heute ein schönes ‚Schnaderhüpfl' vor! – Wahrscheinlich hast du es noch nie gehört!"

Schon bettelt Wilrun: „Singen wir es **noch** einmal, Mama? – Nein doch! -Nicht tausendmal, nur noch ein einziges Mal, bitte!"

Also: „Mädel, heirate mich", wirbt da der schmucke Bauer und zählt der Liebsten all das Herrliche auf, was sein Bauernjahr ihr bietet. Übrigens: er kann auch super! für sie Knödel kochen, jede Art: süße feine Knödel, saure deftige Knödel … sie braucht bloß sagen, was ihr Herz begehrt.-

Barbara und Wilrun – Schweizer evangelisches
Mütter- u. Kleinkinderheim, Wien 14

„Hurra: Heimfahren? – Mit dem Zug? In die Ferien?"

Auf dem Kleinbauernhof von Barbaras Eltern hat sich nichts verändert, nur herrscht diesmal: eine andere Jahreszeit:

Jeder weiß, daß er es sicher draufhat, jeder weiß, daß er „kann" … Jeder verrichtet das Seine mit willigen Händen. Jeder fühlt sich frei.

Keiner besitzt ein nennenswertes Eigentum. − Selbstgenügsamkeit.

Die beiden „Urlauber" kommen an:

Mann und Maus ist versetzt in weichherzige Stimmung, helle Wiedersehensfreude − und:

„Wilrun hat sich ja **prächtig** entwickelt!"

… vielleicht ist für Wilrun „daheim" alles neu. **Nicht** fremd! Sie lernt:

Dieses Gesicht gehört zu dem Namen „Tante Blanka", jenes zum blonden „Onkel Josch", das jüngste: zu „Tante Gisl", und das dort: dem brünetten „Onkel Thomas". − Unter dem Lächeln von Tante Blanka scheint im ganzen Haus die Sonne.

* * *

Die beiden jungen Frauen, sitzen beisammen am bäuerlichen Stubentisch. Die blonde Blanka und Barbara schmieden Pläne:

Barbara wird das paradiesische Arbeitsleben aufgeben; sie wird mit Wilrun zurückkehren ins Rattenloch: damit die beiden Brüder ein halbwegs menschenwürdiges Schlaf-Quartier haben − und ein kräftigendes Abendessen bekommen … Blanka wird für eine Zeit in die Schweiz fortgehen – und dort „Rappen auf Rappen" zusammenlegen". –

Eines Tages werden die beiden Schwestern so viel gespart haben, daß sie ein gemeinsames Häuschen bauen werden, auf einem der elterlichen Grundstücke!

Sie wollen dann an der händisch zu bedienenden Ziegelmaschine ihre eigenen Hohlblockziegel herstellen; so wird das dann ablaufen:

Thomas, der Maurer, wird im Mischtrog eine halbnasse Betonmisch' gut durchrühren; der Formtisch mit der Handkurbel seitlich des Modelbeckens braucht Wasser, kommt also nahe zum Brunnen. –

„Von **dort** aus ist der Bretterstoß: erreichbar, auf kürzestem Weg!"

„Ja, Blanka! Dort wollen wir die fertig geformten Dinger, von Schutz-Planen bedeckt, aussetzen, zum langsam Trocknen!" –

„Und **dann** Barbara machen wir das Ganze so: **Du** wirst mit der tiefen Kelle die Form anfüllen, **ich** werde aufs Pedal aufsteigen und so die Form, den guten Viertelmeter, hochheben über den Tisch! Und dann: **nichts** wie abgesprungen vom Tritt! – Damit die Ladung gehörig aufrumpelt, auf der Tischplatte! …"

„Ja, Blanka! Das Füllgut muß sich massiv zusammenstauchen in der Form! – Ich hole dann ein Brett! Auf dieses kann man, mit der Kurbel geht es spielend, den Beton-kuchen aufstürzen, daß es paßt!"

„Genau, und ich muß dann, gleich **noch** einmal, drauf aufs Pedal! – Ich muß ja die Form, vom Betonkuchen, abheben! …"

Vor Staunen gehen Wilrun die Augen über:

Das muß ja … sehr **viel** Eifer, und noch mehr **Lust** – er-fordern: Wenn die zwei „Maurerweiber", schon **jetzt**, derartig in Hitze geraten! –

Onkel Josch und Großvater schauen einander kurz in die Augen;

Großvater stellt sich auf, vor seinen Töchtern, deutet nach Josch:

„Die Holzarbeiten, alle, und den Dachstuhl! Die werden: **wir** beide, für euch machen! Ich sage euch das jetzt schon; damit habt ihr bereits im Vorfeld: um eine Haupt-Sorge **weniger**!"

Onkel Josch sieht es den Schwestern an, die freuen sich riesig:

Juch-huh! Schon im voraus: ein beachtliches Vermögen, eingespart.

Seit Generationen hat der älteste Sohn: das Baugewerbe und Handwerk des Zimmermanns gelernt, im ungari-schen Ödenburg. –

4 Selbstentleibung Einmaldrei

Das Kind ist allein in der Wohnung. –

Von draußen, vom Gang her, hört Wilrun die Stimme ihrer Mutter schelten.

Barbara ist in Rage? –

Gewiß hat der Flohpinscher der Hausbesorgerin wieder hingepieselt, auf ihre saubere Türmatte!

Die Tür wird aufgesperrt.

Hurra, da hat die Mutter Wilruns schöne Tante Blanka im Schlepptau!

So plötzlich! So unangemeldet!

Wilrun fliegt ihr an den Hals!

„Ist schon gut, Wilrun.", kommt es in ungewohntem Ton aus Blankas Mund … Jetzt sieht Wilrun erst:

„Tante Blanka, wie schaust du denn heut' aus deinen Augen heraus?" Was kann denn bloß **vorgefallen** sein?

Die Mutter zetert … noch immer!? –

Wilrun läßt ihre Arme los von Tante Blanka, abwechselnd schaut sie die beiden Frauen an, Wilrun möchte doch vernünftig werden, aus dem Wortsalat der Großen!

Aber ist denn da irgendwo – Vernunft:

Tante Blanka packt als Antwort den Koffer, den sie soeben hereingekoffert hat: Sie stellt ihn draußen ab vor der Türschwelle, dann hebt sie ihn hoch, um ihn, noch einige Schritte weit, von der Türe fortzutragen.

Sie sagt: „Barbara, ich werde warten bis zum Montag, bis zum letzten ankommenden Autobus. – Wenn du bis dahin nicht heimkommen willst, gehe ich in die Kammer des Vaters, und nehm' mir einen Strick. –"

Der kleinen Wilrun lächelt Blanka freundlich zu, so gut sie eben kann.

Das große Tor fällt zu.

Die beiden Zurückgebliebenen fühlen sich nicht wohl. Barbara wird als erste unruhig. – Bis zum Sonntag kostet sie der dreiste Erpressungsversuch der jüngeren Schwester – einen Lacher:

„Die Blanka!? Die ist doch das **blühende** Leben in Person!" … „Blankas ‚Schwangerschaft' wird doch auch das gemeinsame Ziel **nicht** in Frage stellen!" … „An **fünf** Fingern: kann sie sich abzählen, daß Barbara, ihr nicht, auf ‚diesen Leim' gehen würde!"

* * *

Gerade noch vor dem Zusperren treten Barbara und Wilrun bei der Gemüsefrau in den Laden. Barbara inspiziert die Rhabarberstangen, Wilruns Augen haften auf kardinalroten Radieschen.

„**Die** sind für mich zu teuer …", tadelt Barbara, aber dann:

„Gut, ich nehme auch Radieschen mit! – Doch **wehe**, wenn du sie dann nicht essen magst!"

Auf dem Heimweg wird es Abend; als die zwei den Hauseingang betreten, hockt darinnen schon die Nacht: Nur gegen die Hoffenster hin kann Wilrun zwischen Hausinnerem und dem Colonia-Hof noch unterscheiden.

Barbaras Bausparerfimmel vermeidet es anzudrücken, am Schalter vom Dreiminutenlicht, im Flur. –

Im hintersten Winkel wird fordernd angeklopft, an einer der zwei ebenerdigen Türen.

Die Heimkehrerinnen erkennen vor ihrer Wohnungstür: die Uniform des Briefträgers! … Zu dieser Stunde?

Der Bote verduftet, so rasch seine Beine ihn tragen.

Als Barbara die Tür zum Rattenloch geöffnet hat, lacht sie hell auf:

„**Jetzt** bin ich aber gespannt!"

… wer will Worte erfinden, die beschreiben könnten, … wie Barbara plötzlich dasteht … wie sie den Wisch mechanisch ablegt, auf den Tisch, … wie sie ausartet – wie aus ihr ein glucksendes, ein fremdes Lachen ausbricht, das immer heftiger wird, … immer weniger – ihr eigenes.

Spontan wird das Kind erfaßt von Entsetzen: wie ein Wiesel flüchtet es in die hinterste Ecke, hockt mitsamt den Straßenschühlein, die Füße an sich herangezogen, hockt auf Barbaras geblümtem Kopfkissen, auf welchem es für gewöhnlich die kleinen Kindersorgen verschlafen konnte …

Der Hausbesorger ist ein Polizeibeamter.

Schon eilt überstürzt, aus der Nachbarwohnung, die geübte Hilfe herbei. Aber Barbara?!

Sie reißt sich los von allen Bremsen, wirft sich nieder auf den Linoleumbelag, schlägt von Sekunde ab mit ihrem Schädel gegen den harten Fußboden; dabei schreit sie, schreit immer wieder, schreit aus wer weiß welchen Kräften, schreit: „Nein, nein, neiiin!", bis sichergestellt scheint, daß ihr Protest noch in hundert Jahren feinstofflich in den Mauern wohnen würde … Sie läßt ab – als ihr Körper zusammensackt und liegenbleibt wie ausgepumpt:

… im Haus – in der „ B a r b a r a " -gasse. Auf Numero 43.

* * *

Seit diesem „Telegramm" eskaliert der rattenlöchrige Wilrun-Himmel zu einem Wirrwarr.

Als ihre Behüterin Barbara, gottlob, wieder auf die Beine gestellt ist, verabschieden sich die Hausbewohner zu einer „Guten Nacht". –

Irgendwann schläft Wilrun ein ... Dann hört sie Barbara leise schluchzen, vernimmt, wie sie zu ihrem Herrgott sagt: „Du weißt doch: daß ich für alle immer nur das Beste wollte! Für meine Eltern, für meine Brüder und Schwestern – für Wilrun – und doch ganz gewiß, für meine Schwester Blanka!" –

Es wird Tag:

„Wilrun, heute brauchst du nicht zum Kindergarten! Wir fahren mittags heim: Ich muß nur gleich dem Kindergarten und der Gnädigen Frau Bescheid geben! Zieh dich inzwischen an! – Ich komme **bald** zurück!"

Dann sperrt Barbara die Tür zweimal hinter sich zu.

Wilrun hört: wie kräftig die Schritte auftreten, im Korridor.

Als Barbara zurückkehrt, scheint es ihr gut zu gehen; sie spricht von einer Möglichkeit. – „Was aber: wenn dieses **Telegramm** bloß ein fingierter Schreckschuß war von deiner Tante Blanka?"

(Ja bum! – **Da**nn hatte er **genau i**n den Kreuzpunkt der schwarzen Mitte getroffen.)

... Aber **dann**: ... „Wird ‚das holde Schwesterlein', heute nachmittag seine ‚blitzblauen Wunder' erleben ..."

***

Die Tramway-Fahrt, die Autobusreise – sind überstanden; Barbara hat neben Wilrun gesessen und war ihrem Gedankenmix nachgehangen.

Noch jedes Mal war es Wilrun bei so einer Bus-Schaukelpartie flau geworden im Magen. Heimwärts geht es nun einmal etwas talab und immerzu hinweg über Bodenwellen und Straßenlöcher. –

Endlich dürfen sie heraus aus dem Gefährt.

Von der Aussteige-Stelle aus nehmen sie einen Strecke-Abschneider in Richtung Großeltern: Über den Geröllweg der Rindergespanne und Pferdewagen geht es vorüber an grün-gelben Kornfeldern und Obstbaum-Wiesen.

Über Pfützen und Wurzeln, Stolpersteine und herabgefallenes Geäst, vorbei an Wildbeerenhecken und Akazienblüten gelangen sie auf die Sattelhöhe, wo ein tiefer Graben zu umgehen ist; der ist durch und durch verstrüppt, mit Dornen, Unkraut, Brennesseln.

„Könntest du dich, ab jetzt, schon allein zurechtfinden, Wilrun?"

Kurz hält Barbara inne, in ihrem Marschtempo.

„Ich denke schon, Mama!", keucht Wilrun, „hier beginnt ja schon der Wiesensteig!"

Und von hier aus sieht der Obstgarten des Großvaters ganz nahe aus!

Man braucht nur noch dem Weglein, taleinwärts, immerfort zu folgen: dann gesellt sich schon bald, in parallelem Lauf, ein kleines Wiesenwasser hinzu als Wegweiser; es **kann** eigentlich nichts schiefgehen: Der Weg und das Wasser führen unten im Tal, streng vorbei, am Grün-zeug-Garten der Großmutter, … eine Weggabel führt von dort direkt zum Hinter-Tor der Scheune!

„Mama, warte kurz auf mich, ich **muß** mal!"

Schon geht Wilrun tief in die Hocke. –

Einen Moment lang … sieht es aus, als wolle Barbara war-ten, dann aber setzt sie sich in Gang. –

Sie geht plötzlich nicht mehr – sie hetzt sich –, sie legt sich ins Zeug, ist **schon** unter Bäumen verschwunden!? … **So** etwas ist noch nicht dagewesen … „Mama! – Warte auf mich! – Mama!" –

Wilrun zieht das eben noch hochgekrempelte Kleidchen am Saum zurecht, spurtet Barbaras unsichtbarer Fährte hinterher.

Ihre Knie fangen zu bibbern an – und: „Ach was! Ich kann sie ja doch nicht einholen, bei **diesem** Tempo!" –

Dieser Steig hatte bisher noch **jedes** Mal, in die kindli-che Seligkeit geführt …

Das der Kleinen zugekehrte Hinter-Tor steht angelweit offen, das nächste einen Flügel breit: gibt den Zublick frei, zu Hofbrunnen, Schöpfstange und Holzeimer. – Jetzt be-ginnt auch Wilrun wieder zu rennen …

Ihre ewig junge, weißhaarige Großmutter stürzt ihr ent-gegen aus dem Bauernhaus: Um ihre Schultern herum ein monströses, schwarzes Stricktuch geworfen, unterm dunklen Überrock lugt eine Serie unterschiedlich farbiger Kittelsäume hervor.

Die Ahne eilt ihr entgegen, schlägt vor Aufregung kurz die Hände vor dem Gesicht zusammen, mit offenen Armen fängt sie ihr Enkelkind auf.

„Hörst du, was deine Mama da drinnen aufführt?", fragt sie mit kurzem Atem und deutet mit der Hand nach den Stubenfenstern: „Sie ist dort drinnen: bei deiner Tante Blanka!" –

Als sie es sagt, da sind ihre Augen tiefe, tiefe Wunden.

Wilrun trippelt über die Steinstufen, bis zur Küche, sie sieht nur: die offen stehende Stubentür, aus der die Stimme von Barbara dringt.

Klagen. Klagen.

Inbrünstig schmerzerfüllt: ohnmächtige Klagen.

Das Kind tritt behutsam über die Schwelle.

Erst kann es nur das Bretter-Lager sehen: das getragen wird von zwei Holzböcken; hunderte Lieblinge aus dem Garten der Großmutter halten in dichten Reihen weihevolle Totenwache: rosenrote Nelken … dicke Vergißmeinnichtsträußchen … volle, lodernde Rosenblüten … lila Löwenmäuler … grünlichweißer Kugelflieder … Tränenherzen.

Wilrun stellt sich auf die Zehenspitzen, um die Tote zu betrachten.

Ein Anblick: strahlend und rein …

Wie neuer Schnee.

Dieses Licht werden die Erdbrocken nicht auslöschen.

***

PROBEN AUF DAS EXEMPEL

5 Die Kraft des brennenden Wunsches

Die Stadt Wien hat Barbara und Wilrun wieder.

Barbara kriegt überall Krach, gerät in Verdruß, regt sich auf ohne ersichtlichem Grund. –

Auch gegen ihr Kind gerät sie wegen geringfügigster „Vergehen" in Weißglut; gleich darauf versteht sie sich zu zügeln, schwenkt auch schon herum, um hundertachtzig Grad, herzt ihre Wilrun:

„… du **weißt**, daß ich für dich nur das Beste will?"

Das ist absolut richtig … Das Kind ist **überzeugt** davon. –

„Sag, Wilrun, ist mit mir nicht gut Kirschen essen oder – was habe ich den Leuten denn getan?"

Das Kind fühlt sich verpflichtet, die Auskunft schuldig zu bleiben.

Es muß zusehen, wie Barbara in der Zukunft immer öfter – sich selbst mißtraut. Bald fällt es Barbara schwer, Leute als diejenigen zu erkennen, die sie – ihrem Äußeren nach – darstellen.

„**Lieber** Gott: Laß mir für Mama etwas einfallen!", und endlich, in jener Manier, die neuerdings eingerissen ist im Rattenloch: „Himmeldonnerwetternocheinmal, wenn schon mein Vater nicht hier ist: Warum habe ich dann nicht wenigstens einen Onkel!?"

* * *

Seit Stunden ist Wilrun eingesperrt im Rattenloch, hat zugeschaut: Vor dem Fenster hat eine Maurerpartie ein hohes Gerüst aufgestellt.

… da beginnt ein großer, fescher Mensch das Mauerwerk der Hof-Fassade: abzuspachteln, über dem oberen Fenster-Abschluß. – **Der** gefällt Wilrun … so ähnlich stellt sie sich Heinz Conrads vor, den Sprecher der Sonntag-Morgen-Sendung aus dem Radio. – Der Mann schlägt, schert, spürt: daß er beobachtet wird. Er lächelt hin und wieder herab, zur Kleinen am Rattenlochfenster. – Dann kommt Barbara nach Haus!

(Natürlich hat sie das Kind **sofort** fortgejagt vom Fenster.)

Hoffentlich … wird bald die **Sonne** über die **Dächer** hinweg sein, … nur so weit: daß die Maurer noch ausreichend sehen können, zum Weiterarbeiten … Nur **so** weit hinüber, daß herinnen schon das **Lampenpendel** leuchten muß: Wenn „er" … vom Gerüst herabsteigen wird, vielleicht sähe er, wie hübsch Wilruns kleine Mutter ist! – Wilrun denkt: „Oh, wenn er doch **könnte**! – Wenn er doch mit uns ,**anbandeln**' würde!"

Er verschafft sich das reizendste Entree, das man sich ausdenken kann, auf einer Baustelle: Durch den Luftspalt
vom Oberlicht des Fensters läßt er ein Kindertaschentuch
fallen, eines mit rotem Rand: „**M**ax und **M**oritz im Teig-
Trog"! … Oh, du **lieber**, lieber Himmel –

***

Barbara mault: „Wilrun! **Der** ist ein **Gesch**iedener!"

Dieser Tonfall!

Was soll denn … diese Bezeichnung zu tun haben können mit Barbaras Glück!?

Er ist ein **M**ann! –

… einer: der Wilrun nach seinem Arbeitstag auf dem
Arm trägt, einer, der mit der freien Hand ihre Mutter an
der Hand führt, bis zum Promenadenweg am Stadtkanal;
einer, der das tote Dreckwasser und die nachtschwarzen
Fähren vergoldet, für „seine Mädchen".

Ihm darf Barbara sich anvertrauen. Er bringt ihr Blumen,
Pralinen, er brachte eine Kassette an, die austapeziert ist
mit moosgrünem Samt und in der ein Tafelbesteck fun-
kelt: das „sogar die Gnädige Frau betören würde" … Er
ist einer, der erraten kann, welche Dinge „seine Wilrun" aus dem Häuschen bringen, vor Freude: Malbüch-
lein, Pinsel, Wasserfarben; Bilderbogen, Papierschere; ein
tintenblauer Buntstift „zum Schreiben" und Sonnenbril-
len, die Wilrun ganz stumm bestaunt hatte, vor der ex-
quisiten Auslage der Parfümerie, … alles das hatte bisher

gewartet in seiner hübschen Wohnung, um irgendwann mitgenommen zu werden, in die „Barbara"-Gasse. – Dieser Mensch läßt nichts unversucht, das Vertrauen von Barbara auszubauen. –

Sie ist gesund, wenn er da ist. – Aber dann fängt das schon wieder an: **daß** ihr eben **nicht** zu helfen sei!

… Barbara heult darüber nächtelang – und endlich scheucht sie, wie eine Furie, den Engel zum Kuckuck.

* * *

Wie denn –

Wie soll Wilrun denn im Herbst zur Schule gehen?!

… Barbara ist unfähig, allein auszugehen.

Wilrun begleitet sie überall hin. Es kommt so weit, daß Barbara sich **nicht** mehr aus der Wohnung wagt.

Wie selbstverständlich verrichtet Wilrun, an Stelle der Mutter, alle notwendigen Wege; ihr fallen die lautersten Ausreden ein, das Ausbleiben Barbaras zu entschuldigen.

Barbara beichtet: „Wilrun, wenn **du** mit mir in der Villa der Gnädigen Frau bist, dann fürchte ich mich nicht vor den dichten Spinnweben; die sind **überall** gespannt: Ich sehe sie sogar **im** Haus, obwohl ich überall wische und wische …"

Das **Goldfischpärchen** der Haustochter: das hat tatsächlich der große Ausgußschlund durch eine kleine Unvorsichtigkeit von Wilrun verschlungen. Barbara muß **sofort** davon Kenntnis haben!

Die ist beruhigt: weil ihr das Eingeständnis der Kleinen Mut macht.

Wilrun ihrerseits ist beruhigt: **weil** der Tatbestand so stimmt.

* * *

Bereits in ihrer ersten Schul-Stunde wird Wilrun von der Lehrerin in die Schandecke geschickt!

Doch **warum** sagen Lehrer nicht: was **genau** sie von den Kindern erwarten; beim Vorlesen etwa: absolute Stille. – Die Lehrerin liest aus dem Buch „Hänschen klein“ vor.

Was hatte Wilrun … Schändliches angestellt?? –

Sie hat doch bloß ihrer Sitznachbarin ein paar Worte zugeflüstert!

Wie **kann** diese Frau ihr so etwas antun?! –

Also Frieden! – Wenn die Erwachsene eben nicht **gescheiter** ist, dann soll sie Grund bekommen, sich jetzt wieder zu beruhigen: Wilrun stellt sich in den Winkel hinter der aufklappbaren Tafel.

Mensch! Hänschen hatte es gut! – Der Bub konnte schon schreiben: „MAMA, O SAUSE, O EILE! HANSEL – AU, AU!“

Von Tag zu Tag ruft es Wilrun weniger und weniger enthusiastisch in diese Tafel-Klasse …

Irgend etwas **hat** jetzt zu geschehen! –

Sie weiß für sich und … ihre Mama **keinen** Rat mehr … sie ist, wie Barbara zu sagen pflegt, mit ihrer Weisheit am Ende. –

***

DER PANZER-TRESOR/ SCHLIESSFACH-HAUPTSCHLÜSSEL

(Der zur Inkarnation bestimmte: Geburts-Auftrag.)

DAS LEBENS-LEITMOTIV ERKENNEN, LEICHT-GEMACHT.

Wo befindet sich Wilrun mit Barbara?

… sie betreten ein unbeleuchtetes Stockhaus: Innen wirkt es mittelalterlich verkommen, und fast gar kein Licht; es kommt ihnen baufällig, brüchig und unsauber vor!

Wilrun beginnt auf Barbara unaufhörlich einzureden, spricht davon: daß am Weg dann **keine** von ihnen beiden einen Rückzieher machen dürfe; denn oben im dritten Stock erwarte sie beide: eine Wohnung, bezaubernd heimelig und schön. Der Aufstieg erweist sich als mühevoll … Bis hoch zum dritten Stock gibt es, offensichtlich, mehrere Zwischen-Etagen: Parterre, Hochparterre, Mezzanin, Hochmezzanin sind teils durch … emaillierte

Schrifttafeln, … teils durch in Metall gravierte klar als solche gekennzeichnet. – An der rechten Seite, im Gemäuer, findet sich im Stiegenhaus ab und zu ein Fenster; die Ausblicke zeigen: draußen ist es **stockfinster**.

… endlich sind die beiden dann so weit, … Wilrun öffnet die Tür:

In strahlendem Sonnenlicht erglänzt ein helles Hartholz-Parkett, die großräumige Wohnung ist edel stilvoll eingerichtet, die Tapeten von gesundem Efeu überrankt; sonst: tropische Container-Pflanzen, etliche exotische Vögelchen schwirren niedlich herum und piepsen … „Das sind ja **hunderttausend!**", denkt Wilrun: Die Wände sind, großenteils bis hinauf, verstellt mit breitbrüstigen Büchereien. –

… aus irgendeiner Ursache, wird es nötig, die Wohnung der Bücher, kurzfristig zu verlassen; es pressiert, als sei ein dringlicher Auftrag zu erfüllen. Barbara rät: „Damit wir rascher zurück sein könnten, sollten wir den **Lift** benutzen: Hier, rechts!" –

Wilrun äußert sich entschieden dagegen: Das vergammelte Werkel könne etwa zusammenbrechen oder irgendwo im Zwischenbereich steckenbleiben; kommt **nicht** in Frage, es zu benutzen: „**Wir** gehen zu Fuß – **da** sind wir sicher." – So steigen sie das schummerige Stiegenhaus abwärts, zum Erdgeschoß, halten sich am **Handlauf** fest: der fühlt sich an, als sei er aus gediegenem Holz beschaffen und fest verankert an der Mauer. –

Als sie endlich den Ausgang erreichen: ist es auf der Straße mittlerweile fast taghell. – Barbara und Wilrun stehen noch einen Gedanken lang beisammen, vor dem tristen Gebäude; erlauben sich Bemerkungen darüber: Von außen könne man wahrlich nicht vermuten: daß der häßliche Kasten, hoch oben, eine so reizvoll-komfortable Unterkunft in sich berge. –

Wilrun und Barbara müssen – jede – ihre eigenen Wege gehen; sie betonen noch einmal: nach Erfüllen ihres Beitrags, schleunigst nach hierher zurückzukehren -

Versprochen? Versprochen!! – **Daran** ist **nicht** zu rütteln …

ENDE

Der Wecker rasselt – Oh nein …

Wilrun muß wieder in diese … bescheuerte Volks-Schule. –

* * *

I.

Wilrun begegnet „Bürgermeister Petersil“: auf der Stützmauer im verwaisten Park. Die Dämmerung über der Stadt hat die Menschen bereits in ihre Wohnungen getrieben.

Da liegt nun dieses Buch aufgeblättert vor ihr.

Sie nimmt das Buch auf: Da hat es keinen Deckel vorn, auch keinen Buchrücken. Die Buchstaben bilden ein grausames Rätsel.

Aber diese: Bilder!

… insoweit Wilrun diese deuten kann, ist da – ein Junge ausgerückt – er schläft unter dem Fenster, durch das freundlich die Mondsichel hereinleuchtet. Auf einer Buchseite … nähern sich der Schlafstelle viele Zwerglein – und wählen den Jungen zu – ihrem: Bürgermeister?

Irgend jemand wird sich schon finden lassen, der einer kleinen Wilrun diese Geschichte vorlesen wird … Denn Barbara ist für so etwas nicht in der rechten Verfassung.

II.

Ob mutwillig oder unbewußt, eines Tages macht es Wilrun ganz wie Bürgermeister Petersil:

Sie legt sich zu Bett und ist nicht mehr dazu zu bewegen, von Barbara fort in diese „Schule" zu gehen!

Auf ihrer hölzernen Schreibzeug-Schachtel steht es eingebrannt: *** **Nicht** für die Schule, **sondern für das Leben** lernen wir. ***

Ja, danke schön:

Der einzige Schatz, den Wilrun von dort mitgenommen hat, besteht aus den Bruchstücken eines kleinen Liedes; die dritte Schulstufe hat es den Schulanfängern im Chor vorgesungen, als Willkommen:

Da stehen ratlos, drüberm Bach zwei Kinder: zum Überspringen ist die Flut zu breit; zum Hinübergehen: kein

Steg, kein Brücklein irgendwo, und das Wasser ist zum Fürchten naß … Was solls, da trauen sich Hans und Liese lieber nicht.-

… Die **Landschaft**, die da besungen wurde – und die beiden **Kinder**, die gefallen Wilrun! … Aber **trauen**? – **Trauen** würde **sie** sich: schon!

(Im Anfang waren: der Gedanke und das Wort.)

III.

Der alte Herr Lorenz hat recht gehabt: **Dieser** Arzt ist ein Goldstück!

Er schlägt Barbara schonend und treffsicher vor: „Haben Sie denn *keine* Möglichkeit, … mit Wilrun raus aufs Land zu ziehen? …

Es wäre das **Vernünftigste**, … für die Kleine, und vor allem für Sie selbst!" –

An der Tür tätschelt er Barbaras Handrücken; sie schaut vor sich hin, als wundere sie sich darüber, **woher** diese Idee stammen könnte.

Wilrun rührt kein Ohr. –

Endlich meint Barbara: **Diese** Idee … die könne gut auch ihrem eigenen Kopf entsprungen sein.

Umso besser!

Diese ewige, volkstümliche Leier:

„Dort wo ein Wille ist, ist auch ein Weg!"

… anscheinend, beginnt Barbara sich zu erinnern: welch stabilen Rückhalt **diese** Worte ihrem Leben früher geschenkt hatten. – Barbara und Wilrun fahren zunächst einmal – heim.

***

6 Selbstbehauptung

(2 + 2 + 2 …)

„Drüberm Bach" – hat das langgestreckte Dorf einen einzigen Hof.

Ein Fuhrweg trennt die Liegenschaft der Länge nach ab, von den anrainenden Äckern; dort wo deren Erd-Furchen enden, streckt der Mischwald seine unterirdischen Fühler danach aus …

Beim ersten Anblick hat sich Wilruns Herz in „die alte Mühle" verliebt. Hier gefällt es Barbara? –

Hier wird sie wohnen mögen?! – „Hurra! Hurra, Barbara!"

Ein **märchenhaft**-romantisches Ausgedinge ist das hier!!

… das mächtige Gatter ist verfallen; sein Besitzer, der sein Lebtag als kreuzfideler, verläßlicher Arbeitsmensch weithin bekannt war, ist eines Tages am Sägewerk zu Tode gekommen. –

Dann schoß eines Tages von der Wehr kein Wasser mehr herab aufs Mühlenrad: Die Keilriemen wollten den Dynamo nicht mehr drehen … die Transmissionen stellten ihre Befehle an die Zahnräder und Mahlsteine ein; … der Mühlbach hatte sich verabschiedet aus seinem betonierten Rinnsal und damit dem Hauptbach des Dorfes ewige Treue geschworen.

Die Müllerin hat mit einem Lächeln Barbara und Wilrun begrüßt: mit einem Lächeln … das den Anflug tiefer Ernsthaftigkeit nicht wegwischen kann, welcher brennen will in den Augen dieser Frau.

Beinahe eisgrau ist das Haar der Müllerin. –

Ihr Gesicht scheint Wilrun, verglichen mit solcher Haarfarbe – ungleich jung zu sein.

Die Müllerin? Hat denselben Vornamen wie Mama? –

Ein **gutes** Omen!

Was denn ihr schlimmer Hustenanfall zu bedeuten habe? –

Aha: der Husten einer Müllers Frau, bedeutet … weiter nichts: „Schafft nur **eilig** aus Wien eure Möbel herbei, damit wieder **Leben** ins Haus kommt und daß die kleine

Müllers-Tochter endlich eine gleichaltrige Kumpanin im Hause hat!" –

„Oh ja! Da war eine Mieterin vor euch beiden, ja: im selben Zimmer!

Sie hat die **Unterstufen** unterrichtet. – Mein Gott, war das ‚furchtbar‘, wie sie die Arme weggebracht haben! … Wir sehen uns dann übermorgen! – Gute Nacht!!" –

Ja, … **gute** Nacht …

Die Lehrerin war in ihrer Klause: „übergeschnappt" (!)

* * *

Die braunhaarige Gretl vom Nachbarhaus der Großeltern soll also Wilruns Klassenkameradin werden!

Schon in zwei Tagen! … Wenn die Mutter mit Sack und Pack, aus Wien, in der Mühle eingetroffen sein wird!

Um Barbara macht Wilrun sich jetzt keine Sorgen: Ihr kann innerhalb von heute und morgen kaum ein nennenswerter Fehler unterlaufen; sie wird **viel** zu beschäftigt sein, sich gewiß nicht ablenken lassen vom „Heimkehren".

Wilrun staunt hinein in das Heft der erfolgreichen Erstklässlerin.

Ein Martyrium!

Sie malt sich aus, wie sie übermorgen vor den Bauern-
kindern dastehen wird in der Klasse: hilflos wie die arme
Kuh vor dem unsichtbaren Tor!

Wilrun muß sich unbedingt die Gunst angeln von Tante Gisl:

„Kannst du mir da vielleicht aus der Verlegenheit helfen!?"

Die Gisl macht sich beschwingt her über ihre Arbeits-
rationen, Wilrun hilft ihr, nach bestwilligem Gelingen.

Als die Arbeit verrichtet ist, gehen Gisl und Wilrun **ans
Werk.**

Oh, du … **grauenvolle** Herrlichkeit. –

Wilruns jüngste Tante, die ihr Schreiben und Lesen beibrachte

Bis es Zeit wird, die Kühe zum zweiten Mal zu melken, hat Tante Gisl ihrer Nichte: **alles** beigebracht. Wirklich alles.

… **alles,** was notwendig war, um mit dem Wissen und Können der Taferlklassler dieser Dorfschule – gleichzuziehen.

Tante Gisl hat die guten Nerven einer Neunzehnjährigen bewiesen, sie war **total** … auf der geduldigen, freundlichen Welle geritten.

Wilrun liebt ihre Tante Gisl seit diesem Tag **inniger** als je eine Nichte – eine Lehrerin lieben könnte.

Das abgegriffene, mausgraue Heft mit all den ersten Buchstaben, vorgezeichneten und nachgebildeten Sätzen und all den Kampfspuren von Wilrun dabei … Es wird sie später überallhin begleiten als ihr eng vertrauter Freund.

Dem Heft ist es egal, wo überall das Kind noch seine Zelte aufschlagen … und wieder abbauen wird. –

7 Bücher – Überlebenshilfe

Bei Tag … bemerkt man nichts von Barbaras Wachtraum-Krankheit.

Jedenfalls benimmt sie sich außerhalb der Mietwohnung in keiner Weise auffällig. – Wenn sie mit der Müllerin zusammentrifft, gibt sie sich den Anschein, frohgelaunt zu sein. **Was** aber, wenn die nächtlichen Wände feine Ohren haben?

Beispielhafter Dialog:

BARBARA: *(Rüttelt das Kind, tuschelt)* „So wach doch endlich auf! *(lauter)* Um Himmels willen –, schau doch! Sie lassen vom Dachboden durch das Gebälk – Ratten herunter! – *(Kreischend vor Entsetzen)* Weg! Weg damit, ihr Gesindel!"

KIND: *(Für sich)* „Wie soll ich in diesem Pechschwarz – irgend etwas erkennen?! – *(laut)* Leg dich nur wieder her, Mama! Wenn es auch Ratten wären, sie können dir nichts tun!"

BARBARA: *(Argwöhnisch, halblaut)* „Sag, bist du denn mit diesem Pack im Bunde?

Du könntest aufstehen und diese Brut verjagen!

Dich werden sie verschonen!"

KIND: „Wir müssen am Morgen: Holz aus dem Wald hereintragen, hernach muß ich den weiten Weg zur Schule fort, ich **kann** jetzt nicht auf die Jagd gehen!

(Pause) Komm, laß uns zusammen ein Lied singen –

Oder wollen wir gemeinsam beten?! Schau, Mama, du weißt doch **selbst**, daß die Dielen dieser Holzdecke **fest** gefügt sind!" *(Beginnt, das Lied zu singen „Eine feste Burg ist unser Gott", Barbara versucht krampfhaft, mitzuhalten.)*

BARBARA: *(Gellender Aufschrei)* „Mach das **Licht** an! *(Wild gestikulierend)* – Schnell! Diese Mörderbande kommt! Sie werden uns noch ausrotten!"

KIND: *(Steigt aus dem Bett, zündet die Petroleumlampe an)*

„Mama, du mußt jetzt nicht weinen, es **ist** wiederum Licht! *(Dreht den Docht etwas höher.)* Die Ratten haben keinen Schatten! Gleich ist wieder alles gut! – Willst du, daß wir das Licht anlassen?"

BARBARA: *(Monoton, nicht zu laut, panische Angst in den Augen)* „Sie führen ihr Verbrechen an mir aus ..."

KIND: „Ich leg' mich noch dichter an dich heran! Mir tut ganz sicher keiner was! – Gib mir deine Hände – *(schmeichelnd, geheimnistuerisch)* Wir **wollen** doch in der Mühle wohnen bleiben!?"

BARBARA: *(fällt in die Kumpanei, dem Beispiel folgend, ein)* „Ja! Ich gehe **nicht** wieder weg von daheim! *(Wieder hell erregt)* Das bringen die nicht fertig!" *(Fuchtelt mit dem Zeigefinger)* „Die: niiicht!" –

* * *

Die starken Steinmauern **können** nicht schalldicht genug sein: Das graue Haar der Müllers-Frau wird im Handumdrehen weiß.

Im Advent bekommt sie Besuch von einem großen, kräftig gebauten Mann: Der trägt um beide Oberarme herum eine gelbe Stoffbinde – mit drei schwarzen Punkten darauf.

Er wird Wilruns und Barbaras Weihnachtsmann.

Mit seinem weißen Stecken und mit der Hilfe von Wilruns aufmerksam umsichtigen Augen kann der Mensch alles, was nötig ist – herbeischaffen.

Zu dritt feiert man im Zimmer herrliche Weihnachten. –

Und Onkel Franz – bleibt im schmalen Vorraum mit Stuhl und Bett und Kasten hausend: bei Barbara und Wilrun, bis zum Sommer. –

Eines Tages sitzt der bärenstarke Mensch auf dem Schemel in der Stube – und aus den toten Augen quellen Tränen.

„Wilrun, höre, ihr ist nicht beizukommen, sie ist zu selbständig! Und … besonders fürchtet sie auch: den Mann in mir! … Ich muß fort." –

Er wendet sich in die Richtung, wo er Wilrun vermutet:

„Dir, Kind, möchte ich zum Abschied ein Lied zurücklassen." –

Der Blinde stimmt an:

Das Lied von der wahren Freundschaft …

Er singt es, bis zum Ende vom Mühlstein der niemals, niemals, niemals: Weinreben tragen wird.-

***

Damals, als Onkel Franz noch sehen konnte, war er die „rechte Hand" der Müllers-Leute gewesen.

Diesmal hat er zu Weihnachten dafür gesorgt, daß Barbara ihrer Wilrun ein Buch schenken konnte: „Das Dornröschen" –

Den Bürgermeister Petersil? –

Von dem hat Wilrun jede Spur verloren …

Wenn es denn sein soll: werden um sie herum die Dornen aufragen, lange **vor** ihrem fünfzehnten Geburtstag. –

* * *

Schon bald wird Wilrun die Schriftführerin von Barbara.

Nämlich: ihre Mutter diktiert, … Wilrun schreibt … Und Barbara macht meistens im Anschluß daran: Brennstoff daraus. –

Endlich hat die Müllerin wieder „richtiges Leben" in ihrem Haus:

Ihr Sohn, anfangs Zwanzig, ist mit Gesellen-Brief aus der Fremde zurückgekommen. – Er bleibt nun in der hintersten Stube wohnen, in der **großen** Stube, die ehedem die „Herren-Stube" seines Vaters war. –

Trotz seines Burschenalters – ist er einer, dessen Können und Selbst-Ausstrahlung viele Fremde in den Hof der Mühle lockt.

Wenn es darum geht, Motorräder, Autos, Traktor und Maschinen solide zu reparieren, entwickelt sich der junge Mann zum wahren Künstler. – Seine Müller-Lehrzeit hat er in jeder Bauart von Mühle zugebracht und in holzverarbeitenden Handwerksbetrieben.

Jetzt spielt er auch manchmal auf einer kleinen Trompete.

Seine Lieder singt er in unbeschreiblich warmen Tönen. In Bariton.

… Wenn die *Schulbibliothek* nicht wäre!

Wenn zudem der Herr Oberlehrer sie der Buch-Leihgebühren nicht entbunden hätte!

Auch die adrette Person, die Lehrerin, mag sie.

Sie mag Wilrun, vor allem deshalb, weil sie beide – **fast** gleichzeitig – als „Neue" an dieser Schule eingetroffen sind. –

Sobald alles Notwendige verrichtet ist, versetzen Wilruns Bücher sie in Gegenden, wo die Trolle beheimatet sind, von dort – zu den Zwergen, zu Rittern und Schönen.

Wilrun kommt in die Försterei der „Hofreitter-Kinder", sie betritt die kleine Konditorei, in der „Brigitte" arbeitet, der Liesl folgt sie in die „Jonas-Apotheke".

Wilrun erlebt die Kinderstreiche zu „Bullerbü"; „Jörgl, Sepp und Poldl", „Ulli und Wulli" … werden ihre Kameraden.

Sie verliert sich im „Kleinen Haus" der Laura Ingalls-Wilder und folgt ihr … bis hinaus in die Prärie. –

Daß Ben sich mit seinem **D**achs unterhält, mehr mit ihm als mit sonst irgendwem: **d**as kann ihm die kleine Leserin gut nachfühlen.

Der Häuptling „Thokea", so stellt Wilrun fest, liebt seine weiße Tochter: wie jeder gute Vater sein Kind lieben würde.

Die arme „Heidi" schaut Wilrun lieber im Kinofilm an … Sie kennt dieses Gefühl **sehr** gut. – Und für gefundene Bierflaschen zahlt der Dorfwirt immer das Pfandgeld. – Das reicht schon für die Kinokarte.

Barbara hat einen neuen Spruch in ihrer Sammlung; gelegentlich hört ihn Wilrun, jedenfalls so nebenbei:

„Ständig! … ‚hunderttausend' Bücher!"

Selbst wenn da einmal ein Seufzer mitschwingen sollte, Barbara sieht es recht gern; Hauptsache, wenn ihr Kind da ist, ihr nahe bleibt, in Hörweite.

Mit GULLIVER … empfindet Wilrun tiefes Mitgefühl, als er zur Besinnung kommt, unter dem Zwergenvolk:

„Meister Gulliver, hoffentlich kann Sie eines Tages jeder richtig verstehen!" – Dann begegnet Wilrun dem Fischerjungen „ARUD"; der ist fortgelaufen. – Er gerät in jenen Wald, wo der Räuberhauptmann „Bum-Bum" das Sagen hat; eines seiner getreuen Asse ist der Räuber

„Schreckerich". Wie unangenehm muß die Stimme des unrasierten Schreckers geschnarrt haben … Hören wir doch seinen Auftritt:

„Ich bin der Räuber Schreckerich,
und was ich seh', das **fange** ich!
Ob Mensch, ob Ochs, ob Federvieh …"

Das traut Wilrun diesem rohen Kerl zu, daß der **alles** ins Räubernest entführt, was sich fangen läßt! Und richtig: Arud **wird** gefangen. Bald aber türmt er und kommt … auf die „Insel der Einsamkeit":

Diese hat für Wilrun: eine **verdammte** Ähnlichkeit – mit Barbara!

Der letzte Teil des eben besprochenen Buches, der gefällt Wilrun so außerordentlich gut, daß sie findet, als Muster könne er brauchbar auf sie zugeschnitten sein; dieser Buchteil hat den Titel:

DISTELCHEN.

Wird Wilrun der schönen Spröden jemals ähnlich werden?

Distelchen bekommt einen „Prinz, der keiner ist". – Der ranke Bursche ist tatsächlich: Rattenfänger! – (Hallo, was sagt man denn **dazu**?)

Oh ja, Distelchen ist ein Mädel, das allen Nachahmungstrieben der kleinen Leserin – wunderbar die Zahnräderchen ölt. –

Endlich geht Wilrun völlig auf in der Szenerie jenes Buches:

Wo eine Frau die „**Polarnacht**" erlebt. – (Im Anfang waren der Gedanke und das Wort.)

… **Verwünscht!** Und zugenäht! –

Ums Verrecken ist Barbara nicht zu bewegen, den Rauchfangkehrer einzulassen. – Als der Winter mit grausam knackiger Strenge einzieht, selcht es im Wohnraum, daß es **nicht** auszuhalten ist …

Barbara faßt mit Wilruns Hilfe den Kochherd an den Griffen; sie tragen ihn, so recht und schlecht und Ruck um Ruck, ins Freie.

Sie stellen ihn in bitterer Kälte ab, dort wo von den Erlen nur die kahlen Kronen sichtbar sind und vom ziemlich tiefgelegenen Bach herauf der Rauhreif dampft.

Unter freiem Himmel kann der Rauch vom Tischherd ungehindert durch das Abzugsrohr davon. – Sie **trotzen** Schnee und Eis …

Schaulustige finden sich ein: um sich **diesen** Anblick zu vergönnen. Barbara und Wilrun gewöhnen sich daran.

Ihr selbst nämlich erscheint die Handlungsweise ihrer Mutter: rationell, einfach, gut überlegt, und in diesem ganz besonderen Fall, **ausgesprochen** vernünftig. – Der Müllers-Sohn macht sich den Jux daraus, die Szene für sein Fotoalbum abzulichten.

Hilfe? Hilfe: hat Barbara offenbar – aus **keiner** Richtung zu erwarten.

Es ist ein **klirrend kalter** Winter. Ein „Sau-Winter!!", meinen sogar die Heger: weil sich die Eber mit den Wildsau-Rotten zum Warmhalten **bis** in das Hinterste der Wälder schlagen. –

Barbara: hat sich mit Wilruns Großeltern in die Wolle gekriegt …

Also darf sie, zum Hausaufgaben schreiben, nicht zu ihnen. –

Wenn die Dorf-Tage nun dick verschneit und sibirisch verweht sind, wohnt die Unterstufen-Lehrerin in einer ansehnlichen Dorf-Villa, in einem **traumhaft** wohlbeheizten Gäste-Zimmer; bei ihr darf sie jetzt ihre Hausaufgaben schreiben und in Schul-Jahrbüchern schmökern. Die hat der Buchklub der Jugend schon vor Jahren publiziert.

* * *

Ein **Winter** ist das, **daß** es alle Sterne fröstelt.

Ein Sauwinter, eben. „Mama, einen **zweiten** Winter, so wie heuer, den überstehen wir beide nicht!"

… dabei ist es für Wilrun selbst gar nicht **volle Härte** abgelaufen:

Die strengsten Tage durch verbrachte sie mit der Wärmeflasche kuschelig im Federbett und hat: gelesen.

Wie kam es dazu??

… die Lehrerin stapft mit ihren Buben und Mädchen zum Rodeln hinaus auf eine steile „Hang-Leiten", sie selbst besitzt keinen Schlitten. Aber damit ist sie nicht allein. Sie leiht für sich und Wilrun von einem der Kinder eine stabile Rodel aus, ein hausgezimmertes Stück, von einer großväterlichen Bauernhand unverwüstlich zusammengebolzt, verkeilt, geleimt.

Hallooo! Da geht es mit Pfeffer die Leiten hinunter!

Alle Achtung! Wie geschickt die Lehrerin es lenken kann!

… sie schießen holterdiepolter die Lehnen hinab, fliegen, jagen bis zum Abgrund der weißen Hölle!

Im richtigen Moment gelingt es der Lehrperson, das Geschoß zu stoppen. Für den Augenblick hat sie aber die „Nase voll! Von der Lenkerei!" – Nun ja. Wilrun winkt die Tochter der Müllerin herbei:

„Hast du das mitbekommen!? Mit welchem Hadern wir da hereingezischt gekommen sind?"

Sie braucht die Freundin nicht zu überreden:

Das Kufengestell hinter ihnen beiden, an der Schnur gezogen, ist bergan eine geringe Last.

Die Freundin gibt zu bedenken: „**Du, wenn** einer von uns beiden was **passiert**, dann **bringen** uns unsere Mütter um!"

„Hach, was!" – An die Mühle, mag sie wirklich jetzt nicht denken: „… pfui Deixel noch einmal, hör schon auf! – Wenn es doch bei uns mit der verflixten **Friererei** … endlich ein Ende hätte!"

Und schon geht die Post ab: Hei! Hei! Hei! Wie es da beiseite stiebt! Wie sie sich in den Kurven ins Zeug lehnen, einmal links, dann sogleich mit dem rechten Fuß – einharken, in die Schneebahn!

Und nun mit Gefühl – hinein in die blanke Kehre vor der Endstrecke!!!

… sie bringen das Fahrgestell nicht mehr zur Raison:

Pautz! Krach!, knallt die **Post** frontal gegen den Drahtzaun, Wilruns Knie bohren sich tief ins Netz.

Vor Schreck kann sie kaum atmen.

Als sie sich aufrappelt, ist die Gegend um ihre Kniescheiben herum angeschwollen, aufs Doppelte der üblichen Stärke.

Die Lehrerin trägt die Schülerin heim. – Kommentar von Barbara??

Für Wilrun jedenfalls sind die „Polarnächte" vorüber. –

* * *

Seit die beiden den eisigen Winter im Freien verbracht haben, haftet Barbara und Wilrun der Geruch einer Aussätzigkeit an. – Ein Makel, der alles Begreifen von Wilrun haushoch überfordert. – Plötzlich gibt es Mitschüler, die an ihr irgendwelche Kräfte messen wollen.

Hat es damit zu tun, daß sie sich ein bißchen wie Dornröschen vorkommt, ein bißchen wie Sterntaler, ein wenig wie Distelchen? Doch spannend: **Jedes** Individuum, dem sie auf seinem Alleingang wo begegnet, verhält sich außerordentlich zahm; will nicht begreifen, wo sie ihre Rachegefühle hinschickt, für die erlittenen Neckereien. Besonders die erwachsenen Dörfler zeigen diesbezüglich sehr viel Empathie. Die meisten, sowohl Schüler als auch deren Verwandte, erfassen es nicht wirklich ganz. – Aber vielleicht fehlt es ihnen auch bloß an den vielen Freiheiten, die sie zu genießen versteht?

Sie kommt doch in ihren Büchern um die ganze Welt!

… dennoch: Fallweiser Unfug und Angriff einiger handfester Schul-Esel gehören anscheinend gelegentlich zur Tagesordnung.

Bald finden sich auch Rohlinge, die Barbara auf ihrem seltenen Gang ins Dorf sekkieren; gleich findet sich ein Trüpplein zusammen, stellt ihr nach, erheitert sich in Rotzlöffelmanier an Barbaras Reaktionen.

DAS jedoch: läßt Wilrun **nicht** ohneweiters zu. – Denn **ganz** blöd ist sie nicht. – Der alte Schuster, ein Kusin vom Großvater, weiß es, welches Trauma-Kreuz auf Barbaras Schultern lastet. – Von Wilrun nimmt er dafür keinen Groschen: Ab nun sind vorne ihre Ledersohlen gut bestückt mit Eisen-Plättchen. – Und wer sie tätlich angreift, fällt. –

Nach zwei, drei geforderten Kostproben am Schulweg zeigt so gut wie keiner mehr viel Appetit, ihr feindlich zu sein. –

Im Sommer erreicht das Tauziehen seinen Siedepunkt …

Instinktiv ahnt sie, daß eventuell, auch so etwas kommen könnte. –Einige der „Helden", **völlig** grundlos, überfallen vor dem Schultor ihren bärig gutmütigen Cousin Hans; der weiß absolut nicht, wie ihm geschieht; sie verprügeln den Sohn von Onkel Josch fürchterlich. – Auch von den reiferen, älteren Schülern, die weiter *voraus* denken können, setzt keiner dem nasenblutigen Schauspiel ein Ende.

Da wirft sich Wilrun **mitten** ins Gewimmel: Sie haut allem, was ihr überrascht aus diesem Haufen entgegenglotzt … gleich ordentlich eins auf die Fresse.

… **Das** hat schlimme Folgen, genau wie Wilrun befürchtet.

Im Nachhinein – befürchtet. –

Plötzlich gefällt ihre Singstimme nicht mehr, welche die Lehrerin immer noch besonders lobt; die langen, blonden Wedel von Wilrun üben eine magische Anziehungskraft aus, auf erhitzte Gemüter.

Eines Tages, am Heimweg, wird Wilrun von einem Witzbold überrumpelt; seine drei Handlanger halten sie fest, er selbst – reibt eine Handvoll Kletten ins Mädchenhaar:

Wie die Ballung in die blonden Fäden hineingerubbelt ist, kann da nur noch die Schere von Barbara die Zerrüttung auflösen.

Wilrun hätte ihrer Barbara die Aufregung gerne erspart.

Und zur Schule??

Da möchte Wilrun auf **jeden** Fall hingehen!

WER sollte sie denn **daran** hindern?!

Kein Weg? Kein Brücklein zu schauen? –

Das Wasser mag naß sein! – Aber eines Tages wird etwas geschehen!

Denn **das** hier, das schreit ja schon von allein zum Himmel! –

Wilrun will endlich einmal **nicht** mehr die Hauptrolle haben in **diesem** Wahnsinnsstück!!

* * *

Bleibt im nachhinein die Frage: ob **Mobbing**, ein derart **signifikantes**, fortlaufend negatives Wund-Schlagen der menschlichen Kernkraft: KEINE pathologische Konditionierung verursacht? – Wirklich nicht??

Das gilt es im „Fall Wilrun" erst mal **ganz** in Ruhe abzuwarten. –

Denn faktisch jedes … jedes, jedes **bewußte** Begehen einer Straftat ist ursächlich verknüpft mit dem parapsychologischen Reflex:

Ein (**die von Natur ur-intakte Kern-Kraft**) zutiefst demolierendes Trauma = **ein die Natur des Menschen spaltendes** (denaturierendes) Kindheits-Erlebnis/… oder Jugend-, oder sonst wann, Erlebnis.

FAZIT: Kein Denaturieren der Kernkraft – kein Unmensch. –

Man muß bitte endlich verstehen:

*Das UR-GESETZ kennt kein „wer Schuld hat an was".

*Das UR-GESETZ kennt kein „für wen Partei ergreifen".

*Das UR-GESETZ hält JEDEM Bestreben analog das UR-TEIL.

Sehr schön der Trend in den USA: *Was Würde Jesus Heute Sagen*.

*Was der Mensch sät, wird er ernten. –

*Wer auf sein Fleisch Vertrauen sät, wird Vertrauen ernten. –

*Wer auf sein Fleisch Werterfüllung sät, wird Werterfüllung ernten. –

*Wer Hilfsbereitschaft sät, wird Hilfsbereitschaft ernten. –

*Wer bitten kann, wird bekommen. (UR-GESETZ der RESONANZ)

* * *

Bitte setzen wir fort mit: „Ihre Träume: selber richtig deuten …"

8 Hochwasser

*Kraft-Traum/SPIRIT-STATUS ERKENNEN, LEICHTGEMACHT.
(ATTRIBUT: AKASHA-CHRONIK)

Hinten am Bach steht ein dachloses, dunkelblaues Auto; auf seinem Sitz liegt ein übergroßes, uraltes Buch, verwittert dunkelrot; eine heilige Schrift, die Bibel vielleicht; Wilrun soll darin blättern, eine Botschaft soll für sie zu lesen sein … Ringsumher ist dunkle Nacht.

Wilrun holt zum Entziffern eine Kerze. Es ging trotzdem nicht. –

ENDE

* * *

Ein Unwetter jagt das andere. Seit eineinhalb Stunden.

Der Strom-Transformator des Dorfes ist lahmgelegt.

Der Unterricht geht weiter: Die Schülerreihe, die der Fensterfront am nächsten sitzt, schlägt ihre Lesebücher auf.

„Und nun: *Der süße Brei* –! Hans liest als Nächster!" …

„Ja, danke! – Traude, bitte fortfahren!" …

Draußen kracht es schier pausenlos.

Die Vorleser sind gar nicht bei der Sache. Endlich ruft die Lehrerin auf:

„Wilrun! Lies du vor! – Und zwar: *Das Mädchen mit den Schwefelhölzchen*!"

Alle Elektrizität, die noch verfügbar ist, gerät bereits in den Himmeln aneinander … sie bohrt sich in alle ereilbaren Ableitungen dieser Talschaft … sie reflektiert mitunter ihren grellen Schein: an den Wänden des Klassenzimmers.

Es regnet; es schäffelt Hunde und Katzen. – Es wird stiller …

Bis das Schlußgebet fällig wird, hat draußen das Treiben aufgehört.

Wie **ein** Mann fallen alle in den Dankspruch ein, treiben die Ratsche voran, rascher, unmäßig, rücksichtslos:

Jedes will als Erstes draußen sein auf der Dorfstraße. –

Der Asphalt ist blitzblank gewaschen. Bis auf das letzte Steinchen in jedem Schlagloch. Die Rinnsale, die Abflußgräben sind nicht mehr übereilig.

Die Sonne schiebt die Wolkenkulissen von sich … und **ganz** beiseite.

Im oberen Ort war nichts Aufregendes zu erkennen gewesen. –

Wilrun steuert der Ortsmitte entgegen, von der aus eine Gabelung abfällt, zur Gasse vor der Mühle. – Wilrun hüpft, schlendert, guckt im Weiterhopsen zum Himmel auf, beginnt zu singen: „Mein Vater war ein Graf, ein Graf, ein Fotograf, und eine Fotogrä… – äh! – Hejh!!?" Da leckt ein Riesenteich, vom Bach herüber bis an den Asphalt der Hauptstraße! – Heute führt **kein** Weg hinüber zur Mühle? –

Wilrun läuft noch um einige Häuser weiter, die Straße hinab, und kehrt ein – bei ihren Großeltern. Großvater und Großmutter berichten: Die gezimmerte Fuhrwerksbrücke ist **verschwunden**! Geschweige denn die Stege! Nach denen brauche kein Hahn mehr zu krähen! … „Für die Menschen drüben in der Mühle: für die besteht **überhaupt** keine Gefahr …" –

Wilrun ist willkommen, ganz herzlich willkommen, in dieser Nacht zu schlafen bei ihren Großeltern. –

Für sie: wird es eine stille Nacht. Eine heilige Nacht.

***

9 Ausharren und Überdruckventile

„Von **mir** aus: darfst du die Großeltern wieder besuchen!"

Mit Großvaters Kuhgespann geht es wieder nach draußen in die Felder.

Wenn es sich ergibt, treibt Wilrun auch Kühe und Kalbinnen vom Stall weg – allein, zum Bach an die Tränke; öfter kommt sie nur ins Haus gesprungen, um Holz fürs Herdfeuer in die Küche zu tragen. Seit der Brunnen eine Kurbel bekommen hat, schöpft sie auch gerne einen Eimer Wasser aus der Tiefe.

Wenn sonst nichts gefragt ist, benötigt der Großvater vielleicht neuen Landtabak …

Oder: Sie trägt die große Milchkanne ins Dorf zur Sammelstelle, obwohl sie **überhaupt** keine Lust hat, dort Schlange zu stehen. –

Langsam wird es ihr aber auch zu bunt, dieses andauernde Gerangel um Barbaras Zustände!

Schon kracht es wieder zwischen den Großeltern und Barbara!

Ja, … wenn Barbara loslegt, **dann** läuft was vom Stapel. –

„Darf ich hinüber zu den Großeltern?" – Streng verboten!

***

„Woher hast du denn die hübsche Papierschere?"

Zögernd flunkert Wilrun ihre Klassenkameradin an:

„Ach die –, die hat mir meine Omama geschenkt!"

Woher denn. – Wilrun hat solche Scheren: in Blau, in Weiß, in Grün, in Gelb … zu Hause in der Mühle. – Sie besitzt auch gar kein Geld.

Was **ist** denn **das** plötzlich für ein unseliger Hang: Dinge, die ihr leicht zur Beute werden können, an sich zu bringen …

 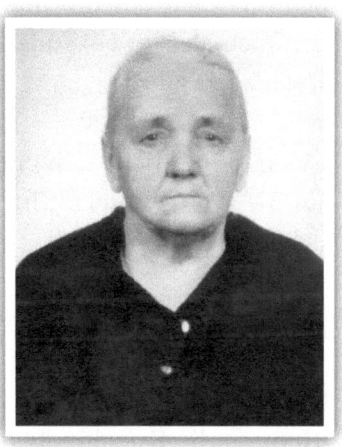

„Wilruns" Großvater, 1963   *„Wilruns" Mutter, 1971*

Das ist **nicht** Wilruns Wesens-Art! – Das ist **nicht**: eine Eigenschaft von Distelchen! … Sie hat sich doch früher am Eigentum anderer Menschen super erfreut, **ohne** die Absicht, daß es ihr zufiele!

Auf einmal ist das alles – verkehrt herum geworden.

Warum? –

Warum ihr das?! –

Niemals mehr!!! – Und doch …

Versteht irgend jemand etwas von: Höllenqualen?

***

Allen Bibelgeschichten möchte Wilrun ja wirklich nicht trauen; wenn aber dieses Buch … auch nur einigermaßen recht hätte, dann müßte jetzt bald … einer daherkommen, der ihr ein Auge ausstechen oder ihr eine Hand abschlagen würde!

Oder – einer ließe sich eine Zwischenperiode einfallen, auf die sie nicht gefaßt ist. – **Gezeichnet** fühlt Wilrun sich dazu: ausreichend!

***

Dieses Mal … sollte ihnen die bevorstehende Winterkälte **nicht** an die Knochen können. – Barbara muß auswärts eine Anstellung annehmen. –

Auf Biegen und Brechen!

Wilrun und Barbara lassen die meisten ihrer Habseligkeiten zurück, im Wohnhaus an der Mühle. Sie wandern aus, sie quartieren sich ein, in einem anderen Bundesland.

Hier erwartet die beiden ein einstöckiges Holzhaus …
Ehe sie dort eintreffen, führen hier etwa fünfzehn selig
betuchte Senioren ein behagliches Pensionisten-Dasein. –
Das Heim liegt auf einem Kogel, es ist über einen Kilometer weit vom Schaffen und Werken des Reka-Winkel-
Städtchens abgeschieden. Entlegener als diese Heimstatt
liegt nur noch der „Mühlenbauer-Hof" angesiedelt. Bald
weiß Wilrun, wie die Kuh heißt, von der die Milch für
die Heimküche bezogen wird.

Ist **das** eine entzückende Stadt! Ein süßer Ort! –

Einer: in welchem die Menschen Wilrun herzlich aufnehmen. –

Barbara jedoch fristet in dem schönen Winkel eine gräß-
lich klägliche Arbeitnehmerschaft. Es hilft ihr auch nichts,
daß die Heimleiterin die härtesten Arbeiten persönlich
verrichtet; die Frau geht Barbara pausenlos zur Hand, so
unauffällig sie das überhaupt bewerkstelligen kann.

Barbara vermag reale Personen nicht zu unterscheiden
von imaginärem Verbrechervolk.

Aus dem Nachbarstädtchen kommt der alte Pfarrer zu
Fuß daher; er holt Wilrun zum evangelischen Religi-
onsunterricht „hinüber", er bringt sie ebenso wieder zurück zum Holzhaus.

An den Adventsonntagen stellt sich ein betagter Lehrer
ein im Haus; er hat stets einen Musik-Koffer dabei, darin seine klangvolle Zither: ur-sanfte, seelenvolle, wun-
dersame Klänge im Advent. –

Bei Schnee besucht Wilrun einfach den neukatholischen Religions-Unterricht an „ihrer eigenen" Schule.

Barbara **fuchst** das! Empfindlich! ... Aber schon wie –

* * *

Mit flammendem Sonnenrad brennt der Frühling an einem einzigen Nachmittag meterbreite Löcher in die weißen Laken des Väterchen Frost. – Wilrun springt hinaus ins Freie. Hurra, beim Mühlenbauer werden schon die Wiesen aper! –

Sie stürmt zurück ins Haus, kehrt wieder – mit einem Spielzeug, das vor Wochen unterm Weihnachtsbaum gelegen hatte.

Unwiederholbar, traumschön ist diese Stunde:

... von allen Hügeln hernieder rieseln glasklare Bächlein daher und eilen direkt vorüber an Wilruns Schuhwerk. Sie schleudert ihre diabolische Gummispule, hoch hinauf gegen das grelle Blau, dann fängt sie das Ding auf die Schnur: die sie ihm straff entgegenspannt, mit den Stäbchen in den Händen. – Und noch einmal! – Und wieder hoooch! – Und **nicht** enden wollend ...

Wie **gerne** würde sie mit Barbara ihre Empfindungen teilen.

Außer dem Diabolo-Spiel hat der Heilige Abend für Wilrun zudem noch zwei weitere Gaben beschert: das Buch „Die Höhlenkinder im heimlichen Grund" von A. Th. Sonnleithner. – Und jemand hat eine Puppe geschenkt. (Die einzige Person, mit der Wilrun je über Sophie gesprochen hat, war die Heimleiterin.) – Das neue Puppenkind sieht Sophie sogar ähnlich. – Dabei ist Sophie … alles andere als ein Massenpüppchen.

Die Neue hat braun gemaltes Haar, ist um wenige Zentimeter größer als Sophie, außerdem: Sophies Körper, wie bei „Schildkröt"-Puppen meistens, besteht aus festem Material.

Gewiß sitzt Sophie jetzt in der Mühle und denkt an ihre Wilrun!

Barbara, kann die Neue **nicht** ausstehen:

„Der Stoffkörper: ist doch nicht einwandfrei, genäht! –

Und warum ist das Kleidchen ausgerechnet rot? Einen **Namen**? Willst du ihr geben? **Das** wäre ja **noch schöner!** …"

Wilrun empfindet das Rot als hübsch genug; mit den hellen Trachtenspitzen rund um Hals und Ärmchen herum ist es wirklich **goldig** anzuschauen:

Die Neue ist **genau** die richtige Schwester für Sophie!

Wilrun liebt ihre Neue. Die hört ihr zu, wenn Wilrun von daheim erzählt; die schmiegt sich an sie; … die umarmt ihre Puppenmama, wenn sie zu singen anfängt: „Wie **lustig** ist's im Winter! Wie wird's im Sommer sein?"

Sie müssen weg von hier – **ehe** er kommen kann. –

***

Sie kehren zurück zur Mühle, Barbara ist geschlagener als je zuvor; sie verstrickt sich so tief in ihre feinstoffliche Gefangenschaft, daß sie auch Wilrun manchmal **nicht** erkennen kann. – Doch für das Kind, steht ihre Zusicherung fest: „Ich will doch das Beste für dich!"

Wann, wird es nach und nach in Erscheinung treten – ohne Barbara gänzlich zu zerbrechen?

Niemand darf der Einzimmerwohnung zu nahe kommen.

Niemand. –

Allein die Großmutter von Barbara – verschafft sich als Eindringling eine Ausnahmegenehmigung; die lebenskluge Urahne von Wilrun hat das „Sesam öffne dich!", man kann sagen, im kleinen Finger. –

Der Rauchfangkehrer? – Unter seinem Werkzeug, hat er kein Knöchelchen dabei, mit dem er verstünde, einzudringen in den Kristallberg. – Er muß sich vertrollen, ohne seine Dienstleistung verrichtet zu haben.

Ein einziges Mal nur schwänzt Wilrun vorsätzlich die Pflichtschule:

„Das Geheimnis der weißen Schaluppe" gibt ihr ein derart packendes Rätsel auf, daß es … in **einem** Zuge durch ergründet werden will. –

Haach, wie liebt Wilrun diese besonders erbauliche Glaubensformel:

„Die Strafe folgt stets … auf den Fuß!" – Ja wie ersprießlich:

… seit heute früh, fühlt die Schülerin sich tatsächlich elendig marode. – Barbara muß heute, ohne ihren Beistand, in den Wald. –

Wilrun schläft, bis ein brenzlicher Gestank sie langsam wach quält. Das Zimmer steht voll Qualm; in den Augen, in den Atemwegen, brennt und beizt es … benommen setzt sie sich aufrecht im Bett.

Nanu, es dämmert draußen schon!?

… und auf ihrer Tuchent liegt, noch von vorhin, die Geige, die von ihrem Vater stammt; eigentlich gehört das Ding ja Wilrun; sie darf es aber nur an sich nehmen, in „Sonderfällen".

Krankheit: Sonderfall!

Sie streicht mit dem Paraffinstückchen über die Bogenbespannung.

Im Raum, im Gewoge, herrscht kaum noch Licht: In der Veranda vor dem Zimmerfenster ist es beinahe dunkel. Wo bleibt denn Barbara!?

Es wird ihr in der Dämmerung im Holz hoffentlich nichts zustoßen! Hilf ihr, lieber Gott! – Menschenskinder, wo mag sie nur sein? –

Ja, im Wald! Denn Barbaras guter Mantel hängt auf dem Schrank, neben dem Fenster. – Wilrun berührt durch eine unabsichtliche Bewegung mit dem Fidel-Bogen eine der äußeren Saiten. – Im Wohnhaus ist es mucksmäuschenstill, geistermärchenstill.

… aus dem Schall-Loch springt ein Ton heraus, einer der dem Krächzen des Räuber Schreckerich täuschend ähnlich ist; gleichzeitig hat es den Anschein, als habe sich im Qualm-Gewoge auch Barbaras Mantel leise bewegt. Es dauert keine Sekunden:

Wilrun fährt aus dem Bett, greift die Geige, schlägt damit, in fantastischem Tempo, ein auf die Doppelscheiben des Stubenfensters; Scherben knallen, klirren draußen auf, am Beton der Veranda.

Schleunigst schlüpft Wilrun durch die gewonnene Öffnung ins Freie.

Ohne Punkt und Komma türmt sie barfuß, ohne den Schnee zu beachten, der eben zurückgekehrt ist, ohne die steife Nordbrise zu registrieren.

Den Eis-Wind und die Kälte ignoriert sie völlig.

Sie galoppiert über Steg und Weg, als jagten die wilden Truden hinter ihr her, hetzt Windes eilig, vorüber an Häuschen, an Schneezäunen, übersetzt die Dorfstraße, schneit zum offenen Gehöft der Alten hinein, prescht atemlos über Stufe und Staffel, hält endlich japsend an am Gestänge, das Großmutters Kochherd umkränzt …

Erst jetzt bemerkt sie, daß Blut sickert, aus ihren Handflächen. –

Barbara, ihren schweren Buckelkorb noch aufgegupft voll mit Holz und Rinden, entdeckt Wilruns auffällige Spuren …

Sie kommen das Mädchen abholen; der Müllersohn und noch einer, der ist ein reifer netter Bursche, ein jüngerer Cousin von Barbara. Sie hüllen Wilrun in die Roß-Decke, die vormals dem Gaul des Großvaters gehörte; sie nehmen sie huckepack, wechseln sich ab …

Als Wilrun wieder in der Mühle ist:

„Was war denn los?" – „Was war denn los?" – Was war denn …

***

Erst tritt es auf, an einer winzigen Stelle, auf Wilruns Kopfhaut. Das Wundsekret riecht abstoßend ekelig. –

Als nun gar kein Hausmittel helfen will, begleitet Barbara ihr Kind, zum Hausarzt in das Nachbardorf.

Ein Weg: den Barbara scheut, wie das Fegefeuer.

Der gewissenhafte alte Doktor, sieht die Plage so weit fortgeschritten, daß er befiehlt: „Sie fahren am besten mit Wilrun eiligst zur Hautabteilung der Universitätsklinik."

Jetzt hat Wilrun eine fixe Idee; sie gibt den Rauchgasen die Schuld, daß sie empfänglich geworden ist für so eine Hauterkrankung. –

„Sehen Sie nach, Schwester! Ich glaube, die Kleine da hat Läuse!", kommandiert der Jemand, nachdem er auf Anhieb den altmodisch geschnittenen Mantel, den Barbara täglich in einer Art kultmäßiger Handlung mit Reinigungsbenzin bearbeitet, ... Nun, dieses übersaubere Kleidungsstück ... hat er aus fünf Metern Entfernung **untersucht**. – Wilrun fährt es heiß durch die Gehörgänge. **Diesem** Jammertaler von Doktor, dem vergönnt sie eine Kostprobe von Barbaras Kanonaden! ... Barbara schweigt. Sie fürchtet den weißen Kittel. –

Ein anderer Mann, ein reifer Mensch, wirft einen achtsamen, sehr ruhigen, genauen Blick, aufs Krankheitsbild. – Er fragt Barbara:

„Wollen Sie bitte so freundlich sein und mir ...", er liest den Namen von der Überweisung ab – „mit Wilrun folgen, in den Hörsaal? – Die angehenden Ärzte haben nämlich nur **selten** Gelegenheit, diese Art von Flechte zu sehen, in so typischer Ausprägung. –"

Für Wilrun ist die Vorzeigung vor den Jung-Dermatologen ein interessantes Ereignis ... Barbara verhält sich neutral, bis sie und Wilrun sich zurückmelden, im Raum der Ambulanz.

„Na, was ist nun? Scheren wir der Kleinen das Haar ab?"

Nun aber zischt Barbara den Experten von vorhin an! Trotz seines weißen Kittels!

Das Wort – ist, schärfer noch als Ungarngulasch.

Barbara hat es Wilrun erspart, dieses Wort selbst auszuspucken.

Der gute Herr Dozent verschluckt sich! Der gute Herr Dozent hüstelt …

Er verordnet eine „Haarpackung": Getränkt mit Salizyl-Öl, darüber einen sanften Wickel aus luftdurchlässigem Baumwollzeug. –

Wilrun ist stolz auf ihren Turban:

Sie wird ihn **nicht** lange tragen müssen!

***

10 Selbstbehauptung
hart auf hart

Wilruns Lehrerin behauptet: „Das Mädel hätte längst in die Hauptschule gehört … oder in ein Gymnasium!"

Sie nennt es „verantwortungslos!", daß Wilrun jetzt in der fünften Klasse der acht Schulstufen führenden Dorfschule steckt!

Die Lehrkraft setzt einige Energie dahinter, um die Schülerin an eine Hauptschule zu bringen.

Sie zitiert Barbara in den Schulhof … Dies ist auch das **äußerste** Zugeständnis, auf welches Barbara sich einläßt.

Die Lehrerin erkundigt sich: ob es denn so schlimm wäre, wenn Wilrun wochentags, in Eisenstadt, im Internat leben würde. –

Die Frau hat mit Barbaras Selbsterhaltungswillen **nicht** gerechnet. Dieser reagiert so rebellisch: spielt die Lehrerin an die Wand, daß Barbara **nie** wieder eingeladen wird, in die Dorfschule. –

… Fünf Ortschaften weit entfernt von der Mühle sucht der dortige Pfarrer soeben eine Wirtschafterin; in **seiner** Pfarrgemeinde **gibt** es eine Hauptschule. – Barbara und Wilrun traben dahin durch die Dörfer, um sich dem älteren, alt-katholisch geistlichen Herrn vorzustellen. –

Warum es mit dem Engagement nicht klappt?

Barbara hat sich derart zusammengerissen, daß Wilrun darüber baß erstaunt war … **daran** kann es wirklich nicht gescheitert haben.

Da hat wohl eine weisere Macht ihre Hand im Spiel?

***

Die Lehrerin läßt nicht ganz locker: Wilrun gerät in den Genuß, eine Patin zu bekommen aus Schweden; die heißt – potz Blitz – mit dem Vornamen: „Wilrun"! –

Doch Barbara erlaubt ihrem Kind nicht, nach einem lieben Paket aus Schweden die neue Verbindung zu pflegen durch Briefkontakt. –

Verständlich: Barbara fürchtet das 1 : 0 für Schweden. –

* * *

Die Notstandsunterstützung: wird **nicht** verlängert!

Nicht um die Burg!

Nicht um den Amtsschimmel!

„Hausgehilfin, in Wien??"

„In: **Wien. – Hausgehilfin.**"

Ja freilich, was denn: Für **seinen** Haushalt, und für die Erziehung zweier vorschulpflichtiger *„Formel-Rennfahrer"* – ist Barbara klar aus dem Rennen. – Der Unternehmer hat **sofort** ihre Verfassung durchschaut. – Er weist ihr einen Platz zu, in seiner Fabrik; er wird Mutter und Kind ein Quartier frei verfügbar stellen; fern der Fabrik, im zweiten Stock, Lory-Straße; nahe Simmeringer „Hasenleithen".

In der Fabrik:

Der zukünftige Boß zeigt Barbara und Wilrun die Abteilung, in der Barbara ab nun – **Brot verdienen** soll. –

Vor den beiden: ein Heer von Riesenspulen … Die Halle erfüllt vom satanischsten Maschinen-Geratter, das menschliche Ohren sich vorstellen können. – Ist ein solches Dauerspektakel überhaupt einem Lebewesen zumutbar? – Aber gewiß! Es gibt ja Ohrenschutz! – Unentgeltlich!!

… praktisch wird diese Situation immerhin den Vorteil bieten, daß bei solchem Tumult niemand durch Barbaras ausdauerndes Monologe-Palaver gestört sein wird, zweitens:

In **solchem** Umfeld … wird sich bestimmt keiner drüber wundern, wenn eine Mitarbeiterin … dabei ihren Verstand einbüßen sollte. –

Die beiden Zugereisten mögen zurechtkommen in der Dienstbude; es gehe, wie es wolle. – Barbara **stink**t der ganze Auftrag. – Wilrun selbst mißfällt er: glatt zum Ausspucken. –

Gelegentlich **schwänzt** Barbara die Arbeit, sie sucht dringendst nach einer Veränderung. – Natürlich! – Natürlich und gesund! –

… es geht Barbara aber verflucht schlecht. –

An manchen Tagen darf Wilrun nicht zur Schule … Sie besuchen dann Bekannte, bei denen Barbara zwischen 1938 und 1945, und auch danach, eingestellt war im Dienst und abgegangen war mit brillantem Zeugnis. – Die beiden werden überall empfangen; mit Erstaunen – und Barbara: mit ungekünstelter Wiedersehensfreude. – Der Besuch endet unter Mißbehagen, unter auffälliger Eile, wenn heraus ist: daß Barbara anscheinend nicht mehr dieselbe ist, die jene Menschen vordem geliebt und gemocht hatten als besonderen Glücksfall. Somit, hart wie Granit, ist die jeweilige Bekanntschaft: erloschen. –

Während Wilrun alle mögliche Anstrengung unternimmt, ihre Schulversäumnisse wettzumachen, hat Barbara einen

neuen Plan vorbereitet, „zur Rettung" der Lage. Noch tüftelt sie fortwährend an seinen Details herum. –

„Hast du deinen Teddy von Onkel Franz dabei, Wilrun?" –

„Ja, Mama!"

… daneben trägt Wilrun auf solchen Streifzügen ihr Handarbeits-Köfferchen mit … Es enthält eine augenfällige Mischung ahnungsträchtiger Werkzeuge: abgelaufener Reisepaß von Barbara, einen aus weiß Gott wann stammenden „Identitäts-Ausweis", Meldezettel, andere Dokumente und seit neuestem auch einen Reisepaß, der nigelnagelneu ist. Mit dem Paß-Foto, welches gedacht ist als Barbaras Gütesiegel, käme nicht einmal Rotkäppchens allseits bekannte Großmutter über irgendeine Landesgrenze.

Trotzdem. Barbara will versuchen, dort anzuknüpfen, wo man sie in überschwenglich geliebt, gelobt, geachtet hatte, in ihren Jungmädchen-Jahren:

Am Gutshof, draußen im „herrlichen" Sachsenland. –

Ob Wilrun Einwände hat oder nicht:

Sie muß eines morgens stracks ihrer Mutter folgen, nämlich zum Franz-Josefs-Bahnhof.

„Sie **werden** kein Visum kriegen! – Es fährt aber täglich nur **ein** Zug! Bedauere: Der heutige ist schon weg."

Barbara verbohrt sich auf einen Sitzstreik.

… dieser lockt den Bahnhofsvorsteher, auch noch die ganze Nacht durch, in den Warteraum:

Alles Reden des Mannes ist sinnlos, verstärkt den Widerstand, bringt Barbara auf den Punkt, wo sie „so und so!" mit ihrem Kind fahren wird, bis Dresden, … **auch** für den Fall, „daß man sie vorher erschießen wollte", an der tschechischen Grenze. –

Als die Nacht nun mündet in den Morgen, ist Wilrun ungebrochen glockenwach:

Nichts darf ihrer Aufmerksamkeit entgehen. Einnicken darf sie nicht. Sie kann es schon gar nicht mehr mitansehen vor Mitleid, wie elend schlecht es Barbara ergeht. – Ein ums andere Mal verdreht Wilrun ihre Augen gegen Himmel. Und seufzt wortlos. **–**

Endlich meldet sich bei den zwei Beharrlichen der leere Magen; sie gehen aus, wollen was einkaufen, zum Frühstück.

Das ist Wilruns Gelegenheit … Umstimmen!

Vielleicht, vielleicht läßt Barbara sich umstimmen, dann, **außerhalb** vom Franz-Josefs-Bahnhof. –

Als sie zurückkommen: „Ja, ja! Der Zug, der ist soeben ausgefahren!"

Es geht zurück auf die Sitzbank im Wartesaal. Der Ofen ist aus. –

Barbara und Wilrun halten dennoch „eisern" durch, nämlich, bis gegen Abend ein paar Leute eintreten, von der
Bahnhofsmission. Sie reden gut mit Barbara, bereden sie,
die bevorstehende Nacht doch zu verbringen in einem
warmen Schlafsaal. Gesagt, getan. –

… Am folgenden Morgen kehren sie zurück, ins Arbei-
ter-Quartier. Wilrun packt ihr Schulzeug, sucht nach
Zusammenhängen. –

Zum Englischunterricht reicht es also, (auf gut Deutsch)
zu: „Ich learn Englisch", und zu: „Nelly is in de Garten."

***

„Wilrun! In die Kanzlei, zur Frau Direktor!"

Das Haar der an Jahren reifen Schuldirektorin ist tizianrot gefärbt. Ihr Gesicht wirkt dadurch auffallend weich,
zugleich merkwürdig erhaben.

Die Dame hat mit Wilrun zu reden eine sehr gute Art;
immer mehr kriecht im Kind das Gespür hoch, es sei **al-
lerhöchste** Eisenbahn, die ganze Wahrheit jemand Ver-
ständigem ans Herz zu legen. –

… was sie der Vorgesetzten zu berichten hatte, läßt die
Schulleiterin ganz und gar nicht kalt. Ihre Schlußfolger-
ung lautet:

„Deine Mama muß unbedingt dem Amtsarzt vorgestellt
werden."

Dem Amtsarzt!? – Nun gut. – Wilrun verspricht, Barbara darauf vorzubereiten. Ein Termin bleibt offen schweben.

Barbara hört zu – ohne Kommentar; ohne Aufbegehren; sehr ruhig und ausführlich, erzählt ihr Kind. – Barbara wehrt sich auch nicht, als Wilrun die „Vorführung zum Amtsarzt" auf das Tapet bringt. –

Schon am folgenden Vormittag holt man Wilrun aus der Klasse. Auf dem Gang stehen: die Frau Direktor und neben ihr zwei Herrn, beide in ziviler Straßenkleidung.

„Wird die Mutter, um diese Zeit, zu Hause anzutreffen sein?"

„Wohl ziemlich sicher."

Im dunkelgrünen PKW geht es zum Haus, zur Unterkunft. Die Männer und Wilrun steigen die Stockwerke empor, bleiben dort kleben, vor Barbaras Tür-Matte. Die Tür ist verschlossen. –

Was nun? –

Plötzlich fängt Wilruns Herz an, wie rasend zu pochen …

Wilrun hört „ihre" Schritte im Parterre, … fängt mit den Ohren auf: wie Barbaras Stiefel, bedächtig, die vielen Stufen aufwärts steigen.

Als Barbara das Triumvirat vor der Wohnungstür warten sieht, stockt sie – gleichzeitig erstarren die Männer. Es hat sie eine Ehrfurcht angefallen, vor der kleinen, zierlichen

Frau, die einen Riesenholzbund bis hier hoch geschleppt hat; eine Ehrfurcht vor Mutter-Augen, die nun aufblicken: zu ihrer „Verräterin". –

Barbara **weiß,** wieviel es geschlagen hat.

„Wilrun, hast du deinen Teddy und das Kofferl?" –

Wortlos, unaufgefordert, folgt Barbara den verdatterten Beamten.

***

Die gemeinsame Fahrt endet vor dem Bezirk-Gesundheitsamt; es ist durch einen Korridor verbunden mit dem Polizei-Kommissariat.

Sie betreten einen Durchlaß.

„Das Kind! Soll zurückbleiben!", meldet ein besorgter Beamter seine Ansicht. Aber **diese** Rechnung wäre nicht aufgegangen.

Nicht bei Wilrun. Nicht bei Barbara. –

Barbara gerät an einen hoch aufgeschossenen, bebrillten, sehr behutsam vorgehenden Arzt. – Sie erweist sich bühnenreif, als Schauspielerin. – Sie fällt erst: als der Mann seine Taktik geringfügig ändert: „Sind Sie sicher, daß Sie seit dem Tod Ihrer Schwester Blanka noch ganz bei Gesundheit sind?" –

Der Doktor hat gezerrt an einer tief klaffenden Wunde.

Ein Aufschrei, ein Wehschrei, der alle zulässigen Frequenzen übersteuert – entfließt Barbaras geschundener Seele; er gleicht genau dem Vorbild, das Wilrun angehört hatte nach dem „Telegramm". Er beordert spontan einige Männer in Uniform herbei; man schickt sich an, die Kämpfende zu überwältigen; sie schreit: „Wilruuun! – Wilruuun!", daß es entsetzenerregend auf und ab hallen muß im gesamten Korridor.

Endlich haben sie das Kind abgedrängt von Barbara. –

Sie zerren die filigrane Frauengestalt fort, sobald es gelingen kann, sie zu erfassen, ohne sie zu verletzen; sodaß Barbaras Füße keinen Boden unter sich bekommen können. Ihr Schrei reißt nicht ab; die beiden Silben knüpfen sich in zäher Widerspenstigkeit zu einer schier endlos sich angliedernden Kette:

„Wilruun! … Wilruun … Wilruun", klingt es gellend, … kraftloser werdend, … bis die Wehmut Barbaras Stimme erstickt, bis sie verstummt, in ungewisser Ferne.

Über das Gesicht des Kindes strömen **nicht** zu bezwingende Tränen. Hier ist der Vorhang der Lebensbühne – rigoros gefallen. –

***

Die Kriminalfürsorgerin erlaubt: daß Wilrun sofort eine Postkarte hinterdreinschickt, für Barbara. –

Die Adresse jedoch schreibt die Beamtin, eigenhändig drauf …

Aha: Nun … also haben … die Leute vom Dorf recht behalten: Barbara ist – „reif für die Klaps-Mühle" …

***

SACHDIENLICHES – **DREI**-**SCHLÜSSEL**-ER-KENNTNISSE

*Positiv/2. *Negativ/3. "Teufelskreis"/kontraproduktiver Selbstschutz

POSITIV – lebensfördernd, zum Besten **aller** Lebewesen beitragend.

SPIRITUELLER KERNKRAFT-TRAUM-KANAL

Der STARKE Kernkraft-Anteil Ihres SELBST: Dieser läßt Sie frei nach Ihrem Willen verantwortungsvoll gewähren; unterstützt und informiert dabei optimal den positiven **Ur**-WESENS-KERN. (Zumeist sporadisches Traum-Aufkommen: sobald Sie ohnehin souverän und selbständig, … Ihr Leben einrichten, führen und lenken.)

NEGATIV – Telepathisch indizierte Mega-Troubles –

PARANORMALER *TRAUMA-*WACHTRAUM-EMPFANG

Das Fernerleiden der *Trauma-Wachtraum-Betroffenen basiert in der Regel auf: telepathisch indizierten Mega-Troubles = brutal von wesensfremder Schwingung in Mitleidenschaft gezogen sein.) – Das meint: Auf Para-Ebene erfolgt fast ständig ein Torpedieren der positiven

Wesens-Kernkraft/das „Fernerleiden" sabotiert massiv den Wesens-Ich-Schutz. – Das erfolgt leider wenn andere, die Selbst-eigene Geisteskraft mißbrauchen (etwa durch *Wodu-Kult* etc.).

„Teufels-Kreis" – Kontraproduktiver Selbstschutz

Falls Sie sich darunter nur schwer etwas vorstellen können, dann denken Sie etwa an eine Klinik, wo versucht wird, Drogenkranke clean zu bekommen. Bekannt ist: daß Entzugs-Probanden **extremen** Horror durchleiden. – Bereits im Absatz vorher hatten wir schon den Sachbegriff: fernerleiden via Trauma-Wach-Traumkanal. –

Also: Telepathie – das ist der Punkt. Und HIER: setzt der **eigentliche Teufelskreis ein, liebe Leser:**

Die höllisch Leidenden, oft **außer sich** vor Angst: um in Notwehr ihr Leben zu schützen: *verfluchen, beschwören und verdammen,* nun ihrerseits: Was ihr Leben bedroht via … Trauma-Wachtraumkanal. **–**

Doch die Ur-Natur **kennt** kein „für wen ‚Partei ergreifen'"- Ihr Gesetz **wiegt ALLES** mit gleichem Maß: **WAS es SÄT, das ERNTET es.*****

11 Begleitschreiben – Geburtsurkunde

Wilrun soll abgegeben werden, in der Kinder-Übernahmestelle.

Die Beamtin und Wilrun ziehen los. – Wilrun hat längst zu weinen aufgehört; denn das viele Weinen führt zu nichts …

Einige Male sieht die Beamtin das Kind von der Seite her betrübt an. Sie gehen nebeneinanderher. Die Dame nimmt wohl keine Notiz von den Sonnenfluten, die liebkosend spielen über der Mittagsstadt? –

Spricht aus ihren Augen: Mitleiden mit Wilrun?

Das Kind will die Frau damit trösten. Mitten unter dahineilenden Passanten beginnt Wilrun ein Lied zu singen; selbstverständlich hat sie vorher um Erlaubnis gebeten. Sie singt:

Daß ja alles wieder gut wird, daß man nur ein bißchen Mut aufbringen muß, falls einen das Glück einmal allein läßt

Glockenhell erklingt ihre Stimme, Passanten lächeln ihr zu, Wilrun singt es bis zum Ende:

Daß: wer herzlich lachen darf, auch hin und wieder weinen muß, und man brauche deswegen nicht traurig sein.

Wahrscheinlich hat die Beamtin dieses Lied, so wie Wilrun, schon hundertmal gehört, aus dem Radio. –

Die Frau kann nicht mehr sprechen. Auch Wilrun schweigt ab jetzt.

Endlich treffen die zwei Schweigsamen ein vor dem Tor der Kinderübernahmestelle.

Die Zunge der Beamtin löst sich:

Ob Wilrun vielleicht Dokumente dabeihat? –

Am Mauersims setzt sie ihren Teddy ab, stützt ihr Köfferchen auf, öffnet es, liest vor:

„Änderung der Eintragung am …: Der Musiker und Schriftsteller …, hat am 11. Jänner 1949 vor dem Standesamt … die Vaterschaft zu dem oben bezeichneten Kinde anerkannt."

Wilrun sind alle „Dokumente" gleichermaßen schnuppe. Denn woher soll sie wissen, daß **einzig** dieser Wisch darüber entscheidet: ob sie in einer Aufzuchtanstalt … oder einer förderlichen Bleibe landen wird.

* * *

Welche Bezeichnung, ist gestanden auf dem Straßenschild? „Lustkandl-Gasse" (??) Wie, bitte? – Wem war denn **dieser** witzlose Gag eingefallen: diese Kinderübernahmestelle in eine Gegend zu verlegen, die so „lustig-lebensfroh" benannt wird?

Wilrun ist schon durch die Vorräume schockiert! Ist doch egal, ob da auf weißen Kacheln in Königsblau: Kindermotive zu bestaunen sind!

Gut, sie **soll** hier untersucht werden, nun ja.

Aber sie soll hier **warten**, bis irgend jemand die Erleuchtung haben würde, wohin man sie überstellen sollte? – Nein! Danke schön! –

Wilrun wird überhaupt nicht gefragt. (Der **Wisch** war entscheidend.)

… gleich nach der ärztlichen Untersuchung darf sie es verlassen, dieses „lustige" Gebäude; man bringt sie in einen landschaftlich schön gelegenen Bezirk, in ein Haus, das um mehrere Meter höher liegt als die Straße …

Auf der Fahrt dahin entdeckt Wilrun:

Diese Gegend ist ja von der „Barbaragasse" gar nicht weit weg! Nur einige Straßenbahn-Haltestellen davon entfernt!

Und bald: „Hier hat es ja auch einen herrlich schönen Garten!"

Hoch, vom Ast des lieben alten Weichselbaumes aus, kann sie sogar die Kirchturmspitze der altvertrauten Lutherkirche erkennen!

Wenn alles **das** nicht, eine **wunder**volle Fügung ist. –

* * *

12 Traum als Barometerstand

PARAMETER-WECHSEL AUF PARAPSYCHOLOGISCHER EBENE – DIE ANZEICHEN ERKENNEN, LEICHTGEMACHT.

Wilrun darf abends, so reichlich sie nur möchte, essen!

Ist **das** vielleicht die Ursache??

Zunächst einmal empfängt sie eine Serie **dieser** Art von Träumen:

Immerzu gibt es irgendwelche Stiegenhäuser, die innen diffus und spärlich erleuchtet sind; es kommen Stockwerke vor, aus denen sie den langen Aufzugschacht hinunterplumpst; es gibt Hausgattungen, in welchen sie, im Zwischenraum des Stiegen-Ganges: wehrlos in bodenlose Tiefe stürzen muß. – Das sieht überhaupt nicht gut aus.

Ihr **graut** davor. – Nein, da will sie sich nicht erinnern, an ihre Träume. Wer möchte sich schon quälen lassen!?"– *** **(!)**

... Eines Tages taucht er auf, der Impuls: ... bohrt, bohrt, bohrt ... Vielleicht telepathisch, ein Notruf. –

Wilrun **muß** Barbara sehen! Sie will ihre Mutter **sehen**, mit eigenen Augen. Krumm oder geradeaus ... Um **jeden** Preis.

***

Wilruns neue Heimat: ist ein sehr einfaches, großzügig umfangreich angelegtes Haus, dahinter drei Garten-Terrassen, wovon ganz zuoberst, der Obstgarten angesiedelt ist. – Es ist ein Haus, das schon vom Baustil her Harmonie und Musik ein- und ausatmet.

Es ist ein Haus voller lebendig froher, friedliebender Mädchen. –

Es ist ein Heim, das geführt wird, in drei Gruppen. –

Eine Frau Doktor ist die dominante Zierde und verehrte Obrigkeit dieser Heimstatt:

Anmut, Selbstsicherheit, heller Verstand, Seelenstärke, … das sind die Florette, mit welchen die Dame sich, für ihre Erzieherinnen, für „ihre Mädchen" und für ihre Hausleute alle, notfalls auch durch das Bürokraten-Feuer kämpft.

In der „Einser-Gruppe" wohnen hauptsächlich, Volksschülerinnen. –

Die „Zweier-Gruppe", wo Wilrun zugehört, ist der Lebensraum für Absolventinnen der Hauptschule und der Gymnasium-Klassen.

Der „Dreier-Gruppe" gehören Schülerinnen der Oberstufen an und die Schülerinnen verschiedener Fach- und Hochschulen. –

An jedem Morgen pünktlich tritt das Hauspersonal seinen Dienst an,

Wilrun wird von allen freundlich aufgenommen – und kann sich das Haus, ohne die Mithilfe dieser Bediensteten – gar nicht denken.

* * *

Hoffentlich! Hoffentlich tanzen die abscheulichen Stiegenhausträume nicht wieder an. –

„Kinder **unter** zwölf Jahren: werden in so einem Krankenhaus, **generell,** nicht eingelassen!" … Aber: Es ist wenige Tage vor Muttertag.

Die Frau Doktor eröffnet ihrem neuen Schützling:

„… diese Dame ist zwar nicht mehr in unserem Haus Erzieherin, doch sie **hat** … da **vielleicht** jemanden: der deinen Wunsch erfüllen kann!"

Am Muttertag: kommt Wilrun, mit der Orange vom Mittagdessert und mit einem Stock „himmelblaues Vergißmeinnicht", unter Begleitung der vormaligen Erzieherin – an, bei Barbara:

Herrje, … wie sieht, ihre Mama denn bloß aus? – Sie ist dahin vor lauter Medikamenten … Obgleich sie doch heraußen steht, am Gang, und ihr der Besuch wohl angekündigt war. –

Barbaras schönes, braunes Haar ist unbekannt hellgrau geworden – von gestern auf heute. –

„Durch das Einwirken eines – was? Eines Elektro-Schocks!?"

Wilrun mag zu Barbara reden, … es ist alles, alles, zweck-
los. –

Barbara scheint: überhaupt nicht zu merken, **wer** da zu
ihr spricht. Jede Emotion der Patientin ist komplett auf
null reduziert. –

Das mit Barbaras Haarfarbe wird Wilrun eingehender
erklärt, auf der Rückfahrt. Die andere Sache – stellt ein
Problem dar, über das nur die geeigneten Köpfe entscheiden dürfen. – Und vielen Dank all jenen Menschen, die
in solch einer Anstalt … ihre Tätigkeit: zutiefst verantwortungsvoll, verrichten. –

Wird jemand Barbara „heraushelfen"? –

In jedem Wochenbrief fleht ihre vorletzte Zeile – um
„Erlösung". –

… Wenige Monate sind vergangen.

Barbara steht, vom milden Herbstnachmittag umweht,
am Gehsteig zum Heim-Tor, vor ihrem Kind: ihre Haare schön gekämmt, kastanienbraun gefärbt, ihre Natur-
farbe beinah getroffen. Barbara trägt ein schlichtes Kleid;
es schmeichelt ihrer Fraulichkeit; dazu trägt sie elegante
Schuhe; diese, die Wilrun früher – jahrelang als „neu" –
in einem Karton gesehen hatte:

Die haben ja: bemerkenswert hohe Stöckel. –

Barbara sieht wundervoll aus.

Und dazu haben die Menschen beigetragen, die sich im Gebäude-Komplex abmühen, der ein Irrenhaus genannt wird? Jener, von dem Wilrun meinte, er gleiche in groben Zügen einem Schlachthaus!?

Barbaras äußerliche Verwandlung scheint perfekt geglückt. –

Doch wer wird's übelnehmen, daß Wilrun dem Anschein, auch trotz großer Freude darüber, **kein** bißchen vertraut.

***

Seit Wilrun auf ihr Abendessen verzichtet, treten jedenfalls auch die Schwindel erregend beängstigenden Stiegenhäuser nicht mehr in Erscheinung. Ihr kommt vor, sie träume **überhaupt** nicht mehr. –

Barbara bringt zum nächsten Besuch jemand mit: den neuen Freund; seinem Gehabe nach mag er ja bereits für eine „platonische Liebe" zu Barbara taugen … Auf sie wirkt er: um Welten älter als Barbara. –

„Willst du zu uns kommen, zu Weihnachten? Eine hübsche, trockene Subterrain-Wohnung, hell, sauber, freundlich!" – „Onkel Hermann" verspricht, aus Zeitschriften Filmstar-Fotos für Wilrun zu sammeln, und: auf Barbara aufzupassen! … Tja dann, viel Glück, hoffentlich bringt er das zuwege …

Innerlich zittert Wilrun diesen Weihnachten entgegen.

Wenn es bis dahin nur gut geht. –

… Der Freund: kommt auch am Heiligen Abend und nachfolgendem Christtag: nicht in seine Wohnung. Auch nicht – vielleicht.

Er ist schlicht und praktisch abgehauen: zu seiner Schwester, in ein vorläufiges, jedenfalls **sicheres** Exil. –Wilrun erlebt ihre ersten, trostlosen Weihnachten; irgendwie muß sie Barbara schon recht geben: Das künstliche Pin-up einer Brigitte Bardot-Vadim steht ihr nicht gerade vorteilhaft. –

Aber bitte, wem steht schon die Mode von 1960!

Die Mädchen-Mode, eine Art „Reform der Massen-Uniform" … und in der Stadt laufen nur noch „Typen" herum: der Typ der „Soraya" … der Typ der „Conny Froboess" … der Typ des „Elvis Presley" …

Die Haarschneider verzapfen das ihre: um die Geschmacksverirrung mit Turmfrisuren noch weiter auszubauen. – Wer **da,** als Teenager, nicht wenigstens Lapisan-Rosa aus der Apotheke auf der Schnute trägt, gilt doch schon als Trampel! Als Untermensch! …

Ja-doch: wenn sie erwachsen wäre, wenn sie selbst wählen könnte, müßten es Kleider sein, ähnlich gut kleidsam wie die von Tante Blanka oder wie die Sonntagsstücke von Barbara! – Ihr wäre es völlig egal, ob ihr Zeug in Mode wäre: Anstacheln würde sie die Frauen und Mädchen ihrer Umwelt. Und dann würden, vielleicht auch sie, nur so was tragen, was ihnen vorteilhaft steht, und wirklich **gut** gefällt. –

Barbara, kommt mit Argumenten, nicht über Ort.

Kein Friedensengel mischt sich in die Feiertage. Barbara ist mit Wilrun unzufrieden ... Noch viel mehr: Ist sie es mit sich selbst.

Wilrun wünscht sich nur ... zurück in ihr neues Zuhause.

***

Noch immer auch hier im neuen Zuhause ist Wilrun eine Zerrissene.

Zunehmend wächst ihr Heimweh. Zwischendurch denkt sie ständig an die Großeltern, an die Kühe, Gänse, Hühner, ans Raunen der lieben Wälder; an duftende Äcker; an die Mühle; an die Lehrerin. –

... Gerade heute hat sie **überhaupt nicht** an diese Frau gedacht.

Plötzlich steht sie vor ihr: ohne Auftakt, wie hochgeschnellt aus dem Kanalgitter, ... mitten im betonierten Hof!

Vollkommen überrascht bringt Wilrun **keinen** Ton heraus. –

„Würdest du mitkommen, heim aufs Land, falls das möglich wäre?"

Wie **kann** die Freundin denn nur **so was** fragen! Sie kennt doch ...! Und dann sieht sie in die Augen dieser Frau, und weiß: Die hat **null** von ihr begriffen. –

Die Frau Lehrerin rauscht ab – und wird **nicht** wieder-
kommen.

* * *

*Kraft-Traum/Status-Anzeige

<mark>TRAUMATIN – DAS REGENERIEREN DER
KERNKRAFT, IST VOLLZOGEN. (Die wesent-
lichen Attribute kennen, leichtgemacht.</mark>)

Wilrun steht in einer Schwimmhalle auf einem klobigen
Trampolin; die Halle ist ringsum umgeben von einer hohen Fensterreihe. –

Herinnen herrscht **gute** Sicht. –

Alles ist sauber und gepflegt; die Wände sind weiß aus-
gekachelt. –

Wilrun soll das große Becken, das vor ihr liegt, durch-
tauchen.

Sie weiß, der saubere, klare Inhalt dieses Bassins: ist hei-
ßes Öl, natürliches Pflanzenöl, kann sein: Oliven-Öl. –

Das Haar der Träumenden ist bestens geschützt: durch
eine türkisfarbige, gut sitzende Gummihaube.

Nun denn! –

Wilrun setzt auf dem Trampolin an zu einem **kraftvol-
len** Sprung …

Und hoooruck, stürzt sie sich kopfüber dem Bassin-Inhalt entgegen: … noch ehe ihr Körper nachfolgt, teilen ihre Schwimmarme zügig die Fluten eines wohltemperierten Elements …

Sie genießt es, sich topfit darin bewegen zu dürfen, sie aalt sich putzmunter darinnen herum, solange der Traum es zuläßt. –

ENDE

***

13 Fürchten und Sehnen

Das Hausbuch – „Wer bist du Mensch?" – das kann Wilrun **nicht** irremachen: Barbara ist nicht irgendwer, nicht irgend jemand, den man per Schablone einfach „einstufen" kann! Außerdem führt die doch schon wieder was im Schilde, um für „das Beste für Wilrun" hinzuarbeiten, auf eigene Faust!

Wenn da bloß keine Ausgeburt draus wird! –

Wilrun tut ihrer Barbara die Liebe: Sie verbringt mit ihr in Barbaras Dienstzimmer: die weihevollen Pfingstfeiertage.

Barbara ist bereits … **voll** in Fahrt.

Schon vom **halben** Zuhören steigen Wilrun die Graus-Perlen aus der Stirn, schon in den ersten Stunden.

„… du gehst mir **nicht** mehr zurück in dieses Heim! – Ich würde daran verrecken! Gut, wenn du es **dahin** bringen willst", Barbara sucht nach brauchbar geeignetem Erpressungsgerät, findet das Beil, das neben der Brennholzschachtel ruht, ideal für ihren Plan:

„Nimm es! Schlag mich auf der Stelle damit tot! – Nimm es! …"

Sie bringt es fertig, daß Wilrun vor ihrem Drängen hinaufflüchtet auf den Hochglanz des Klavier-Flügels, der da abgestellt steht, in der Wohnmöglichkeit der Hausgehilfin. –

Verdammt … Was würde es auch nützen, Barbara das schwere Ding zu entwinden!? Sich an Barbara vergreifen: NEIN. – Aber was, wenn das Ding einfach am Boden läge: Wohin könnte man es werfen?

Die Tür hat Barbara vorsorglich abgesichert – gegen Flucht. –

Wilrun zeigt: **null** Furcht. – Doch ihre Knie schlottern wie verrückt.

Nur **eins** steht fest: Barbara klettert auf keinen Konzertflügel, der den Herrschaften gehört. – So, wie sie leider **vor** Pfingsten: mit dem großen Küchen-Mixer die **neu** adaptierte Küche der Unternehmer-Familie grün geflitzt hat … (Barbara hat sie bereitwillig die Küche in Ruhe anschauen lassen.)

… Da ist es nicht schwer zu erraten: **Seither** verfügt Barbara über **jede** Menge Freizeit. –

Wilrun hat sich mittlerweile in ihr neues, harmonisches Zuhause wirklich verliebt:

Das besondere Flair … rührt her von den ewigen Klavier-etüden der hervorragenden Henny und vom Fleiß der strebsamen Gudrun. – Leokadia trainiert auf Ballerina: Dazu ist ihr jeder Türstock gut, jedes x-beliebige Parkett …

Eine endlose Liste von Fakten könnte Wilrun anführen …

Überhaupt: **Außer** den kleinen Pflichten hauswirtschaftlicher Natur ist das hier ein Zuhause: mit Kellerhalle zum Pingpong-Spielen, allerlei Werkzeug ist verfügbar – und es macht Wilrun riesig Spaß, ihre abgetretenen Schuhabsätze selbst zu reparieren, mit Radschlauch, Hammer, Schuster-Leim und winzigen Stiften; … niemanden stört es, wenn sie im Garten an Zeichnungen herumkritzelt; niemand stößt sich daran, daß sie mit der Eidechse spricht, deren Gelege sie ganz aus Versehen zertreten hat. – Der Weichselbaum ist beinahe so wie der Weichselbaum von daheim.

Erst **nach** diesem **Traum vom Ölbad** fällt Wilrun eine einschneidende Entdeckung auf: **Sie hat ihren Schandfleck: abgestreift! – Ihr Selbst hat unmerklich einen ur-gewaltigen Sieg errungen:** Seit sie im Schülerinnen-Heim ist, spürt sie den unseligen Trieb nicht mehr … sie wird **nie wieder: klauen wollen –**

Ist das nicht: **wunderbar**!?! –

*Des Menschen Kernkraft schützt allein: die Ur-Natur der Träume. –

146

… Doch nun sind sie wieder da, die Ungeister, die Barbara zusetzen: speziell die Pfaffen und eine ungewisse Sorte von Polizei, sind schon wieder „die Mörder", … alle rotblonde Weiblichkeit … alle mit modisch gebleichten Strähnchen im Haar: gehören der Hurerei an … Als erste „Rote" kommt Wilruns rotblonde Schulkameradin unverdient zum Handkuß. – Jetzt, aktuell, erachtet Barbara ihre Wilrun: unverrückbar, als sträflich „unterernährt" … Aus diesem Grund schafft sie Köstlichkeiten herbei, die für sich selbst: die stets auf Sparsamkeit bedachte Barbara, **niemals** einkaufen würde. –

Sie meint: das tun zu **müssen**, um Wilrun von irgend etwas zu bewahren, um ihr Kind dieser Unterernährung zu entreißen. –

„Öhm: Unterernährt? – Ich stehe doch in einem guten Stall! Das mußt du mir doch ansehen!", lacht Wilrun. „Mama, du würdest jammern, wenn du-selbst mich füttern müßtest!"

… allein die **Menge**, die Wilrun bei jeder Mahlzeit vertilgt!

So viel auf einmal hätte die Oma nicht einmal der jungen Sau gegönnt! „Nein, du verstehst ja schon wieder verkehrt! Das Essen ist so, wie ich mir das ‚Schlaraffenland' vorstelle: Wer je so **kochen** können wird! Wer je **so viel** Geld in der Haushaltskasse seiner Zukunft parat hätte, für solchen Zweck!" – Die Mädchen, futtern wirklich wie die Bären. Aus purer Lust am Essen! Barbara könnte froh sein, könnte stolz sein auf Wilruns „Stall" … Stattdessen kann sie Einwände nicht respektieren, kann nicht verstehen. –

Als Wilrun nach solcher Debatte heimkommt, schwingt sie sich gleich heran an den Kühlschrank: „Eine Wucht! Noch so viel Liptauer ist übrig, von gestern?" ... und da langt, mit ungewaschenen Greifern, das Mädel tief hinein in den Topf, leckt die Ladung ab wie Eiscreme, schleckt die Pfote rein, in unmöglichster Manier. – „Oh selig, oh selig, ein Kind noch zu sein! – Danke, Albert Lortzing!"

***

Oje, oje: Barbara hat für Wilrun eine Geburtstagstorte backen lassen.

Verführerisch sieht sie aus, wie das totale Liebesgedicht eines Zuckerbäckermeisters ... sieht die Mehlspeise aus ...

Wilrun mag sie nicht einmal kosten.

„Wer von euch Nußtorte mag, soll sich ranhalten!" –

... sie ist aus ... sündteurer Schokolade und aus wahrlich bitter, bitter ... erkauften Nüssen hergestellt.

***

„**Du**, bist mir ja ein **feines** Herzblatt!" – Die Gruppenschwester kann sich die Bemerkung nicht verkneifen; schon sieht sie wieder Wilrun mit Sachen herumhantieren, die **nur** von Barbara stammen können.

„Daß du dich nicht **schämst**, deine arme Mutter derart auszunützen!" ... Wilrun ist unfähig, ein Wort zu entgegnen.

Sie liebt ihre Gruppenschwestern. –

Sie jagt hinauf ins Stockwerk, klopft an die Tür der Heim-
kanzlei:

Vor der Heimmutter breitet sie ihren verzweifelten Kummer aus. –

***

Ja genau: dieselbe hübsche, herbe, schwarzbraunhaarige
Schwester hat auch heute wieder Dienst: Ausnahmswei-
se ist heute das Vorgartentor zugesperrt; das ist für dieses
Haus: der **absolute** Ausnahme-Zustand. –

Wilrun hat auf ihrem Heimweg von der Schule, die In-
dianerpfade von Barbara umgangen, ist im Haus.

Fast alle Mädchen sind bereits zurück aus ihren Schulen. –

Wer **jetzt** noch hereinwill: muß heute ausnahmsweise
anklingeln, am Einfahrtstor.

Barbara? – Die: **wird** kommen. Todsicher. – Denn sie ist
niemand, der mir nichts, dir nichts, zurückkehren wird
in seine Wohnung. –

Zufällig … hat die Frau Heimleiterin eine aufgehell-
te Strähne im modisch getönten Haar. Dieser harmlose
Aufputz? … er löst eine **Lawine** aus. –

Nach allen Regeln der Kunst, vergeblich bemüht, gelingt
es Frau Doktor nicht, vernünftig zu reden, mit Barbara. –

Die Lawine … räumt schließlich auch die vorgefaßte Vermutung der dunkelhaarigen Gruppenschwester überzeugend aus der Welt. –

Wilrun verehrt auch die andere Gruppenschwester, die Blonde:

Mamma mia! Die hat vielleicht eine rasante Unterschrift … Wilrun möchte eines Tages ihr eigenes Autogramm auch so ähnlich schneidig hinbekommen! –

Im Ernst: Die blonde, junge Frau (und Mutter) ist ein musisches Multitalent: Mit immer neuen Beweisen stürzt sie Wilrun in stummes Bewundern.

Wilrun kommt es direkt spanisch vor: Ist das tatsächlich ein und dieselbe Person, deren Händeklatschen alle Mädels unter ihren Decken hochschraubt, wenn sie in der Frühe nervenzermürbend ihren Weck-Ruf losläßt:

„Guten **Morgen,** meine Damen: **Auf!** Auf!"

Elektrizität! …

Die dunkelhaarige Erzieherin mag von gleicher Dynamik erfüllt sein. Allerdings zeigt sie Bereitschaft: **wesentlich** mehr in sich hineinzufressen als die Blonde. – Zum Vergleich:

Die blonde Kollegin zwingt, sofort, in ihre Augen ein Feuer, das jedem ungerechtfertigten Widerstand auf der Stelle den Zahn zieht.

Beide Frauen wissen ganz gut, daß sie sehr hübsch aus-
sehen. Von beiden können die Mädels sich **wirklich** etwas ab-spicken! – Sie **tun** es! … Auch wenn Erzieherinnen nur selten davon Wind bekommen!

*** *** ***

Man wird leicht verstehen, warum Barbara, zur Zeit, sich
nicht mehr heranwagt in die Nähe des Mädchenheims.

Sie bevorzugt **andere** Reviere.

… Wilrun ist davon schon so weit herunter, daß sie in
jeder Statur, die der Mutter ähnelt, … ihre Barbara zu
erspähen meint:

Sie scheut sich bereits davor, ihrem eigenen Spiegelbild
zu begegnen in der Scheibe eines parkenden Autos. – Sie
will nichts entdecken, das starke Ähnlichkeit aufweist mit
den Gesichtszügen von Barbara. –

Den Seelen-Auftrag erfüllen? Alles schön und gut, aber:
Nein! – Sie wird sich **nicht** auffressen lassen von ihrer
Mutter. –

Und das ist **sicherlich** „das Beste", das **Allerbeste,** für
Wilrun. –

… dann hat Barbara sie schon wieder an der Strippe:

Wilrun, eben an diesem Nachmittag, ist auf dem Heimweg vom Freigegenstand „Chorsingen" … als Barbara
sie zu fassen kriegt.

Wilrun ist richtig dick drinnen in der Mangel: „Wir gehen jetzt zu deinem Schuldirektor, ich werde ihm klarmachen, daß du mit mir nach Hause zu fahren, hast! Und damit basta."

Sie hat schon Nerven!

Wie stellt sie sich das vor!?

Sie kann das doch nicht verlangen von Wilrun!

„Meinen alten Herrn Direktor werde ich sicher, wegen einer so unsinnigen Einlage, **nicht** aus dem Häuschen bringen! Fällt mir gar nicht ein. −"

„Na ja! Dann starten wir eben so durch!", mag Barbara denken. −

Wilrun predigt ihr, zum überflüssigsten Mal, die Litanei der Folgen herunter, die auf sie beide zurollen muß durch so einen Unfug:

„Es **kann** dir doch nicht egal sein, Mama, wenn morgen abend an die Tür von Oma, die Gendarmen anklopfen und dich mit der grünen Minna abtransportieren − in die Heilanstalt! − Außerdem kann es passieren, daß sie mich wohin stecken, in ein anderes Heim! Ich will an so was gar nicht denken!" − Für Barbara gelten solche Schranken längst nicht mehr …

Daß Wilrun ihre Heimat besuchen muß, unter solcher Voraussetzung …

Nacht ist es geworden auf der Fahrt, ein Stück weit durchs benachbarte Ungar-Land, auf dieser **aufreizenden**

Bummelfahrt heimzu. – Vom Bahnsteig weg, sind noch zwei, ziemlich langgestreckte Dörfer zu überbrücken, im Fuß-Marsch.

… als sie anlangen, auf der Steinstufe unterm Vordach, obliegt es dem Mädel: anzupochen an der äußeren Tür … an die, nach innen liegende, zu klopfen und als Erste einzutreten: in die Abendruhe der Bauern-Küche.

Als Wilrun ihr Grußwort in den Raum stellt, wenden sich die Großeltern … sofort ab.

Der Großvater stopft seine Pfeife voll, bekommt es plötzlich eilig, zu verschwinden, Richtung Kuhstall: Als er die Tür der Küche hinter sich langsam zuzieht, entfährt es ihm „Na, **mehr** brauchst nit!" –

Die Großmutter überreicht Wilrun – ohne Wort – ein Stück Strudel als Abendbrot. Ihrer Oma kann Wilrun es ins Ohr zischeln, noch vor dem Schlafengehen: „Ich habe Mama vorbereitet, sie weiß es, was uns blühen wird!"

Ab dem Hahnenschrei ist alles, wie Wilrun es am liebsten hat; jeder verrichtet tausend Handgriffe, die ihm vertraut sind, als die seinen.

Es wird Nacht.

Die Haustür ist bereits abgeschlossen

Man läßt es sich gut schmecken, zum Abendbrot: Schweine-Sulz, in Zwiebeln und Essigtunke, standen auf dem Tisch. –

Die Brotreste und alle Krümel wandern in den Schweinetrank.

Wilrun hat das Geschirr abgewaschen, im breiten Holzschaff.

Barbara trocknet den letzten Teller ab.

„Tong, **t**ong, **t**ong!", schlägt jemand an die äußere Tür.

In der Küche springen Blicke, aufgeschreckt, von einem Gesicht zum nächsten. – Barbara, angstbleich, wie vom Donner getroffen, läßt ihr Geschirrtuch sinken, es fällt zu Boden. Ihre Kraft ist hin.

Sie ist **genau** darüber im Bild, wer wartet vor der Tür. –

Jetzt geht es also ans Messer. –

… doch, doch! – Sie käme schon freiwillig mit! –

„Kann der Vater mitfahren, wenn es ohnehin ‚nicht lange' dauert?"

Der Alte dreht sich herum, schaut vielsagend zur Großmutter. Barbaras Mutter – antwortet, mit einem einzigen Augenaufschlag. –

„Na, **mehr:** brauchst nit – ", poltert der Vater und langt seinen speckigen Hut herunter vom Tür-Haken.

„Na dann: Gute Nacht, allerseits!"

Barbaras Mutter und Barbaras Tochter … wie könnten sie beide … auf ihren Strohsäcken zur Ruhe kommen, in dieser Nacht. –

… gegen drei Uhr morgens nähern sich die Schritte des Ähnls dem Hofbrunnen … schlurfen dann an den Stubenfenstern vorbei. Als der Hausvater hereintritt, durch die Stubentür, dreht die Großmutter das Nachtlämpchen nicht mehr an.

„Na, mehr: brauchst nit! … Jetzt hab' ich auch noch heimhatschen müssen, über den Strecken-Abschneider! Woher ich komm'? – Ja, freilich! Haben sie sie dorthin gebracht …"

Das ginge noch eine Weile fort, aber die Großmutter mahnt: „Jetzt wollen wir alle noch einen Zipfel Schlaf erwischen!", und zu Wilrun: „Der Opa muß dich, gleich in der Früh, wieder zurückbringen, ins Heim." – „Waaas?" –

„Na, **mehr:** brauchst nit!" –

***

Wilrun und ihre Oma: sind früher aus den Federtuchenten als der Großvater. – Großmutter dreht das Stubenlicht an, greift aus ihrem Kasten: ein Tuch heraus. – Wilrun hat es davor nur ein einziges Mal bewundern dürfen, aus der Nähe.

Das liegt lange Zeit zurück. – Viel zu lange!

Und Wilrun hat so oft gedacht, an ihre Großmutter –
und an dieses zauberhaft gewebte Tuch.

„Wilrun, da nimm! – Es gehört dir! Das wirst du beim
Hinausgehen aufsetzen, es ist schon kalt an den Morgen,
um diese Jahreszeit! – Ich packe da noch ein Stück Strudel für dich ein."

… dieses Tuch! Wie kommt die Großmutter dazu: ihr
dieses Tuch zu überlassen!? – Was denn, so weich fühlt
es sich an? Das würde ja gewiß: gut wärmen! –

… den Töchtern der Großmutter war es nicht gelungen,
sich das Tuch zu erbetteln; da hatte Großmutters Spruch
gegolten, es sei „was ganz Besonderes"; so etwas gäbe es
auch kein zweites Mal; das bleibt im Haus! – Ist das: Seide – oder Baumwolle – oder –?

Ohnehin könnte Wilrun nicht verstehen, woraus ein
Mensch imstande war, ein solches Wunderwerk zu we-
ben; in der Art der Damast-Weben geschossen, zeigt das
Stück auf der Vorderseite: einen passionsvioletten Hinter-
grund, in dem grüngoldene Blüten und Arabesken ein-
gearbeitet sind, … auf der Rückansicht kommt der grüne
Stich im Goldton kaum noch zur Geltung: Die Orna-
mente heben sich ab in Violett, vom goldenen Grund.
Das Stoffquadrat mißt etwa eine Seitenlänge von einem
Meter; die Ränder sind hauchdünn passepoiliert und haben keine Fransen.

„Ihr beide steigt gleich uns gegenüber zu, beim Wirts-
haus!", sagt die Großmutter zum Ähnl. Zu Wilrun: „Ich
habe dir in die Schachtel auch zeitige Äpfel hineingetan

und vom Brotlaib einen Keil. – Das gehört für dich! Der Ähnl soll mit dir in der Zwischenstation, in Wiener Neustadt, Frankfurter essen gehen, beim Bahnhof-Wirt …" – Sie hat wirklich: an **alles** gedacht – „Hoffentlich, Wilrun, nehmen sie dich wieder auf, im Mädchenheim!" – **Ja**, … Das hofft Wilrun auch …

Als der Großvater mit Wilrun ankommt, bei der Frau Doktor, im Heim – ist die Sache endlich „geritzt" … **Gott** sei Dank.

Ob Wilrun denn wieder heimkommen dürfe, zu Weihnachten?

„Ja, schon! – Aber: wenn es mit dem Hin und Her nicht so eine Weltreise wäre!" – Wilrun versteht. Großvaters krankes Bein tyrannisiert den Alten! – Besonders arg ist es damit in den Wintermonaten. –

„Ja, gut, Opa! Wir werden ja sehen!"

***

Gezählt, von der Ernte der späten Äpfel bis zur Weihnachtszeit, ist es ein Katzensprung.

Wilrun vertieft sich mittlerweile in die Schul-Bücher für Deutsch, Naturgeschichte, Zeitgeschichte und Musik. Und: in das jeweilige Werkstück für den Unterricht der schönen Mädchen-Handarbeit …

Dem Physikbuch und dem Lehrstoff für Chemie gönnt sie näheres Beachten. – Der Geo-Atlas ist für Wilrun ein

Fragezeichen, das sie nicht neugierig macht. Jedes Ausland ist jedenfalls viel zu weit weg von daheim. –

Das Mathematikbuch ist in ihrer Schulmappe ... komplett sinnloser Ballast; Wilrun ist in diesem Gegenstand: das Kuckucksei ihrer wundervollen Lehrkraft! – Deren Zweifel kann die Schülerin ohnehin nur dadurch mildern, weil dieselbe Person ihr in Zeichnen und Malen ein „Sehr gut" zugestanden hat. – Dieselbe Lehrerin hat Wilrun auch in Turnen unter ihren Fittichen: wieder dieser zweifelnde Blick ... Beinahe so wie in der Mathestunde. –

***

„Sind die Rollen endlich in den Gehirnen!?"

Unter der Regie der blonden Erzieherin schießen die Talente der Mädchen auf. – Wilruns Handicap: Sobald das Bühnenlicht angeht, wird der Text ihrer Spielrolle einfach flöten gehen aus ihrem Kopf, bis er denn tropfenweise sich hervortun und spielend fließen wird. –

Dennoch, jedes Theaterspielen ist ein Genuß: Schon wegen der Vorbereitungen, wo Alle beitragen mit viel Liebe und Geschick. –

***

Am 20. Dezember findet Wilrun sich ab damit: „Nun, dann werde ich wohl im Heim bleiben über Weihnachten. Nun, ja!? Wenn man eben **nichts** machen kann?"

Ehe Onkel Josch, vom Arbeitsplatz weg, nach Hause fährt, ins Dorf, in die Ferien, denkt er an seine Nichte.

Und schon tuckert der Zug, mit Onkel und Wilrun: heimzu.

Kurz vor Wilrun ist bei den Großeltern überraschender Besuch eingetroffen, aus der Schweiz:

Tante Gisl! Onkel Horst! Und Heli und Günthi – und das winzige Wickelpolster-Baby, Renate … Weihnachten: „Bei uns Daheim!" –

Die Tage laufen ab: erfüllt voll dankbarem Beisammensein, unbekümmertem Kinderlachen, geselligem Hausen in Küche und Stall und wohltuend ländlichem Weihnachtsfrieden.

… daher: sich vorläufig, jetzt bloß von **niemand** etwas anmerken lassen … Am vorletzten Tag wird Wilrun befallen von heftigem Kopfschmerz.

Egal. – Denn, die Schweizer fahren erst **morgen** los. –

Als Wilrun bis Wien mitfahren darf, im großräumigen „Buick", läßt das Baby im Arm zeitweise die Schmerzen vergessen.

Zum Abschied erhält sie von Tante Gisl ein wunderbares Geschenk. Nämlich als die Tante suchend stöbert, in der Familien-Reisetasche.

„Das Ding? Kommt in den Müll! Nämlich, sobald wir draußen ankommen! Was weiß denn ich, wieso ich es überhaupt mitgeschleppt habe! … Geh, Wilrun, ‚sympathisch‘… **was** soll denn daran noch sympathisch sein? Ich laß mir doch nicht nachsagen, ich hätte meiner Nichte einen so abgetragenen Lumpen angedreht!"

Inwendig fühlt sich das Stück flanellweich an, es ist außen seidenglatt, das ausgewaschene Kornblumenblau wird überstreut von weißen Blümchen, … das Ding hat einen Bindegürtel!

Sogar der Kragen trifft es genau: Ein schmaler Schalkragen, der Wilrun: gut stehen würde, zu ihrem Gesicht.

Die Stoffbindung: ist nirgendwo fadenscheinig … oder sonstwie schadhaft, mit **fünf** Silben benannt: Es dreht sich punktgenau, um Wilruns lang, lang, lang ersehnten „Wunschtraum-Schlafmantel" … (Hurra.)

Der Abschied vor dem Heimtor tut dennoch weh.

Noch mehr schmerzt das Klopfen in Wilruns Stirnhöhlen.

„Geh **sofort** zu Bett, wenn das möglich ist!", ruft Tante Gisl noch.

Dann sind sie alle fort.

Schon kommen auf der Auto-Auffahrt des Heimes ihr ein paar Mädchen begeistert entgegengestürmt:

„Mach schnell! Wir haben Kino-Freikarten, für ‚Windjammer‘!" –

Oh, wie wonnig …

Das ist: hochwillkommene Ablenkung. –

… Wilrun fliegt hinauf in die Gruppe, wirft dort ihr leichtes Gepäck auf ihr Bett im Schlafsaal.

Daß sie zur rechten Zeit zurück ist, braucht sie somit nicht weiters wem zu melden – auf geht's!!!

Wird sie je wieder in einer solchen Kinologe sitzen? Hoch über dem Geschehen im Kinosaal?

Wird sie je wieder zu dem Vergnügen kommen, ein Filmereignis zu genießen, aus solcher Warte?

… die stets aufs Vorzügliche bedachte Heimmutter hat für ihre Lieben die besten Billetts bekommen, die verfügbar waren. –

Das schöne Schulschiff: nimmt sie alle mit auf seine große Reise. –

* * *

Noch ein schulfreier Tag!

Wilrun bemerkt erst jetzt, wie wenig Mädchen heroben sind, in der Gruppe: Wahrscheinlich sitzt der Großteil vor der Fernseh-Kiste, unten im Parterre.

Sie selbst steht ganz allein im Schlafraum.

Ein unsympathischer Schüttelfrost fällt sie an.

Sie zieht sich ihren Schlafmantel über und bindet sich Großmutters schützendes Kopftuch, um und um. –

Sie friert noch immer? –

Ja: Wieso? Die Heizungen laufen doch auf voller Tour!

Vor Wilruns Augen beginnen Kreise und Punkte zu querulieren, transparente Dinger, manche völlig durchsichtig, manche im Farbenspiel einer Seifenblase … Dabei scheint es um sie her – bald heller, bald dunkler zu werden.

Sie geht zu Boden, kriecht so dicht wie möglich hin in die Nische, wohin der Heizkörper gut abstrahlt; sie preßt ihre tobende Stirn gegen eine der Heizkörper-Rippen und denkt im Wegtreten:

„Du darfst jetzt **nicht:** sterben!" –

Als sie wieder zu sich kommt, ist ihr, als hätte sie unerhört gut geschlafen. –

Ihr Gesicht ist verklebt, von angetrocknetem Eitersekret; auch das Haar der rechten Kopfhälfte ist verklebt mit grünen Krusten, bis weit hinein unter das schöne Tuch. Seit jenem Dreikönigstag: hat Wilrun das leise Gefühl, sie sei ein Glückskind.

***

14 Suggestionen – Tests

Wilrun befindet sich mit einem Freund in einem schottischen Hochland:

… hier wachsen hohe, derbe Gräser und blühendes Heidekraut; es fließen hier viele klare Bäche.

Die beiden Personen sind nicht allein; die andern stürmen ihnen weit voraus: vorwärts zu einem ferner gelegenen Erdmassiv. –

Der Freund reicht Wilrun die Hand: Er **kenne** die Steige!

Sie solle ihm behutsam folgen: damit ihr Schritt nicht abgleiten kann!

Er sagt wortwörtlich: *„Die klaren Wasser sind eiskalt, man muß sich **nicht** unbedingt erkälten, bevor man am Ziel ist!“* –

ENDE

* * *

„Hört einmal her, meine lieben Mädel", läßt Frau Doktor ihr Kaninchen aus dem Korb. – „Wer möchte, darf ab nun zum Chorsingen mitkommen, in den Nachbar-Bezirk, nach Döbling! – Ihr wißt, dort ist das Bubenheim.

Ich kenne das Haus sehr gut: Die Buben dort sind durchwegs Kavaliere! –

Ich hoffe, wer mitkommt: weiß, sich zu benehmen!"

Die Heimmutter fragt sich durch, durch die Gruppe, sieht endlich auch Wilrun an: „Ja, du? – Ist doch selbstverständlich! – Noch jemand?" -

Da ist ein Träubchen von übermütigen Dingern beisammen, das nun losmarschiert … Es ist noch Schnee-Winter, in der Stadt Wien.

Das erste Lied, ein Kanon, den zwei auswärtige Musikstudenten, ihnen beibringen im gastlichen Haus, dreht sich um Jakob den schwarzen Raben: der Gute soll nicht in den Schnee hinaus … – Ja, logisch –

Geradezu **peinlich** sauber erscheint Wilrun das Bubenheim.

Unter den Kavalieren fällt ihr ein etwa gleichaltriger Junge auf. Er hat anscheinend von jedem ihrer Filmlieblinge etwas: ein wenig von Gary Grant, ein bißchen erinnert er an James Stewart, aber dann hat er in der Hauptsache – ein Irgend-etwas wie: Clark Gable! –

In der Größe würde er jetzt grade, ideal, zu ihr passen! –

Hm! – Sie hat alle Mühe, nicht ertappt zu werden, wie sie sein Äußeres immerzu sieht in anderer Rolle.

Unter all den hübschen Mädels: wird er Wilrun wahrscheinlich gar nicht bemerken. –

Ab nun trabt sie, mit **noch** mehr Begeisterung, hinüber nach Döbling.

Das zweite Stück, das die Studenten mit dem Chor einüben, ist ein Schlager. Die angehenden Musiker verstehen es grandios, das Lied zu begleiten, am Klavier; Wilrun fühlt beinahe körperlich den Abschiedsschmerz, der mitschwingt in der Bedeutung:

Nicht umschauen – Unsere Wege trennen sich …Nur zuvor: einander stumm nochmal die Hände reichen…

Wilrun übt dieses Lied die ganze Woche hindurch, sooft sie an den schönen Jungen denkt. Doch die nächste Chorprobe entfällt. – Auch: die übernächste …

Wenige Wochen danach: „Meine lieben Mädel, ich bedaure es sehr, euch diese Nachricht überbringen zu müssen: Die Studenten habe keine Zeit mehr für euch; das Chorsingen im Bubenheim – ist beendet."

Wilrun fährt es durch den Kopf: „Ja, … ist **denn** so was möglich!?"

(Im Anfang waren: der Gedanke und das Wort.)

***

Der Winter zieht sich träge hin, mit Schularbeit und Wochenbrief an Barbara. – Vorfrühling:

Als sie in der Kirche ihrer Kindergartenzeit zum Unterricht für Konfirmanden eintrifft, wird sie angewiesen, durchs Pfarrhaus zu gehen: Sie wird den „Saal schon finden, wo der Unterricht stattfinden soll!"

Sie ist schon hart daran, zu spät zu kommen, laut Zeitangabe der Turmuhr … Auf leisen Sohlen läuft sie hin zu jener Tür, hinter der ein wilder Tumult im Gange zu sein scheint.

Beinahe wagt sie nicht, die Türschnalle niederzudrücken:

… da balgen sich zwei Buben auf dem Klavier, sodaß die Tasten schreien und die Rippen rauchen. – Der eine sieht jetzt aus: „wie Clark Gable nach dem Erdbeben von San Fran…" („Das darf doch nicht **wahr** sein!", stammelt es in Wilrun.) –

Sie reißt sich an allen Riemen und geht mit gespielter Pauker-Miene zu auf beide Dampfrösser.

Sie blickt sie so streng verwarnend an, wie sie zu schauen **überhaupt** imstande ist.

Die Buben schnauben, glotzen Wilrun an.

Da **j**ohlt die ganze Runde plötzlich los, pur vor Erheiterung:

Alles brüllt, zerkugelt sich vor Lachen, alles krampft sich vor Lachen, kippt vor Lachen aus den Schuhen: bis … der Herr Pfarrer groß in der Tür steht … Wilrun fühlt sich gut:

Die nächsten Wochen bieten viele Chancen, ihren Liebling in der Nähe zu wissen – und trotzdem unerkannt zu bleiben.

Sie ist in diesem Saal die aufmerksamste „Konfirmandin".

Sie ist zufrieden: Er ist also ein richtiger, lebendiger Bengel. –

… bis zum Unterrichtsende ist es draußen dunkel geworden, sie hat es eilig, rasch ins Heim zu kommen: Weit ist der Weg. Schon ist sie über den Kirchhof … will hinaustreten auf die Gasse, da kommt es ihr vor wie im Lied von Edith Piaf, in: „Milord".

Jemand schneidet ihr im Pfarr-Hof den Weg ab und fragt:

„Darf ich dich ein Stück begleiten?" –

***

Er begleitet Wilrun.

… ein kurzes Stück ihres Lebensweges; es wird daraus eine Jugendliebe, die nur eine junge Piaf besingen könnte. –

„Er" ist galant – und offenherzig – und seine Küsse schmecken: hundertprozentig süßer als die zwischen Vivien Leigh und Clark Gable. – Warum die Sache dennoch im Wind verweht? –

Es gibt Zank wegen Udo. – Udo ist sein Freund! Der ist blindwütend eifersüchtig! … Heiliger Strohsack, was es nicht alles gibt …

Nun ja – Clark Gable: ist ja kein Bauernsohn, mit Knödeln oder so –

Und überhaupt:

Wilrun wollte doch ursprünglich konfirmiert werden …
„Daheim, bei den Großeltern, draußen am Land."

Somit gewonnen, Udo! … Ad acta, Milord! – Hahaha …

***

Was, das würde niemand glauben? – Und ob!

Und ob! Barbara spürt, daß ihre Tochter – geschwächt ist!

Barbara hat ja-auch Wilruns Großvater bezwingen können:

Mit Bittschriften hat sie Wilruns Großeltern torpetiert,
sie mit steinerweichenden Sätzen bummvoll gemacht! –
Barbara gab nicht nach, bis Wilruns Opa die „Weltreise"
in Kauf genommen hat, zum Landeskrankenhaus, und
Barbara „erlöste" gegen Revers.

… es ist mit ihr um kein Haar anders geworden:

Barbaras Zustand ist noch derselbe, mit dem sie zuletzt
das Rettungsauto bestiegen hatte auf der Dorfstraße.

Nein!

Nicht … schon wieder: diese Ansätze. –

Um keinen Anlaß in der Welt wird Wilrun sich noch
einmal dazu bringen lassen, mit Barbara heimzufahren,
auf so krumme Tour. –

Mögen die Straßenpassanten, die Szene doch kommentieren, **wie** sie wollen! – Ist denn nicht **einer** dabei, der auch Wilruns Partei zu ergreifen versucht? –

„Wenn es gar nicht anders geht, Kindchen! Dann mußt du eben deine Füße in die Hand nehmen!"

So ein herzenskluger Rentner! – Gibt es solche? –

Das gibt Wilrun Zunder! –

Sie gast ein ganzes Stück weit die Pötzleinsdorfer-Allee hinauf zu – und der ganze Schwarm – hinter ihr nach … Barbara, so gut wie möglich, dicht an Wilruns Fersen … Als Barbara einsieht, daß ihr der Atem gleich auszugehen droht, eskaliert sie das Spektakel,

… eine Funkstreife hält an neben dem Auflauf, die Wachleute hören gerade noch einen Satzfetzen, der ausreicht, um Barbara und Wilrun – und den Rentner mitzunehmen als Zeugen, auf die Revierstube …

Leider … bleibt Barbara: der neuerliche Einzug in die Heilanstalt nicht erspart. –

**

Im letzten Hauptschuljahr überschlagen sich die Ereignisse.

Aus dieser Sammlung werden Wilrun zwei Besonderheiten in Erinnerung bleiben:

Der Lehrer für Physik und Chemie stammt aus dem Bundesland, wo Wilruns Großeltern beheimatet sind.

Vielleicht hat sie deshalb – zu diesem Mann: eine Beziehung, die etwas andres ist als die Schwärmerei der übrigen Mädchen.

Außerdem heißt der Lehrer im Vornamen: wie der Sohn der Müllerin! Wenn **das** nicht genügen sollte? -

„Bitte nein! Nein, bitte! – Nein, du darfst mich jetzt nicht aufrufen zum Lesen: Ich habe heute mein Physikbuch nicht dabei, auch nicht die Chemielehre-Sachen … Bitte verschone mich! – Bitte … Ich möchte mich nicht von dir tadeln lassen, vor allen Mitschülern. – Du kannst dir doch denken, daß ich die Sachen nicht einfach ‚vergessen‘ habe, aus Schlamperei; da war schon **w**eitaus was Gröberes …“ –

So sind ihre Gedanken an den Lehrer.

Der Lehrer wird Wilrun auch nur dann aufrufen, mit dem Lesen fortzufahren: wenn das Buch, das nothalber aufgeschlagen vor ihr liegt, auch tatsächlich das richtige ist: für die geplante Stunde. –

***

15 Was diese Hymne alles kann

Was!?

Das soll: auf eine Bühne?

Das soll im Cottage-Kino bei einem Festakt den Höhepunkt bilden!?

Der Text sitzt ja bereits, klingen? – Das klingt wie vergebliche Katzenbrunst!

Ach darum: Einstudiert wird das Singstück an einer benachbarten Hauptschule, gemeinsam mit anderen Schulchören!

Als Wilrun dort eintrifft mit ihrer Chor-Gruppe, schätzt sie die Ansammlung im Zeichensaal auf, gut möglich, hundert Köpfe.

Der Chorleiter ist ein korpulenter Hüne mittleren Alters, mit schütterem Stirnhaar … Vor dem Haufen der Sangeswilligen steigt er hinauf, auf einen Schülersessel; die Jugendlichen schnattern, grinsen, erwarten, daß der Stuhl jeden Moment eingehen wird, unter der ungewohnten Belastung.

Der Lehrer läßt sich nicht irritieren, durch das Gegacker, zügig teilt er den gemischten Chor nach Stimmlagen ein, zu Gruppen. –

Endlich: Auftakt!

Mit heiler Haut reicht es – bis zur zweiten Silbe: „Die Hi–!"

„Aufhören! – Aufhören! – So! Geht das nicht!"

Mit seinem Stab schlägt der Dirigent einige Male gegen seine Stuhllehne; die Unterbrechung ruft revoltierendes Gemurmel hervor.

Meuterei? – Jetzt schon?

Dieser Lehrer für Musikunterricht ist nicht nur ein Pedant! Er ist ein Pädagoge, der sich hineinversetzen kann, in die Gedankenwelt der pubertären Schar:

„Frau Kollegin – bitte das Ganze einmal, solo durch!"

Die Pianistin greift in die Tasten. –

… das Spiel einer Orgel mag nicht annähernd imitiert worden sein; souverän vertreten, gehaltvoll genug ergreift es die jungen Sänger.

„… so, meine Freunde! Und mit euren Stimmen ist ganz sicherlich jenes Ideal zu erarbeiten, das mir als erreichbar vorschwebt! Mit kleinen Schritten! Ich verlasse mich auf euch! Ihr **könnt**! Wenn ihr **wollt**!"

Die Schüler sind gespannt darauf, was das werden kann. –

Es soll nicht mangeln an ihrem guten Willen.

Mit jedem Probetermin wird die Singkunst des Chores bis zu einem Höchstmaß von vier Zeilen erweitert … aus dem Vortragsvolumen:

vier Zeilen Worte – vier Zeilen Töne, vier Zeilen Un-
verstand – vier Zeilen Erfassen; vier Zeilen Niederlage –
vier Zeilen lebendig werdende Sprache ... vier Zeilen
Fordern ... und **etwas** Zuckerbrot.

Als der Rundenkampf gewonnen ist über die erste Stro-
phe, herrscht im Saal olympische Stille.

... dieses Bemühen ist einem Werk von Ludwig van Beethoven gewidmet, einem Werk, das die Sendung jenes un-
vergleichlichen Meisters außer Zweifel stellt; Werk: wirken,
bewirken ... erwirken; eine geballte Ladung natürlicher
Religiosität, die der Dichter Christian Fürchtegott Gel-
lert zum Ausdruck bringt ... und Beethovens Musik:

Für Wilrun wird diese Hymne – erst nach Jahren – wirklich
voll zum Einsatz kommen; sie wird diese gebrauchen als
Werkzeug ... indem sie sich ganz dem Inhalt der ihr vertrauten Worte ausliefern wird: dieses Mittel ... verscheucht
den Anflug der Schwarzseherei, es verbannt Anwandlungen
von Schwermut auf ein ferne Stätten, es reduziert über-
schwängliche Emotionen auf ein zuträgliches Maß, ... es
wird Waffe gegen allerlei Übel, von denen sie sich selbst
bedroht fühlt oder die sich andeuten, ... es bewirkt Ab-
wende-Manöver, bei Gefahren, denen Mitmenschen sich
aussetzen. – Sie wird mit dieser Hymne: ihre innigsten
Wünsche zu den Sternen schicken; ... sie wird sich damit
verabschieden von Seelen, die aus ihren Körpern ausge-
schieden sind; ... sie wird damit ihren Feiertag heiligen;

... sie wird die Hymne dazu nutzen: das unerschöpfli-
che All-Eine zu loben, dem die Natur-Gesetze ewig gehorchen. –

Der Text?

Der Text:

*Die Himmel rühmen des Ewigen Ehre –,
ihr Schall pflanzt seinen Namen fort:
ihn rühmt der Erdkreis –, ihn preisen die Meere –,
vernimm, oh Mensch – ihr göttlich Wort!
Wer – trägt der Himmel unzählbare Sterne? –
Wer – führt die Sonn' aus ihrem Zelt? –
Sie kommt! Und leuchtet! – Und strahlt uns
von ferne –
und läuft den Weg: gleich als ein Held! –

Vernimm und siehe die Wunder der Werke,
die die Natur uns aufgestellt:
Verkündigt **Weisheit** und **Ordnung** und **Stärke** –
dir nicht den Herrn? – Den Herrn – der Welt?!
ER ist's, dein **Schöpfer**, ist **Weisheit** und **Güte**:
ein Gott der Ordnung – und dein Heil –
ER ist's! – I h n liebe! – Von ganzem Gemüte!
… und nimm an seiner Gnade – teil! –*

*mündliche Überlieferung

* * *

174

16 Antwort aus den Wolken

Schriftstellerei? – Gesang? – Malerei …? –

Was sollen **das** für Lehrberufe sein!?

Der Intelligenztest bei der Unterredung … mit dem Berufsberater weist aus: „Unter **jeder** Spitzmaus!"

Und dieses Halbjahreszeugnis! – Mit dem zu erwartenden Abschluß –

wird man: „Bestenfalls! Verkäuferin!" –

Wilrun bezweifelt, ob der Berater überhaupt von **irgend etwas** eine Ahnung hat. –

Was will sie eigentlich noch in der Stadt! –

Das Berater-Ergebnis bedeutet doch auch, daß Wilrun sich trennen muß: vom Mädchenheim. –

Manchmal kamen Mädchen zu Besuch her, die vormals hier gelebt hatten, als **strahlende** Schülerinnen. – Wie sahen die **nun** aus der Wäsche, wenn sie herkamen? … Jedes: Bumm-deprimiert, bis auf die löcherigen Socken! –

Wilrun fürchtet sich immer mehr vor diesem „Lehrlingsheim". –

Noch ist sie nicht schachmatt: Für volle vierzehn Tage darf sie Urlaub machen bei den Großeltern. – Anschließend fahren die Mädchen für eine Woche nach Rust, zum Baden am Steppensee.

Das alte Bauernhaus hat eine junge, flinke Hand schon nötig. –

Wilrun legt sich mit allem an, schrubbt alles sauber, was ihr so in die Quere kommt. Als unentbehrlich will sie sich hier erweisen.

Neben ihrer Putzwut kann sie noch lachen und singen … Sie schielt danach: Wie stellen sich die Großeltern dazu? – (Nein, leider aussichtslos.) Weh tut es ihnen. – Aber … es ginge nicht: Barbara würde heftig dagegenblasen, zum Sturmangriff. –

„Schau, Wilrun:

Dort … kannst du wenigstens eine **Lehre** machen …"

Ja: Die Großeltern leiden mit ihr.

Manchmal denkt die Großmutter ganz woanders hin, während sie spricht zu Wilrun, … redet sie an per „Gisl" oder gar auch mit dem Namen „Blanka" …

Öhm, war es diesen beiden ähnlich ergangen zur Mädchenzeit?

***

Auf dem Nachbargrundstück hat früher auf den Leinen die Wäsche geflattert.

Jetzt steht da an der Stelle: das neue Haus von Onkel Thomas.

Wilrun geht um Großvaters Misthaufen herum, um zum hinteren Zugang vom Neubau zu gelangen.

Es ist ein lauschiger Hochsommertag.

Während Wilrun „hinübergeht" … summt sie „ihre Hymne" und ist beinahe sicher, daß das All-Eine sie nicht hört, in diesen Tagen. –

Sie denkt zurück, wie es zugetragen hatte, als ihre Konfirmation vorüber war; der verletzende Spruch des Pfarrers tönte noch nach …

Aber ihr Cousin Stephan ist ihr entgegengetreten, im alten Hof, er hat ihr ihren Zeug- und Kleider-Koffer, aus der Hand genommen; er ist nicht gewichen von ihrer Seite: bis sie den Abschneider so weit überschritten hatten, daß man nicht mehr zurückschauen konnte, zum Daheim.

Stephan – ist ungefähr ganze zehn Jahre alt. –

Es trifft sich, daß der Bub zufällig allein am Werken ist, im Haus, desto ungehemmter tobt Wilrun sich aus, in ihrer Erbitterung gegen alles, was sie quält, … gegen alles, was sie zu erleben befürchtet in der Stadt. –

Endlich knurren die Kindermägen! –

Für gewöhnlich ist Stephan der Schmalzbrot-Meisterkoch.

Heute meint er, Wilrun dürfe sich – uneingeschränkt, selbst bedienen. – Wilrun setzt die großschneidige Messerklinge neuerlich an, am Brotlaib …

„Kraaach!", rollt es draußen, … so markerschütternd: daß der Vierzehnjährigen das Messer glatt aus der Hand fällt. –

Entgeistert sehen die Geschwisterkinder einander an …

Schon startet Stephan aus der Küche, wie ein Pfeil –

Er setzt, mit einem Hechtsprung, in den Hof hinunter, über das geländerfreie Stufengestell, dabei ruft er Wilrun zu:

„Da hat es **irgendwo**, ganz in der Nähe, eingeschlagen!!"

Damit ist er auf und davon.

Wilrun hat es nicht eilig, den guten Brotlaib wegzusperren.

Gelassen hebt sie das Messer auf, vom Boden. – Sie ist plötzlich seelenruhig.

… als sie sich unter die Leute mischt, die zusammengeeilt sind auf der Hauptstraßen-Brücke, findet sie das Schauspiel vor, auf das sie intuitiv … genau gefaßt war:

Es hat die, im romanischen Stil (1302) erbaute, Wehrkirche erwischt!

Turm und Dach – brennen ab: durch Blitzeinschlag. –

***

17 Die Verschüttung

Nicht bloß dem Kalender nach sind die Hundstage.

Von den Erlebnissen, die sie im Badeurlaub durchsteht, ist die Boots-Geschichte, auf offenem Wasser, mit dem Gewittersturm, beinah das winzigste Übel, dem sie begegnet. Kurz, es scheint alles drauf aus zu sein: sie den Vorahnungen gefügig zu machen, der nächsten Zukunft, die sie sich bereits ausmalt, Grau in Grau.

Die Lunte brennt. –

Vor ihrem schweren Abschied nimmt sie aus der Heimbibliothek noch einmal ihr Lieblingsbuch zur Hand, ein faszinierendes Werk, dessen Titel sie niemals vergessen wird; im Lexikon für Zeitgeschichte hat sie schon im Vorjahr heraus gefunden, daß der Buchinhalt keineswegs ein spannendes, aber frei erfundenes Geschichtchen darbietet.

Anschaulich erzählt dieses Buch, wie der „Gelbe Fluß", im China des Jahres 1852 sich aus seinen traditionellen Ufern wälzt und seine Mündung verlegt, um etwa vierhundert Kilometer, nach Norden. –

Das Lexikon schweigt nicht über damalige Wehen und Kämpfe. Verschweigt nicht: überschäumende Verzweiflung, Leid, Revolution. –

Der Fluß hat's vernommen. –

Wäre es nicht hoch an der Zeit: daß Botschaften der Natur ihr Ziel erreichen, entsprechend ihrem ursprünglichen Sinn?

Ade, ihr guten Bücher! – Ade, du lieb gewordenes Haus! –

* * *

Grüß Gott, war das ein Blick, eiskalt, mit dem die hage-
re Nonne, die Oberin, sie stumm taxiert hat, zum Willkommen: Von oben bis unten, auf und ab, rundherum …
stechend ironisch posaunte sie plötzlich: „Ich seh' schon!
Du! … bist ein Typ: der die Lesbischen fördert." – Und
ging ab.

Ach, rutsch mir doch, dachte Wilrun. – Denn **so** ein Peitschenhieb, der kommt von was. Und das Wovon: **das** will
sie gar nicht wissen. –

Seltsam nur: daß dies kein „Schweige-Orden" ist und
doch die Nonnen angehalten sind, „nur das Nötigste zu
sprechen, mit den hier einquartierten Mädchen." –

Noch dubioser, in der Innenstadt der winzige „Blusen-
Shop", wo Blusen keine Katze interessieren; wo pro Tag
maximal vier, fünf Kunden kommen … und sie ihren
„Probe-Monat" macht. – Zumeist unterstreicht die Absicht mancher Leute nichts lauter als die ungemein feine,
unbewußte Augensprache, mit der sie sich mühen, ihre
Geheimniskrämereien zu verhüllen. –

Wenn so etwas … für Wilrun eine Zukunft haben soll?
Nein, danke.

Eine echte Freude, immerhin: Von den nach Werktag
abends im Kloster eintrudelnden Büro-, Friseur-, Verkauf-
und Schneider-Lehrlingen fühlt Wilrun sich sehr ehrlich

angenommen: Sie scheiben tolle Witze, ... waschen Haare, waschen Wäsche, putzen Schuhe, halten tipptopp Ordnung; helfen gern; begeistern sich jubelnd für den neusten Modetanz, und zwar: mit geliehenen Schallplatten des DJ von der Tanzbar „Chattanooga" ... Kurzum, sie mögen einander irre doll gut leiden. – Rein zufällig ... beim Plärren der Schallplatte, am Tanzabend Mitte der Woche ... trifft es wer mit kurzem Einwurf: „He, die Annemarie!" (die bis Schulschluß 1962, beim Essen und bei Lernstunden ihre liebe Tischnachbarin war), „Die hat doch voriges Jahr auch im ‚Blusen-Shop' gestartet!" – Ja, so etwas?? ... Und **wo** war sie denn jetzt? –

Die Platte **aus**, die Fröhlichkeit **zerbrochen**. –

Und sie berichten also: Eines Tages hat man Annemarie als „untragbar", im grünen VW, von der Lehrstelle weg, versetzt nach Nußdorf: Es heißt, das Haus „Nußdorf" wird bewacht von Aufsichtsposten mit geladener Dienst-Pistole. –

Wie bitte, Annemarie: „untragbar" ...?

... also **ehrlich: WER** glaubt denn **so etwas**. –

Fakt ist vielmehr, daß es Wilrun selbst ... längst gewaltig aufstößt:

Der „Blusen-Shop" **stink**t vom Terrazzo bis nach oben **zum Plafond**.

Nun gut. Was ist, das ist. Was läuft, das läuft. – Und wer da mitmacht: Das ist alles nicht ihr Bier. –

Doch, nur wer **glaubt** er habe keine andre Wahl: der ist im wahren Leben noch nicht angekommen. –

Was legt also der „Fall Annemarie" ihr **dringend** nahe:

Fix abwerfen, den faulen Pofel. – … Nicht, daß das Frisch-fleisch-Komplott auch noch sie: als untragbar verschwinden lassen könnte.

… Denn die Finessen: um auch den *Backfisch Wilrun für was Linkes „einzuködern", die überragen mittlerweile turmhoch alles. –

Schweigen ist Gold. –

Man muß über linke Vorgänge **kein** Wort verlieren. – Erstens schützt Schweigen vor ausufernder Verdrehung, der kein Mensch gewachsen ist. – Und zweitens: Es würde keines der anderen verschwundenen Mädchen glücklich machen. –

Allerdings die Oberin: die mit den Griffeln oft noch satanisch blöd geworden ist. – Mit ihr wird sie hochpeinlich „reinen Tisch" machen: An dem Tag, wo sowohl Mädchen als auch Nonnen auf dem Flur die hohle Gasse bilden, wo es Wilruns selbstgewählten Abschied schlägt. –

… Bis zur gegebenen Minute, liebe Welt, bleibt Unschönes – am besten **vollkommen** – auf sich beruhen. (Denn genau wie alle andern kann auch eine Oberin wohl kaum heraus aus ihrer Haut.) –

<u>Zugegeben</u>: Für die meisten von uns Menschen sind Lehrjahre nicht unbedingt die süßen „Milch-und-Honig-Jahre". Doch wer sich redlich müht: der hat am meisten Glück. –

Für Wilrun gibt es keinen „Blick zurück im Zorn".

***

DUNKEL UND LICHTPUNKTE

18 Die Wege der Weisheit

Kein Weg? Kein Brücklein zu schauen?

Wie der Zufall ausgerechnet den Entschlossenen oft
zuspielt, fährt Wilrun diesmal **nicht** schnurstracks zurück ins Kloster. Nach dem Absteigen aus der Tram-
bahn spaziert sie, zögert, wird sie: ... von der erstbesten
Telefonzelle anrufen? Oder wo dann ... Es muß wohl
überlegt sein, „so Leuten" den Probezeit-Abbruch für
sie akzeptabel zu verkaufen. – Vorausgesetzt ruhig, fest,
entwaffnendes Lächeln in der Stimme, wie Verkauf-
Profis, wird ihr armer Schilling pures Gold: „Ich war
heute den **letzten** Tag bei Ihnen! Genau. – Adieu! Viel
Glück! Das war's!" und voller Ruhe abgebrochen ...
So tritt sie um Tonnen erleichtert aus der Zelle, als die
Abendsonne sinkt. – Unvermutet, in einer Quergasse,
schaltet in zwei Auslagen das Licht an: Obst- und Ge-
müsekisten, ... Glasportal-Eingang ... saubere, metallic
eloxierte Rahmen, ... am Portal klebt der kleine Zettel: „Lehrling gesucht". –

Ja dann. Sie tritt ein, schaut sich um, keiner da, ruft, ob
sie noch stören darf, stellt sich vor: daß sie eigentlich vom
Lande stammt; und sie es darum **nicht** aushalten könne,
das Mondäne, in der Innen-Stadt; daß ihr Feinkost und
Ordnung halten bestimmt besser taugen würde. – Insoweit, voll Ergebnis-zufrieden, muß sie am Weg zum

Kloster pausenlos an früher denken, an Barbara: geradezu spielend hatte die damals gekocht, für 120 Leute, für Erwachsene und für die Kleinkinder. – Vom Denken an Barbara schlägt sie ihre Brücke.

… als sie zum Abend ins Kloster einkehrt, springt sie die Stufen rasch hinab zur Küche, fragt die weißgekleidete Nonne: ob sie bitte ein gutes Wort oben bei der hochwürdigen Oberin für sie einlegen würde, damit Wilrun bis nächsten Montag in ihrer Küche helfen darf. –

Die weiße Nonne, die ist einfach supernett; meistens **ganz** auf sich allein gestellt, lacht sie, ist sie froh über ein wenig Gesellschaft. – Und sie ist ausgesprochen tüchtig. Das Herz dieser deutschen Frau spricht gern von Trier, ihrer Heimat. Zweistimmig summen sie … auch frohe Gassenlieder, während die weiße Nonne kräftig werkt an Herd und Backrohr, und Wilrun bei den Hilfsarbeiten schwitzt. –

Nur kranke Menschenherzen bauen keine gold'nen Brücken.

Wilrun tritt ihre zweite Lehrstelle an. –

Wie schön kann Überraschung sein: Als der Chef über Mittag fort zum Großmarkt muß, der Juniorchef pfeifend die Kurve nimmt zu Freunden, streift die Chefin ihren Pummel-Kittel ab; zieht „drinnen" das dicke Walkflies runter vom Klavier und haut mit unglaublicher Eleganz die wundervollsten Oldies in die Tasten, … Wilrun kann fast jeden Text. – Ab und zu so ein Glück: So was gibt „Feinkost": die eine triste Klosterkirchen-Atmosphäre weitab in nebelhafte Fernen rückt.

… Der Juniorchef ist Wilrun um zwei Jahre voraus. Sie arbeiten zusammen im Feinkostladen, wie ein Geschwisterduo, das Interesse hat, den eigenen Laden in Schwung zu halten.

„Was werde ich **noch** länger im Saftladen hier versauern! *Woanders* wartet auf mich eine viel lukrativer bezahlte Stellung!" –

Der frisch gebackene Kaufmannsgehilfe sagt es, und Wilrun bleibt allein zurück am Platz. – Das neue Lehrmädchen, das die Lücke des Juniors füllen soll, ist größer und kräftiger als Wilrun; es vertritt in vielem, vom Start weg, vehement den Standpunkt: „Bei mir nicht!"

Wilrun findet, daß die Neue **prima** „tickt"! – Bücher? – Wilrun hat keine Bücher. Nur ihre Fibel. – Und den leidigen Berufsschulkram. – Wenn sich schon einmal ein Monatsexemplar von *„Das Beste"* hereinverirrt in diese Lehrlingsunterkunft, dann liest Wilrun ohnehin nur die eine Schlagzeile:

„… für alle, die gerne schreiben!"

Aber **was** … Worüber sollte sie denn **schreiben …?** Seit John F. Kennedy erschossen wurde, ist für sie die große Welt ein Horror.

Tagebuchnotizen? – Tzh! So gut kann sie ihre Geheimnisse gar nicht behüten. – Kurs? Fern-Lehrgang? Haha, wohl mit dem Rest der Lehrlingsentschädigung, nach Abzug ihres Unkostenbeitrags an den Staat: Auf ihre Stiefel, letzten Winter, hatte sie ihre paar Kröten zusammengekratzt, von Mitte August bis Dezember. –

Nur manches Mal geht sie doch mit, am Sonntagnachmittag, in eine Kinovorstellung. Selten. – Weit häufiger liegt sie wie zerstört vom Samstagabend bis zum Montagmorgen in ihrem Bett und schläft durch. – Gott weiß es: Was zu viel ist, ist zu viel. –

Wilrun hat sich verändert? Nein, nein: Es ist ihr bloß ihre Kernkraft abhanden gekommen, zu denken: „**Mir ...** fällt schon etwas ein." –

Soeben schleppt sie eine Kiste voll Kartoffeln durchs Stiegen-Haus vom Gemeindebau; die Erdäpfel werden dort gelagert, im Magazin.

„Pruuh! ... Was war denn **das**: Ist der Zwickel meiner Strumpfhose denn gerissen?" ... Aber: Sie hat doch gar keine an! –

Sie schleppt die dreißig Kilo noch einige Stufen hinunter, da ist ihr: „So halt doch ein! Bleib stehen!!" – Also, sie stellt die Last für Sekunden ab, am Geländer ... um zu schauen, nach ihren Beinen, nach ihren Füßen: Da steht sie inmitten einer Lache von hellrotem Blut. –

Weg mit den Erdäpfeln! Runter auf die Stufe mit der Kiste! Und nichts wie schleunigst rauf in das Geschäft:

„Nein! Also, Schmerzen fühle ich keine!" –

Der Chef startet den Opel-Kombi, bringt sie sofort bis hin zum Lehrlingsheim.

Wilrun legt sich einfach schlafen. –

„Bin ich erholt und ausgebacken!", räkelt sie sich im Erwachen, springt schon aus dem Bett. –

Kaum ihrer Zudecke entkommen, steht sie schon wieder da: inmitten einer roten Lacke –

... Wilrun ist überrundet: Tatsache?

In diesem Haus ... regieren auch Engel!??

Mit wehendem Schwarzschleier stürzt die ältere Gruppenschwester, mit erhobenen Händen, herein zur Tür und ruft ihr zu:

„Um Gottes willen, meine Kleine! So kannst du doch nicht zur Arbeit! Daaas kannst du dir **ganz** aus dem ‚Köpfchen schlaach'n' –"

Was, wirklich? So großmuttergütig um sie besorgt kann auch sächsische Mundart tönen?

***

Wilrun muß nun zum Arzt. Von dort muß sie los zu Lehrlingsuntersuchungen. – Sie fühlt sich furchtbar matt, abgezehrt, und ständig ... schwindlig. –

Als sie in der Untersuchungsstelle ihren Aufruf abwartet, vertreibt sich da eine Schar junger Burschen ausgelassen ihre Wartezeit. – Wilrun fühlt sich zum Umkippen ...

Aber sie hat Glück: Soeben angemeldet, ruft man sie schon auf.

… Aha: „Und nun noch: in den andern Bezirk! Zum Röntgen!"

Ja hollaria …

Als sie aus dem Haus tritt, gestikuliert dort eine Clique herum, um eine Streitfrage; einer fragt den langen Blonden (den mit der runden Brille): „*Kommst* du jetzt mit uns? – Oder **was**!"

Wilrun fällt gar nicht auf, daß die Bande dabei zu ihr herüberschaut: Sie hält sich, beim Herabsteigen vom erhöhten Hauseingang, sicherheitshalber am Gemäuer an. –

Der mit den blonden Wellen und mit der Brille antwortet:

„Ja, haut doch ihr ruhig ab! – Ich muß mich da jetzt kümmern: um die Kleine! Wir **sehen** uns dann ja – spätestens morgen!" –

Der Engel fährt ein schlankes, zweisitziges Moped.

Es tut unbeschreiblich wohl, sich anzukuscheln, an seinen Flügeln.

Der junge Mann bringt sie zur nächsten Untersuchungsstelle: Der Wartesaal … ist Bumm gerammelt voll.

Die Ambulanzschwester schaudert zusammen, als sie herausspäht in den Warteraum:

„Ja Kinder! Wer soll denn da heute noch fertig werden!"

Wilruns ritterlicher „Bruder" überragt alle Wartenden um eine Kopflänge; er sieht sehr gepflegt aus. –

Er faßt die Diensthabende beim Arm:

„Das können Sie doch sehen: daß meine kleine Schwester allen andern vorzuziehen ist!"

Wilrun ist glücklich.

Auch wenn ihr die Ellenbogentaktik nicht besonders zusagt. Aber er hat schon recht getan. Er ist ein wirklich sanftmütiger Flegel ...

Schlußendlich, am Tor vor dem Lehrlingsheim, hilft er ihr noch einmal herab vom Moped; er sagt nur:

„Tschüs, Kleine! Ich werde mich noch erkundigen, wie es dir geht!"

Ihm wird Wilrun nie wieder begegnen.

Manche Engel haben keinen Namen. –

***

Wie gut! Wilrun hat in diesem gräßlichen Kloster (außer den Mädels, die sie mögen, und der Küchen-Nonne, die man kaum zu sehen kriegt) ... jetzt auch einen **richtig** guten Klostergeist:

Über Wilruns strenge Bettruhe wacht die Gruppenschwester wie ein Schießhund.

Mit der Ruhe kommt das Nachdenken. Wilrun hält in ihrem Gedächtnis Rückschau nach all jenen Menschen, von denen sie je etwas gravierend Beispielhaftes gelernt hat, erfahren hat:

… da war im Schülerinnenheim … auch die unscheinbar aussehende, kleine Margit; sie hatte ihr Lieder nahegebracht, von Josef Schmidt. – Wilrun glaubte schon damals: Er hätte das Lied nicht so einfühlsam interpretieren sollen: „Es wird im Leben …“; die Welt hat es zu oft gehört und zu wörtlich genommen. – Unvergessener Josef Schmidt!

Das Mädelchen machte sie auch **d**amit, äußerst stutzig, als es ihr beibrachte „Immer nur lächeln …“, von Franz Lehar.

… Erna! – Die war doch das **Ulkigste**, das sitzen konnte, neben Wilrun: Ernas Opa war Kino-Billeteur. – Zu jedem Filmstar wußte seine Enkelin den richtigen Namen – und das einschlägige Rollenfach. – Erna und ihr Bruder Felix, die zwei hatten einen hervorragend praktischen Glaubensgrundsatz, aber schon seit Kleinkindertagen, als sie zwei noch gar nicht richtig sprechen konnten! Er lautete: „Der Opa wird's schon reparieren!“ –

… Die Liesel? – Nein. Die war kein „Schlampertatsch“, wie manche meinten. Sie war einfach – großzügig: Von jedem Tüchelchen, von jedem Fähnchen, das keiner beachtete, wußte sie etwas für sich zu verwenden, nähte die Lieserl ihre eigene, superschicke Garderobe draus zurecht: mit dreizehn Jahren, mit vierzehn Jahren.

… Mit der Christl? – **Das** stimmt **schon:** Mit ihr zusammen konnte man fabelhaft gut Theater spielen. – Auch brachte sie Wilrun bei, was die ohnedies gern gemacht hätte: Sie tuschten die Wimpern, ruhig auch mit normaler schwarzer Schuhcreme. –

… Mona? – Das sah man schon damals: Die würde nicht nur ein Topmannequin werden können. Sie war eine elegante Erscheinung, von Natur aus, der sich alle möglichen Türen öffnen würden! Wilrun fand besonders imponierend: Monas stolze, keineswegs überhebliche Art, zu gehen. – Na, vielleicht sollte sie sich wieder aufrichten, am Vorbild: Mona!?

… Die deutschen Zwillinge: ja so was Unterschiedliches, bei solcher Ähnlichkeit: Anita, süß, ein Püppchen; Sonja hingegen herb, ein Lausbub fast! – Und beide gleichermaßen herzig. – Wie gibt's denn so etwas!?

… viele Namen fallen ihr wieder ein – und viele Gesichter. Die allermeisten wird sie behalten; weil diese Menschen für sie wichtig waren … Damals. – Jetzt. – Und später.

…Wie war das noch, mit dieser anderen, mit der **zweiten,** strengen Rüge, die sie sich eingehandelt hatte bei der dunkelhaarigen Erzieherin: daß sie auch **immer** wieder dieses Lied von der Edith Piaf dahersingen mußte! Zum Teufel!! Könne sie denn nicht **ablassen** davon? –

Öhm. – Wozu sollte das gut sein? – Wozu!!?

Es saß ihr: **direkt** unter der Haut.

WAS wollte … dieses Lied: von Wilrun?

Da! – Eines Tages meldet es sich **spontan** wieder, in einer ganz realen, absolut ungespielten Lebensszene. –

… hier waren schon zum zweiten Mal: Im Anfang der Gedanke und das (gesungene) Wort …

Dieses Lied … hat Wilrun vollkommen verblüfft: durch seine frappierende Eigenmacht … Jetzt, im Krankenbett, schließt sie die Augen und erinnert sich daran, noch mal:

… Wamm … ist sie heute wieder hundemüde … es ist abenddunkel, und sie trottet die teils unbeleuchtete Allee entlang, dem Lehrlingsheim entgegen. Ihre Füße brennen; die Beine sind ihr ganz schwer geworden, vom langen Hin-und-Hersausen. Seit der aller Frühe war andauernd was los gewesen, im Geschäft. –

Wenn einen die Abendbrise nicht ein bißchen frischhalten würde:

Sie selbst könnte glatt einschlafen, mitten im Gehen. –

Das sind vielleicht Zustä…!

„Pardon, Fräulein: „, fällt ihr jemand in den Gedankengang. „Können Sie mir bitte sagen, wie –?" … Nein!! **Nicht** ausreden lassen!

(It's magic) … es ist, als hätte sie vorige Woche erst zum letzten Mal diese Stimme reden gehört … „Bravo, Milord!!" –

„**May we**" – „danse, Milord?" –

Wie sie jetzt **albern**, ja zufällig … Trotzdem sie nie die gleiche Schule besucht hatten, hatten sie beide, im Englischunterricht, ein und dieselbe Frau Fachlehrerin gehabt: er in Döbling, und Wilrun in Alsegg. –

… als er sich verabschiedet, klingt es wie gestern.

Das schönste Wort, das die Wienerstadt kennt, heißt: „Servus."

Er steht auch am nächsten Abend in der Allee. Die alte Geschichte mit Udo ist zum Staubkörnchen geworden im Dünensand.

Am dritten Tag: „Wie feierlich! – Was liegt denn an??" –

„Du, ich möchte dich am Wochenende meiner Mutter vorstellen! Aber bitte: Schmink dir die Augen nicht … Wenigstens nicht beim ersten Mal … Du wirst schon sehen: Es ist richtig –"

… Richtig? – Richtig? … **Richtig** für wen!?

Wilrun faucht und spuckt: fühlt sich als Katze im Fangnetz.

„Wenn das **so** ist: Dann scher dich doch, mitsamt deiner Mutter!"

Heulend jagt die Katze davon, bis sie hineinschleicht durchs Klosterportal; am Pfortenfenster muß sie sich betrachten: Die Tusche ist schon abgewaschen.

Wie singt Petula Clark in den 1960er Jahren? –

Kurz gesagt: **In** den Himmel will **Jeder** – Doch, ins Gras beißen: Keiner.

Vielen, vielen Dank, Milord!

Wilrun weiß keine Silbe über die Welt, in der er zu Hause ist. Eines Tages wird ihr ein bißchen was davon: das Telefonbuch, erzählen.

… Alle guten Wünsche! –

Wilrun und Milord hätten einander behindert.

***

Die überdrehte Neue im Lehrlings-Quartier?? – **Die** ist **kein** „Witzbold" … Ein Scheusal ist die! Das ist doch der pure … Galgenhumor, den die da abends von der Schnorre abläßt –

Trotzdem … oder deswegen: Legt sich Wilrun saftig mit ihr an. –

Die beiden werden die **besten** Freundinnen.

… Wilrun lernt den **Bruder** der Freundin kennen:

Er ist einer, der noch nicht einmal achtzehn ist, als sein Körper dahingerafft wird: durch Leukämie. – Wer war dieser Bruder?

… durchsichtig! Wie der Sohn des Elfenkönigs liegt der blonde Bursche in seinem blütenreinen Bett; die Sorgfalt seiner Mutter und die seiner Großmutter umhegen jeden Blick, der winkt aus seinen Augen.

Seine Haare sind lockig und wohlgeschnitten ... trotzdem er bettlägerig ist, seit Monaten. Wilrun, die fremde Besucherin, die an der Hand seiner Schwester in sein Zimmer eintritt, begrüßt er mit einem matten, freundlichen Lächeln ... Seiner Schwester deutet er an: „Leg bitte meine Lieblingsscheibe auf den Plattenteller – Immer und immer wieder will er sie hören. Nur: etwas geringer die Lautstärke, bitte –"

... Brian entschläft ... still und friedvoll ...

Er wird begleitet von der sammetweichen Stimme des Harry Belafonte ... und dem wunderlieblichen Sound aus:

„Haiti Chérie" ...

***

Es ist schon ein **unglaublich** ... determinierter Zufall:

Wilruns neue Freundin ist Bürolehrling, in der Gasse, wo auch die Kinderübernahmestelle ist: aus der Wilrun ihre Odyssee angetreten hat, vor Jahren. – Eines Tages, ganz nebenbei ... fällt es der Freundin ein:

„Du, stell dir vor: Wir haben dort eine Hausmeisterin, die heißt im Familiennamen genau wie du. – Sie hat mir erzählt, sie hat hier in der Stadt eine Tochter ..."

Natürlich. – Natürlich ... Das ist natürlich: Barbara. –

19 <u>Schwer:</u> erziehbar

<mark>***Kraft-Traum/KERNKRAFT-KONDITIONS-TRAINING: ALS TRAININGS-EINHEIT AKZEPTIEREN, LEICHTGEMACHT.**</mark>

Dem Anschein nach liegt Wilrun in einem verdunkelten Raum – auf einem Operationstisch.

Sie ist fest in weißes Leinen gewickelt. – Bewegungsunfreiheit. Da tritt ein riesiger, weißgekleideter Arzt, in den Raum. Ein Golem?

Das Monster hat übergroße Hände. Es schickt sich an, ihr damit die Mandeln aus dem Rachen zu reißen!

Sie ist ganz sicher, daß man ihr die Stimme nehmen will. –

Warum sollte sie zum Schweigen gebracht werden!? –

Sie hat panische Furcht, müht sich ab, sich dem Zugriff zu entwinden und abzuhauen.

In Gedanken befiehlt sie sich also selbst: „Reiß doch deine Augen auf, damit du aus dem Alptraum fortkommst!" –

Sie wehrt ab, mit aller Macht, strengt sich an, und: **ENDE.**

… Wilrun hat es geschafft: zu erwachen aus dem Alptraum.

***

Wie wird man satanische Anflüge einer Oberin auf gutartige Lehrmädchen los … und wie eine Lehrstelle, die Blut „fordert"? –

Wilrun **sieht** ihre Chance, schnappt sie am Schopf, bekennt sich zu einer Straftat, die sie **nicht** begangen hat. – Es schert sie null: **wann** und **wie** der wahre Sachverhalt ans Licht kommt.

„Aber: Es ist eine Art Strafanstalt! wo sie dich hinbringen werden!" –

Das … hat sie ja zur Voll-Genüge jetzt kapiert! – **Nichts** kann dort schlimmer sein! – (Logisch: daß es nur besser werden kann …)

Außer Wilrun selbst glaubt wohl niemand dran im ganzen Haus. –

Ein Montag. – Die Frisör-Mädchen haben heute ihren freien Tag: ihnen allen und den Gruppenschwestern reicht sie im Flur dankbar zum Abschied die Hand. – Kurz und souverän, sodaß die hochwürdige Gegnerin null Glück, hat ihr ins Wort zu fallen, geht Wilrun vor den Augen aller scharf mit der Oberin ins Gericht; die bellt ihr noch entrüstet hinterher: „Duuu wirst schon sehen, wo du landest!!!" – Gott segne es, denkt Wilrun … Und so mit allen hier und mit sich selbst im Reinen, mag ihr Leben sonstwo neu beginnen.

***

Kaum, daß Wilrun dort eintritt, durch die helle Pforte:

„Wauuu!! Wilrun! Auch du hier!?"

Vor lauter überfrohem Blöd-Tun können die Mädel kaum noch Luft schöpfen am Ende der Szene. – Nie, nie, nie hätte sie darauf getippt, hier eine „mysteriös verschwundene" gute Freundin zu treffen. – Wie alle Neuen kommt auch Wilrun in die Einlaufgruppe, in der das Halbamerikaner-Mädel Carolyn schon wohnt, seit einer Woche. –

Hier ist es ja **tatsächlich**: gar nicht übel! Da hat die „zweitbeste" Freundin wohl recht: aus dem Fenster im Stock sieht Wilrun die gepflegten, landwirtschaftlichen Nutzflächen; und wunderbar, es existiert im Haus auch eine Schneiderei, die Lehrlinge ausbildet; es existiert außerdem ein Stickerei-Betrieb, der in vier Jahren aus Nadelmäusen perfekte Kunst-Stickerinnen macht!

Und gar – diese Schule?!? – Für wirtschaftliche Frauenberufe? … „**Das** ist ja: fantastisch!!!"

***

Was denn, was denn:

Wilrun hat in ihr neues Leben „einen alten Verehrer" hinter sich her geschliffen? – **Das** fehlte noch; **das** paßt ihr nicht zusammen. –

… er kommt schon bald, um von der Sackgasse aus seine „Verehrte" hoch oben am Fenster, aus der Distanz, zu sehen und zu sprechen.

„Ich verspüre nicht die geringste Lust nach der Großstadt!"

Sie hat wieder ein Zuhause … und das ist: hier, in diesem Heim. –

Die Schwestern hier sind die freundlichsten und unverwüstlichsten Frauentypen, die eine Welt sich nur wünschen kann; jede ist auf ihre Weise einmalig schön; sie wirken alle liebreizend – und wesentlich jugendlicher als alle Frauen derselben Altersstufen, die ihr begegnet waren während der zwei vorigen Jahre.

Das kommt **nicht** nur vom adretten Häubchen, das die Frauen hier zumeist aufhaben. Sie sind Geschöpfe, die solche Herzwärme ausstrahlen, nach welcher sie sich wirklich gesehnt hat.

Nur bei ihrer ersten Gruppenschwester hat sie nicht vom Start weg Glück; sie vermutet: die Frau hat Kummer, der durch Wilruns offene Wesensart und durch ihre naive Art, Freude zu zeigen: gereizt wird. Deshalb sucht sie für gewöhnlich, der Schwester aus den Augen zu bleiben. – Sie hat null Sorge: **diese** Schwester wird ihre Wilrun schon kennenlernen! – Doch eben lacht Wilrun recht ausgelassen mit der Freundin über ihre eigene Ungeschicklichkeit; Carolyn soll ihr das hausübliche Parkett-Bohnern beibringen, jetzt eben: das Glänzen mit der Fußbürste; den sicheren Halt, gewährt dem bürstenden Fuß das breite Leder-Band; … der linke Fuß gleitet mit, auf dem Poliertuch. –

„Ja was: das geht nicht auf Anhieb? – Sieht doch wirklich babyleicht aus!", lacht Wilrun, denn die zwölf Meter Raumlänge warten auf sie.

Da **k**latscht ihr von hinten her eine fette Ohrfeige an die Wange, sie dreht sich herum, um die „Missetäterin" zu stellen, … als sie erkennt, **wer** ihre „Gegnerin" ist, hat sie keine Mühe, ihre Aggression in Schach zu halten … sie bohrt ihre Blicke tief in die Augen der Schwester – und sagt mit ruhiger, fester Stimme:

„Man schlägt – meistens – **tot**! Ich bin: ein **Mensch!**"

Wilrun kann nicht wissen, daß die andere … das bereits genau erkannt hat.

… für Wilrun beginnt eine Welt zu zerbröckeln, eine schöne neue Welt, eine, wo sie im Begriff stand, friedfertig daran teilzunehmen.

Niemand würde durch sie einen Schaden erleiden. Das ganz sicher nicht. – Sie ist also ein Dorn im Auge. – Sie denkt an Flucht.

***

Wilrun flieht: aus der picobello geführten Waschküche der wundervollen Schwester Dorothea, die aus Südtirol stammt. –

Ja klar, die … wird ihr diesen Akt nur schwer … verzeihen: die mag Wilrun! – Noch schlimmer: Sie *glaubt* an Wilrun!

Vor wenigen Tagen erst hat sie ihr lächelnd ein heiliges Andenken aus ihrer Heimat Südtirol geschenkt:

„So, damit du ‚etwas Lebendes‘ auf deinem Nachkästchen hast!“, es ist ein Blattstöckchen, ein Russischer Wein, den die Schwester noch von ihrer Mutter her besessen hat.

Wilrun möchte die Schwester ganz bestimmt nicht kränken.

Vielleicht kommt eines Tags die Stunde, ihr das zu erklären.

* * *

Die Flucht gelingt so glatt, wie sie es sich vorgenommen hatte. Sie trifft bei dem Verehrer ein: Unter seinen Plänen findet sich allerdings nichts, was gut und gerne konkurrieren könnte mit zwei erfolgreich absolvierten Fachschul-Jahren. – Nun gut, schon morgen wollen sie nach Graz, und von dort …

Vor Mürzzuschlag geht dramatisch ein Unwetter nieder, urherrlich in der Symbolik: mächtige titangrelle Blitze, felsenabsplitterndes Krachen, Wasser stürzen herab … ein Teil der Schienenstrecke wird vermurt, der Reisezug muß mehr als eine Stunde lang pausieren. –

Das wilde Gewitter wäre gar nicht notwendig gewesen: Sie weiß mittlerweile auch so, wie sehr sie auf dem Holzweg ist. – Irgendwie wird ihr der Herrgott schon elegant aus der Soße helfen!

Er tut es, als sie **nicht** darauf gefaßt ist …

ER erteilt ihr eine Meister-Lektion, die sich gewaschen hat.

Zu sehr früher Stunde werden sie angehalten, von zwei Streifenpolizisten. –

Der „Verehrer" hat einen Ausweis dabei, Wilrun ist ohne … Sie muß mit aufs Kommissariat:

„Diese Sache weiterleiten? – Heute ist Samstag! Vor Montag geht da nichts! Mein Fräulein! – Und dann: kann das noch ein paar Tage länger dauern – bis alles durch ist!"

Bis die Sache abgewickelt sein würde, bringt man Wilrun zur Verwahrung: in das Gefangenenhaus.

***

20 Glanz hinter Mauern

Ja **spinnt!** denn die Welt!?

Da sind tatsächlich Stahlgitter, hinter denen lebende Menschen hausen?

Tresortüren! Um Menschen von der Welt abzuschneiden!? –

Warum bemüht sich niemand, ihnen zu zeigen: wie man diese Chance – ein Mensch zu sein – nutzbringend handhaben kann!

Was bitte … **tun** hier diese Menschen zur Förderung ihrer eigenständigen Verantwortung, für ihr Lebensglück. Hinter Gittern? – Purster Wahnsinn! –

Sie blickt in viele Gesichter, die ihre Gedanken wohl riesig verhohnjubeln würden, wenn sie davon wüßten. –

All diese Eindrücke … würde sie glatt für einen geträumten Alpdruck halten, wenn da nicht in der Jugendzelle, an der nackten Mauer – im dumpfen Morgengrau – ein Mädchen gekauert wäre: … welcher Rohrkrepierer kommt denn dazu: ein solches Prachtkind einzusperren, in eine Zelle!?

Die Fremde ist ein Mädel, das genau weiß, was es will; es liegt ihr im Blut. Ihr älterer Bruder ist Schlagzeuger; sie begleitet ihn überall hin, wo er auftritt mit seiner Band. – Ihr größter Ehrgeiz besteht darin, Beifall zu ernten, für einen Solo-Wirbel; sie demonstiert es gekonnt, mit Klodeckel und Klobürste: ein Hammer; sie erntet dafür aufrichtig empfundenen, frenetischen Applaus.

Das Stück geht so (bitte um Nachsicht, falls der Text nicht stimmt):

1, 2, 3, 4 – pampampampam … „Come on baby, grow up – in my brand-new Cadillac, pam-pam, pam-pam …“, jeder gute Schlagzeuger wird wissen, was gemeint ist. – Wilrun hofft von Herzen, daß dieses Mädel seinen Weg geht: Gestern. Heute. Morgen.

Die Gefährtin hat die Jugendzelle bereits verlassen, am zweiten Tag.

Die ist jemand, der begriffen hat, was Herzens-Freiheit ist! Zwischen ihnen beiden ist kein Abschied. Sie sehen einander nicht wieder.

Jemand hat Wilrun sogar Bücher gebracht. Welche? – Keine Ahnung; es gelingt ihr nicht, auch nur einen Absatz vollständig zu lesen. – Jedenfalls ist sie dafür dankbar, daß sie sich hier völlig ungestört ausmalen kann: wie und mit welchen kleinen, täglichen Freuden sie später einmal gerne leben würde.

***

Am Dienstagnachmittag wird Wilrun abgeholt von einer Kriminalbeamtin; draußen wartet in einem Privatschlitten die ganze Familie dieser Frau. Wird das eine frischfröhliche Partie auf dieser Fahrt!

In Wien wird Wilrun abgeliefert in der Kinderübernahmestelle. –

„Aha, ja. Hallo? – Wer hat Dienst?? – Schwester Sowieso! Ja bitte, dann soll sie den Zögling umgehend von hier abholen kommen! – Danke!"

Was? Die Schwester aus Südtirol kommt sie holen??

Hahaa – wie sinnig …

Das Resonanz-Gesetz baut gleichungsharte Nummern.

Die Schwester hat Eis in den Augen, würdigt sie keines Blicks.

Aber das bedeutet doch: Dieser Frau ist sie nicht gleichgültig!

Pruuh! **Dieser** Weinstock will aber **sorgfältig** gegossen werden.

***

Überraschend schnell wird Wilrun in die Schulgruppe versetzt; viel rascher, als ihre Reue es zu denken gewagt hätte.

Der Stern dieser Gruppe ist ein flachsblonder, herb schöner Bauerntochtertyp. Diese Schwester gefällt wohl denen am meisten, die ihr den ärgsten Widerstand entgegensetzen. Sie ist, was ihr Name aussagt: Blandina. Noch treffender stünde ihr der Name „Candida" –

Wilrun ist eine ihrer „Braven" ... Oft führen sie beide stundenlange Gespräche. – Die meisten Zöglinge hier sind eigenwillige Naturen, die es hungert nach Leben: nach diesem, an dem sie sich derzeit laben, und nach jenem, in welchem Feuer und Wasser möglich ist.

Wilrun genießt überall im Haus freien Zutritt; sie erfreut sich der Sympathie aller Lehrkräfte, die von „draußen" hereinkommen, um bei den „Verfemten" zu unterrichten.

Doch die Schwester, die dieser zweijährigen Schule vorsteht, ist schließlich die einzige Person im Haus, auf die sie absolut keinen Reim findet. Eines Tages kommt ihr in den Sinn:

„Du willst, womöglich – gar nicht erkennen?"

Sie riskiert es. Sie spricht die Direktorin deswegen an.

Den Ausdruck, der aus den Augen dieser Frau antwortet, wird Wilrun nie vergessen; er bestätigt ihr, wie unrecht sie zuweilen in der Stille der Schulleiterin getan hat: Die Schwester ist drauf und dran, nach Schulschluß abzurüsten, um in die Mission nach Bolivien zu gehen. – Bolivien 1967: Guerillakrieg; der Anführer (Anhänger des Castrismus) Ernesto „Che" Guevara wird gefangengenommen und erschossen. – Was mag sie dort antreffen. – Wilrun ist selig, daß doch noch Zeit bleibt, einander näher kennenzulernen. – Vielen Dank, Schwester Gabriele.

***

Es ist kein sonderlicher Zufall: Die Dame mit dem altersweißen, gewellten Haar unterm hauchdünnen Netz ist die Freundin jener Hauptschul-Direktorin, die das Haar so **tizianrot** hatte. –

„Dann werden wir ja gute Freundinnen werden, darauf wollen wir beide uns die Hand geben, Wilrun!"

Diese Frau Doktor erfüllt ab nun alle kleinen Wünsche von Wilrun, sie weiß von ihnen, ehe das Mädel sie auflisten muß.

Wie oft oder wie selten sie einander treffen, darauf kommt es in dieser Beziehung ebenfalls nicht an. Frau Doktor kommt jeweils ohne Voranmeldung. Die beiden schreiben einander regelmäßig.

(Auch mit Barbara hält Wilrun beständigen Briefkontakt.)

Tja: Frau Doktor wird nicht etwa die elegante Ausgabe einer Großmutter für Wilrun. Die beiden haben einander im Sturm erobert!

… sie gehen, in Wien, zusammen einkaufen: Wilrun darf selbst wählen, was sie am liebsten anziehen wird, wenn sie ins Theater …

Sie erleben „Zar und Zimmermann" in der Wiener Volksoper; sie bestaunen gemeinsam die Wunder der Galaxien im Planetarium; sie genießen Agnes Fink im Burgtheater als Elisabeth von England. –

Sie verfolgen im Kino, wie Meister Buonarotti die Fresken zu Rom kreiert; sie sehen, was die „Traumstraßen der Welt" an Herrlichem zu bieten haben; sie sind dabei, wie der „Krieg der Knöpfe" ausgeht, und erfahren, wie es ist, wenn irgendwer „die Nachtigall stört"…

Sie wandern zusammen über Berge und Hügel. –

Sie erleben. Sie leben.

… irgendwie … sagt der Frau Doktor … dieser junge Mensch nicht besonders zu, dieser Elvis Presley!

Sie bittet Frau Doktor, ihr als Weihnachtsgeschenk eine Schallplatte zu besorgen: „You saw me crying in the chapel" –

Von Weihnachten an liebt Frau Doktor diese Stimme.

* * *

Sommerurlaub??

„Den Urlaubs-Zuschuß! Arbeiten wir selbst herein! In Heimarbeit!"

Die Mädel sortieren, falten, stecken, kleben wie die Wilden …

Es geht in eine Unterkunft, die zum Besitz der Ordensgemeinschaft gehört: eine wunderschöne Herberge, eine riesengroße, die in ihrer Art stark an die Säge-Mühle von daheim erinnert.

Hier verspricht jede Räumlichkeit Wilruns Pioniersinn und Entdeckergeist aufzuwarten mit Überraschung …

In einem Brennstoffkeller liegt ER: eine Miniaturnachbildung, vielleicht aus Alabaster. – Eine Darstellung von Jesu Christi.

Kruzifix – ist keines mehr vorhanden.

Das ist sinnvoll … Sie findet das der Würde des besonderen Ausnahme-Menschen höchst angemessen … Das kleine Angesicht ist schwer beschädigt, auch Arme und Beine sind zerbrochen. – Sie schleicht hinein zu der dicken Frau in die Küche:

„Bitte: darf ich mir diesen Christus behalten?"

„Was willst du denn noch mit dem kaputten Zeug! Vor mir aus magst du es selbstverständlich behalten!"

Wilrun renoviert mit aller Behutsamkeit die Gesichtszüge des Figürleins. Als der Urlaub beendet ist, nimmt Wilrun es mit in das Heim:

Sie hat nun einen Talisman aus Gips, einen, der sie daran erinnert, daß die Menschen keine „Ausgelieferten" sind.

… und alle im Haus haben doch Hände und Füße, die unversehrt sind! – Wilrun ist glücklich:

Dieser Jesus schläft ab nun auf ihrem Nachtkästchen … unter dem Laub von Russischem Wein. –

Und alle Mädels akzeptieren diesen Anblick. Auch jene, die sich sonst gerne „extrem: heiter" geben! Ihr kommt es sogar vor, als mögen die Mädchen sie jetzt noch besser leiden. –

Schön langsam – sind sie alle einander liebverwandt geworden.

***

RESIGNATION

21 Die Selbstaufgabe

Was sie da läuten hört: sind **keine** Erntedank-Glöckchen!

Da alarmiert die Sturmwarnung!

Sie liegt mit einer saftigen Gehirnerschütterung im Bett. –

Raufhandel! Tagelang ist ihr wegen jeder Kleinigkeit todübel!

Doch es freut sie mächtig, daß ihr Einsatz Erfolg gezeigt hat.

Nun, wenn die Mädchen **das** ausdrücklich betonen? – Und auch die Gruppenschwester Blandina!? – Ja, fein. (Autsch, bloß nicht den Kopf bewegen.)

Und dann kommt plötzlich … die Mutter des früheren Verehrers angeschwebt. Wer ist denn auf *solches* Wiedersehn neugierig!

Sie hat nichts gegen diese Frau. – Es war aber wirklich nicht astrein, daß die ihren Dienstausweis pur als Vorwand mißbraucht hat, um sich Zutritt ins Haus und zu Wilrun zu verschaffen. – Na, Schwamm drüber! – Aufmerksam und schweigend hört sie den Argumenten der Erwachsenen zu. Als die Frau endlich davongeht, fängt

Wilrun erst richtig an, sich ihren Kopf zu zerbrechen. –
Mannomann: wenn man sich erst einmal abgibt, mit einer Pechsträhne …

Wo sie sich heut' nachmittag vorstellen, war? –

Mahlzeit!

… die Magensäure ist ihr hochgekommen, wie sie diesen
„Kennerblick" in diesen Männeraugen gesehen hat! – Es half
auch seine vergoldete Brille dagegen nicht! … beim ersten „Angriff", säße Wilrun hopplahopp **draußen** mit nacktem Po! –

Wenn sie so etwas im voraus spürt, dann darf sie seelenruhig drauf wetten, daß sie **nicht** verkehrt getippt hat.

Was nützt ihrer Frau Doktor die studierte Philosophie
und die beispielgebende Logik? Sie ist in einer Welt aufgewachsen, in der man mit jungen Mädchen umging:
wie mit Blumen! –

Aber dort!? – Nein, danke schön: für **solches** Herbarium. –

… und wie die Frau Doktor geschaut hat, als sie ihr erzählt hat von der Mutter des Verehrers! – Hätte sie ihr
darauf erwidern sollen:

„Na dann, lesen Sie erst einmal: den Brief von ihrem Sohn!"?

Verdammt lausige Zeiten sind das …

Weiter! – Weiter! – Stenotypie: sauberer Typen-An-
schlag, das Tempo: ebenfalls prima, aber keines ihrer

Maschinenschreibblätter gelingt völlig fehlerfrei (verkackte Legasthenie noch einmal!).

Und diese Eilschrift! Die kann Wilrun gar nicht kurz genug kürzen!

Sie hat einfach nicht diese eilige Schreibe im Handgelenk! –

Von wegen Gehirnerschütterung, ach was: Die anderen Mädchen sind doch in der gleichen geladenen Hochspannung!

Der einzige vernünftige Pol im Zehn-Maschinen-Raum ist die Frau Fachlehrerin! – Sie schaut auch gewiß nicht her zu ihr, solange sie am Tippen ist, das hat Frau Lehrerin ihr ganz fest zugesagt.

Die Lehrerin ist groß, schlank, sie hat brünette, kurzgeschnittene Naturwellen. Wilrun vergleicht diese Frau oft mit einem solide gefaßten Saphir.

„Verdammt, ich …! – Oder ja? – Doch!!" … ihre Panik hat dieses Hieroglyphengekritzel in ihren Hirnwindungen als Text gespeichert:

„Huuuch, Glück gehabt –"

Kann dieses Glück auch vor einer Prüfungskommission standhalten?

Die Note „Gut" hat Wilrun doch für ihre jedesmal dreißig-Seiten-Hausübungen erworben. – Aber das Flüssige im Handgelenk? Woher nehmen? Steno kann man doch auch „schön schreiben"!

Wieso gibt's denn *diese* Disziplin nicht bei der Veranstaltung!?

Ver-, ver-, ver… was? – Verhext und versch… leiert!

… Jetzt kommt auch noch … dieser Brief von Barbara!

Aus der psychiatrischen Anstalt. – Na, wunderbar. –

… allerdings: bei **dieser** schlimmen Schrift … ist wohl kaum zu befürchten, was Barbara hier ankündigt.

***

„Hallo, Wilrun! Komm einen Moment her!"

Was will denn die Heimleiterin?

„Du, ich habe deiner Mutter geschrieben, daß du eine unsrer besten Schülerinnen bist. – Sie war vor einer Stunde bei mir: *nächstes* Wochenende wird sie dich besuchen …"

Wilrun wird plötzlich gehörloser, als es Meister Beethoven je hätte werden können. –

***

Blauer Montag. – Alles lief wie am Schnürchen: Die Mädchen sind auch *diesen* Montag zum Turnen in die Öffentliche Hauptschule gewechselt. – Auf dem Schul-Klo stülpt sie den schon vorbereiteten Faltenrock über ihr Turnzeug. – Alles klar: Im BH hat sie einen Papierfünfziger stecken, … außerdem fünf, nein, sechs Zigaretten.

Nun noch die Stöckelschuhe in die Hand, und: **ab** über alle Berge! –

Schon ist der schützende Mischwald **ganz** nahe! Doch jetzt? – Am besten: in die Gegenrichtung von Wien; **dort** sucht bestimmt kein Mensch nach ihr. Flink setzt sie über Steig und Stock und erreicht: die Burgruine Greifenstein, noch ehe die Sonne Zeit finden kann, sich zu senken.

Gugging! – Wilrun ist auch bei „Gugging" vorübergerannt! Ist dort nicht auch so ein „Irrenhaus", schwer berüchtigt noch aus 1945??

Vielleicht haben deshalb ihre Füße sie, vom prekären Kraftfeld fort, so rasch vorangetragen. – Jetzt tut eine Zigarette wohl! – Phhh! –

Prima! – Wilrun fühlt sich wie der Falle entkommen … Piepegal ist es ihr, was sie in Wien erwarten wird! – Oder???

Beinahe sieht sie die Bilder vor sich! – Oh, du holde Fantasie –

Egal. – Wenn dort ein Glück zu bauen ist, wird's ihr gelingen. Falls nicht, so war es doch die Probe wert. – Barbara, laut Seelenauftrag, **muß** Wilrun die eigene Lebensschule selbständig erkunden lassen …

Gut. – So nimmt sie denn die Richtung hin zur Großstadt aufs Visier, sie durchquert die Waldregionen in kommodem Laufschritt, ihre liebsten Sonntagsschuhe (von Frau Doktor) fest in ihrer Hand.

Dort! Der schöne, blanke, große Glasscherben – hat sich eingestellt! –

Und bald darauf ist der ganze Himmel – dunkelblauer Samt – überstreut von funkelnden Brillanten.

Sie beschließt ihr bisheriges Leben also: mit einer würdigen, majestätischen Abschlußfeier.

Auch in ihrem Umfeld kann sie alles deutlich erkennen:

Sie befindet sich auf einem Weinberg!

Ob der Mensch in einer Erd-Mulde schlafen kann?

… sie ist ein windstilles Nest, in welchem das Mädel sich zwanglos ausstrecken darf. – Weiß noch jemand genau: wie würzig warme Ackererde duftet?

„Ping, ping, ping … ist das nicht … neun, das ist doch – zwölfff!", das ist doch die Turm-Uhr der Kleinstadt, aus der sie fortgelaufen ist, am Nachmittag! – Sie ist also am Ausgangspunkt.

Und **k**einen Schritt weiter? – Gute Nacht! –

Als sie sich ausgeschlafen aus dem Nest erhebt, ist vom Sonnenaufgang kaum noch eine Spur, was ist mit ihren Füßen los? Warum wollen … sie ihr nicht gehorchen? Nun darum: die Fußknöchel sind keulendick geschwollen.

Na prima! Und diese zierlichen Schühlein neben ihr, die sind die übliche Bekleidung für diese Füße? –

„Mein Gott, so hilf mir doch auf diese toten Beine!"

Auftreten! – Stramm! – Fester! – „So ein gottverfluchter
Mist! – Du kannst doch nicht wollen, daß ich bis Wien:
auf dem Bauch krieche!" … Halt! Ja! Es geht ja schon ein
bißchen! – Nur Mut! Voran! – Bravissimo!!!

Was **dann** den Horizont heraufzieht – ist ein Morgen
zum Beten.

Als sie aus einem Hain heraustritt:

„So ein **un**sinnig sich hinziehender Maschenzaun! Der
wird mich doch nicht einen Umweg kosten!?" – Na los!

… hier herrscht eine vogelstimmenlose Morgenfrühe.

Am Wiesengrund vernimmt sie nur: den Gleichklang ihrer Schritte. Sie saugt das linde, frische Morgenlüftchen
wohlportioniert in sich hin…! „Was war das!?"

Für Sekunden bleibt sie stehen: **Nichts** zu hören! –

Weiter! – Dieser herrliche Sonnenauf…! (Horch! –
Nichts!)

… „So! – **Jetzt** reicht es aber!!", fährt sie blitzschnell herum, um diesem mysteriösen Kobold gleich eine zu be-
tonieren –

zugleich, im selbigen Moment: bremst drüberm Zaun
(seitlich schräg ab, hinter ihr) ein junger –!?

… das Böcklein spricht mit unternehmungsfrohen Augen: „Na, he du! – Was ist jetzt? – Habe ich dich denn nicht die ganze Weile lang die Siegerin sein lassen?" –

Wilrun steht da wie belemmert … dann entfacht in ihr eine euphorische Liebesglut: „Komm! Ja, komm! – Wir beide machen weiter!" Und sie rennt den unbekannten Weg, ohne ihn anzuschauen, während sie beide, Rehlein und Mensch, um die Wette laufen.

Solche Süße hat die Welt!? –

„Leb wohl, kleiner Schatz! – Lebe wohl!"

„Siehst du mich noch? – Leb wohl!"

***

Noch sind die Weingärten der Wiener Vorstadt durch ein lichtes Wäldchen von ihr getrennt. Da winkt ihr auf einmal ein Jägerhochstand freundlich zu. „Mein Gott, wie lange habe ich auf solch einem Bekannten nicht mehr gesessen?"

Wie lange ist Wilrun aus der alten Mühle fort?

Selbstverständlich klettert sie ohne Umschweife hinauf; durch solche Einladung direkt unters Dach jung belaubter Buchen zu kommen? – Das ist schon eine Rauchpause wert!

In der Baumkrone findet Wilrun ein Bänkchen vor, darauf schläft eine längst veralte Tageszeitung … Haach:

Von hier oben kann man die Herrlichkeit dieser Morgenbetrachtung so richtig ge…!

Jemand kommt das hohe Sprossengestell hoch, ihre Raststätte schwankt jedenfalls – bei jedem Tritt.

Sie rafft beherzt all ihren Mut zusammen … tritt an die Aussparung, woran die Leiter festgenagelt ist. Sie äugt zur Tiefe, sie steht derart über den Dingen, daß sie, stark und ruhig, einen Befehl losläßt: „Wagen Sie es ja nicht, nach oben zu kommen.“

„Was **suchst** du denn da oben, Mädel?“, tönt es zurück.

Der Fragende sieht sehr kräftig aus – und gar nicht so, wie sie sich einen Forstmann vorstellt; er trägt einen Werktags-Hut, der ihm in den Nacken hinuntergerutscht ist.

„Du brauchst dich doch nicht fürchten! Kleine!“ – Die Stimme besänftigt nicht. Ihre Antwort fällt erschreckend brutal aus: „Falls Sie sich um einen einzigen Schritt nähern, stoße ich Sie runter von der Leiter!“

Der Mann schüttelt den Kopf … steigt einen Schritt abwärts.

„Ja, bist denn wo abgehaut!?“, fragt er weiter. Und sie besinnt sich:

„Das haben Sie sehr richtig: erkannt! – Bitte, fürchten Sie sich nicht, ich habe selber eine Heidenangst, also verschwinden Sie! Bitte! Gehen Sie wenigstens so weit davon, daß ich ungehindert von hier wegkomme!“ – Der Mann hat sie verstanden. Sie hört es am Rascheln des

Waldbodens, wie seine Schritte sich in dürrem Buchen-
laub entfernen.

Sie selbst: eilt – schon bald ihre Schuhe an den Füßen,
der Nähe der Menschen zu. Sie begibt sich damit in den
Untergrund der Wiener Millionenstadt.

***

Sie bewegt sich auf – für sie undurchsichtigem – Glatteis:

Sie lebt in einem Milieu, in welchem geistige Qualitäten
unweigerlich wachsenden Widerstand hervorzwingen.

Es ist eine Welt, in der man wirkliche Freude nicht kennt.
Bis in den Nebelmond hinein gilt sie als U-Boot.

„Gut, wenn Sie schwanger sind, dann können wir Ihr
Zivilleben legalisieren!" – Ihr Amts-Vormund, daheim,
weiß Wien betreffend sicher mehr; er bietet an: „Heira-
ten geht! Damit sind **wir** dann mit dir fertig … Schei-
denlassen geht: wenn du großjährig bist." –

Nun gut. Der Grundsatz, der ihr ab dem Tag im Wege
steht, lautet:

„Nie, nie, nie mehr in ein Heim."

Das Praktikum – „Alleswasmirgeistigundseelischfrem-
dist" – durchzumachen und gründlich zu studieren, dauert
für sie dreißig Monde, oder Jahre: zweieinhalb. – Doch
gerade zu Beginn der Frist gelingt es ihr demonstrativ –
ihren eigenen Wunsch zu behaupten: Im Jänner kommt

Michael zur Welt; sein Schwesterchen bekommt er noch im selben Jahr, nämlich am Silvesterabend. – Gut so! – Sehr, sehr gut so! … Sie ist nun darauf fixiert, ihre zwei Wunschkinder auf eine weit bessere Lebensform vorzubereiten; denn wo sie zur Zeit leben, gibt's keinen Ort, wo Kinder sich entfalten und gedeihen.

Barbara ist ihr ebenfalls, dicht auf dem Wecker; sie scheint partout **alle** negativen Strömungen telepathisch aufzufangen, die um ihr Kind herumkursieren. Darin ist sie brillant. – Barbara will wiederum eine Führungsrolle spielen?? – Oh-oh … So versalzt sich Wilruns ohnehin trübe Suppe zur ungenießbaren Sur- oder Pökel-Lake. Also bootet sie ihre Mutter **rigoros** aus.

Damit verzichtet sie auch darauf, in Barbaras Spielkarten Einblick zu haben. – Egal. Entweder – oder. Man kann nicht **eines** ohne das andere haben. –

Nun schafft sie geduldig die Tage, bis Sophie volle drei Monate alt ist und nicht mehr so unbedingt gestillt werden muß.

Sie setzt ihre Frau Doktor in Kenntnis und bittet sie um Beistand, den Behörden gegenüber; gemeinsam bringen sie also die Kinder bei Freunden unter. Wir erinnern uns ans Paradies, wo sie als kleines Mädchen mit Barbara gewohnt hat? – Genau: dorthin!

Im „Schweizer Haus" darf sie kommen und gehen, wie ihre berufliche Pflicht es zuläßt. – Das macht ihr schweres Herz um vieles leichter.

Eines Tages trifft Wilrun … **doch** beinah der Schlag:

Barbara ist seit neuestem wieder in der **Heimküche** aufgenommen!

Der Zufall hat ihr dort einen „geschützten Arbeitsplatz" reserviert. –

Nein!!! Eine Barbara sollte man wahrhaftig, nicht unterschätzen …

***

22 Todesstoß für eine Protestantin

***Kraft-Traum/Die Kirche:
eine raffsüchtige, alte Frau***

**DIVERSE KERNKRAFT-ATTRIBUTE …
SORTIEREN, LEICHTGEMACHT.**

Wilrun fühlt sich – und sieht sich gleichzeitig – eine Holztreppe emporklettern; scheinbar steigt sie aus einem unterirdischen Keller zum Rahmen einer aufgeklappten Falltüröffnung hoch … Sie steht noch immer, bis zu ihrer Schulter-Flügelhöhe, auf der Treppe, schaut sich um in der Umgebung über ihr:

Ja, **das** ist das Innere einer aus Holz gezimmerten Scheune; sie empfindet sofort: Das war vorzeiten ihre eigene Behausung gewesen.

Guckend steht sie noch immer auf der Treppe:

Da fehlen doch vom weißen Geschirrkasten oben ihre edelschönen, alten Steingutdosen; irgend jemand hat sie durch einen deformierten Kunststoffkrempel ersetzt. – Da taucht die alte Frau hysterisch auf: Sie tritt mit ihren Latschen nach Wilrun: Sie solle sich gefälligst wieder nach unten verpissen, denn das sei jetzt **alles** in *ihr* Eigentum übergegangen, in ihres!!, geifert sie … Die Alte hat einfach schlimme Angst, weil Wilrun zurückgekommen ist: Darum tut sie gar so teufelswild gehässig.

Dessenungeachtet steigt Wilrun voller Ruhe aus der Falltür und bemerkt zur Alten ganz gelassen: „Das Zeug können Sie ruhig alles behalten, Sie werden es auch nicht ewig besitzen –"

Wilrun geht vor, an die Bretterwand heran und schlägt mit flachen Händen laut dagegen; schon hört sie, draußen eilen zwei Helfer herbei, sie spreizen gekonnt ein breites Brett weg, damit sie gut ins Freie steigen kann.

Die Fremden sagen: Oh ja, der Hochmut und die Dummheit – **die** sind ihnen bekannt! … aber alles das wird in der Scheune zurückbleiben! … „Für die alte Frau: gibt es da kein Herauskommen!" –

Vor Wilrun liegen weite, grüne Täler ausgebreitet, die lebendig durchzogen sind von klaren Bächen; … unweit davon scheint linker Hand eine nette kleine Stadt zu liegen, von der aus, wie die Helfer sagen, sie bequem heimfahren könnte mit dem Bus.

„Oh nein!", entgegnet sie lachend den beiden Fremden: „Den Weg nach Haus, den finde ich von überall! Auch so!

Und ich werde immer nur zu Fuß gehen!" – Als Reiseproviant erbittet sie von ihnen drei saftige Äpfel; sie sind: A – grün, B – rot, C – gelb. –

Froh hüpft sie über das wohlstehende Gras davon: freut sich darauf, schon bald am Ziel zu sein. – Die Szene spielt sich, so sieht's aus, an einem schönen Sommermorgen ab.

ENDE

„Was?? Sie fordern: daß Sophie *evangelisch* getauft werden soll?"

Sophies Vater ist katholisch! Sophies Brüderchen ist katholisch!

Ihre Frau Doktor ist Taufpatin, also: katholisch!

„Soll etwa **darauf** der Anspruch fußen, das Wickelkindchen der Evangelischen Kirche einzuverleiben!? Wie, Herr Pfarrer, verträgt sich das mit ihren ethischen Grundsätzen: Besteht ihr Gottesauftrag wirklich darin: Geschwisterbindungen zu trennen??"

Dem Pfarrer mit der mächtigen Talar-Statur von Martin Luther hat sie es **sauber** eingeschenkt … Er antwortet:

„Mit Ihnen, Wilrun: **kann** man drüber nicht verhandeln."

Hochtrabend seine Geste übersteigernd, wendet er sich um zum Kindes-Vater. Er verläßt ihre Hauswart-Bude in der **Lamm**-Gasse, Wien 8, im Triumph: „Siehst du,

Sophiechen **soll doch** nächste Woche **evangelisch** getauft werden!" –

Soso! **Denkt** der Pfarrer! **Meint** der junge Vater! –

Nichts da! – Sie hat den *ausgesucht* herabsetzenden Konfirmations-Spruch an sie: Noch gut im Ohr. – Sobald der Land-Martin-Luther außer Sicht ist, schreibt sie ihm wenige Zeilen hinterher; eine Nachricht, die höflich, doch entschieden das auf den Plan gesetzte Tauf-Prozedere zerplatzen läßt.

Sie ist beileibe keine Duckmäuserin in Sachen Religion:

Zwei Konfessionen hatte sie im Schulunterricht hautnah kennengelernt; so gesehen ist sie Protestantin und Katholikin; wo ihr der osmanische Glaube, der hebräische Glaube begegnen, empfindet sie dieselbe Weihe, empfindet dieselbe Hochachtung vor den Gläubigen, mit der sie ihre eigene Ansicht respektiert wissen will.

Sie spürt sie ebenso bei gelegentlichen Besuchen in die Religion einer indischen Familie, in die eine ihrer Freundinnen eingeheiratet hat. – Damals, als sie selbst noch Schuhgröße 26 trug, ist Barbara kurze Zeit der Weißen Taube des „Friedensfürsten" nachgefolgt. Barbara schied aus der Sekte aus, ohne ihrem Kind das Warum zu erklären. Wie sie später selbst zu erkennen meint, könnte Barbara durchaus gleiche Motive für ihre Zweifel an jener Gemeinschaft gehegt haben, an denen auch sie sich stoßen wird. –

Nichtsdestotrotz meint sie, daß man die Mitglieder dieser Glaubensgemeinschaft hoch lieben muß: ihres Mutes wegen. Ihrer Treue wegen. – Altkatholisch! – Orthodox! – Ach was!! –

Sie liest nach im 2. Mose, Kapitel 20, Vers 2 + 3:

„ICH: bin der Herr, dein Gott, der dich aus dem Vorleben bis ins Heute geführt hat. – Du sollst **keinem** andren mehr gehorchen als mir." – Sie ist überzeugt, daß ausgehend vom All-Einen: der Mensch im Seelenauftrag inkarniert: zu mehr Licht und schönem Wohlstand beizutragen, je nachdem, was seine Kernkraft leisten kann. –

Dann lebt aber das universell All-Eine: als Teil auch in ihr und in JEDEM Individuum! Eben darum: hat sie niemandem anderen **mehr** zu gehorchen als sich selbst; zudem auch dem Rat aus der Quelle des All-Einen-Überbewußten, der ihr als der natürlichste vorkommt. –

… Und dann trifft ein Brief ein: vom Pfarrer! –

Was der hochstudierte Mensch im Zorn für Blödsinn schreibt, ist irre. Ein entsetzlicher Keulenschlag … ausgeteilt – von jemandem, der noch **längst** nicht gelernt hat, die Tragweite seiner getroffenen Entscheidungen verantwortungsvoll zu überdenken; der noch lange nicht gelernt hat, andere als gleichwertig und selbstmündig zu respektieren. – Wilrun glaubt **nicht** an die Seelen im Fegefeuer-Untier: Sie ist in ziemlicher Freiheit in der Natur aufgewachsen, dort lernte sie kennen: Molche, Nattern und alles, was fliegt, schwimmt und kriecht … Laut Naturgeschichts-Buch: existieren nirgends und nirgendwo auf der Welt: derartige Riesenkräfte satanisch ausgeflippter Schlangenbruten! – Nein, sie braucht erst gar nicht dran geraten an:

Friedrich Nietzsches „Der Antichrist".

Sie befreit sich von der römisch-protestantischen Hünen-Herrschaft, die von ihren Lämmern blindlinken Gehorsam erwartet.

Ihr felsenfestes Urteil lautet:

„Sobald ich die Summe erübrigen kann, zahle ich meine durch Hitler eingeführte Kirchensteuer und bin aus der ‚Kirche' raus."

… das Fallbeil dieser Schafottage: pendelt nur an diesem einen hauchdünnen Seil.

Sie ficht einen tiefschmerzlichen Todeskampf mit sich aus.

Aber für diese Kirche ist sie: ein für alle Mal verloren.

Wilrun ist für diese Kirche – tot.

* * *

Doch sie denkt, vielleicht um mehrere Jahrzehnte, schon voraus:

Besagter Pfarrer ist nämlich der brillanteste Unterrichts-Redner, den sie kennt. – Und: Er steht, sie weiß es, bei Barbara durch Hochverrat in tiefer Schuld. – Wilrun selbst aber wird einst ins Pfarrhaus gehen, ihn einladen, die alte Schuld zu tilgen (egal ob Barbara das billigen würde oder nicht). – Um Barbara zu ehren: **nur das Beste**.

… Wenn demnach in fernen Jahren also sollte Barbara zu Grab getragen werden, und er noch lebt … Als Barbaras Tochter wird sie ihn dafür gewinnen, zu Ehren von Barbara: die schönste Grabrede zu halten, die seinerzeit das kleine Heimatdorf gehört hat. –

Auch ein Pfarrer kann nie wissen, was ein Lämmchen mit ihm vorhat.

* * *

KEIN GOTT DER RACHE

23 Datum der

Entscheidungsfreiheit

In jenen Jahren erlangt man in Wien die Volljährigkeit mit dreiundzwanzig. – Die **Großjährigkeit** hingegen mit dem einundzwanzigsten Geburtstag. Für diesen Stichtag hat sie beschlossen, sich jedweder Bevormundung … ratzeputz zu entledigen. –

Kraft des Gesetzes – wird sie auch aus der Ehe freigesprochen, bereits **eine** Woche nach dem Erreichen ihrer Großjährigkeit, wahrlich: Schneller läuft kein Amts-Roß. –

Sie hat sich vorgenommen, nach der Verhandlung im Justiz-Palast keinen einzigen Schritt zurück in die gehabte Welt zu setzen.

Die Frage, wo sie ab dem Abend des Scheidungstages schlafen wird, stellt für sie null Problem dar: Sie trägt das Nötigste auf dem Leib, sie hat ihre Personalpapiere in der Tasche, sie ist sicher, daß ihre Kinder behütet und in guten Händen sind. –

Sie ist intuitiv völlig sicher, daß sie in Geborgenheit schlafen wird: Eine konkrete Lösung kann sie sich **nicht** ausrechnen. –

… zufällig heißt eine ihrer Arbeitskolleginnen, im Vornamen, wie Wilruns süße kleine Tochter.

Erst, als die Kollegin, kurz vor Dienstschluß, ihr das Angebot macht, erfährt sie: „Du, ich habe in der Thalia-Straße eine Küche-Kabinett-Wohnung, die wird seit Monaten nicht mehr bewohnt."–

„Ja, sie ist nett eingerichtet! – Nimm dir, **was** du brauchst! – Wenn dir dort zu kalt ist, schalte die Hähne des Gasherds auf und heiz dir damit unter! – Die alte Heizdecke ganz oben auf dem Schrank: Da lasse **unbedingt** die Finger davon: die sollst du **nicht** nehmen! Die ist desolat! – Du darfst gern für ein paar Wochen bleiben: Solange, bis du halt etwas für dich gefunden hast! – Geld??? – Na, mir scheint! Kommt **nicht** in die Tüte! – Hier: der Wohnungsschlüssel."

Wie – war das möglich? –

***

24 Die Wiedergeburt

Für Heizmaterial hat Wilrun kein Geld. –

Kein Wunder: denn der **gesamte** Unterhalt für ihre Kinder wird ihr vom Lohn abgezogen (daß behördlich beim Vater null Anteil zu holen sein wird, war ihr ohnehin klar, von Anfang an). – Nun gut: kein Holz, keine Briketts zum Ofennachlegen.

Die Gasrechnung der hilfsbereiten Kollegen strapazieren? Das wäre nicht nur bloßes Ausnützen; es wäre zugleich sinnlos, bei der Wolfskälte, die drinnen hockt, in den lange unbeheizten Mauern. –

Eine Vorschuß-Anleihe auf den nächsten Monatslohn?

Kommt für ihren Wirtschaftssinn absolut **nicht** in Frage. –

Silvester.

Schon am Vormittag hat sich in Wilruns Körper ein scheußliches Frösteln breitgemacht. – Es weicht am Nachmittag einem hohen Fieber. – Und im Rücken beginnt ihr ein brennender Schmerz heftige Qualen zu bereiten. – Sobald die Plage auch nur ein wenig aussetzt, spannt sie alle Muskeln an, wie der Hund es tut, wenn es ihn in freier Wildbahn friert. –

Bis gegen Abend kommt sie sich vor wie in ständigem Schwebezustand, zwischen Schmerzensfeuer und Unterkühlung. Etliche Male verliert sie die Besinnung.

Wilrun hat auch für den Körper, außer Brot und Tee, nichts „nachzulegen"!

Plötzlich **bäumt** es sich auf in ihr:

„Hier hast du nur **eine** Chance, die: zu erfrieren!" – Und da!! Wieder dieser feurige Schmerz!

Da ruft ihr die innere Stimme zu:

„Nein! Nein! – Du **darfst** nicht zugrunde gehen. **Nicht** in dieser Silvesternacht: wo bald alle Welt das neue Jahr jubelnd begrüßt!"

… Sie zwingt sich die Stiegen hinunter, überquert ebenso den eisigen Hof, um auf die erleuchtete Thalia-Straße zu kommen:

„Mach nur ja **Bewegung**, daß dein Körper seine Abläufe nicht einstellt … Deine Kinder und Barbara: brauchen dich noch!!"

Als es, trotz greller Auslagenscheinwerfer, um sie herum zu dämmern beginnt, krallt sie ihre Fingernägel, neben dem Juwelier-Portal, an den Mauern fest. Sie läßt nicht los. Nicht los. Nicht: …

Sie richtet sich daran wieder auf … schleppt sich zum Hinterhaus zurück … das Stockwerk hoch … bis in das kleine Zimmer. – Jetzt kommt es darauf an, **trotz** der klopfenden Glut im Rücken, der damit zusammenhängenden Atemnot und vor Kälte aufeinander klappernden Kiefern: die verdammte Heizdecke ins Bett zu schaffen!

Sie einzuschalten! – Und darauf einzuschlafen! –

Plötzlich, … es ist **überhaupt** kein abstrakter Zustand, überhaupt nichts, kommt ihr daran absonderlich vor:

Sie selber sieht sich plötzlich – für einige Augenblicke lang – leibhaftig auf diesem Bett daniederliegen: etwa einen Meter hoch befindet sie sich darüber, sieht sich an, wie ihr Fleisch, das sie wohl eben verlassen hat, zu beschauen ist; nimmt zur Kenntnis:

daß hier unter ihr, auf diesem Bett nur noch eine Hülle mit wachsbleichem Angesicht liegt, eine Hülle – über die ein höherer Computer ausrechnen wird, ob sie darein zurückkehren soll. –

Als sie wieder zu sich kommt, sind ungezählte, kalenderlose Stunden verronnen, Stunden, in denen die elektrische Heizquelle ihren Körper beschützt hatte, und zwar: so lange beschützt hatte, bis die wohlige Wärme den Zustand ihres Körpers bedeutend gebessert hatte; um darin präzise zu sein:

Als sie erwacht: sind die Schmerzen **vollständig** abgeklungen. –

Wilrun kann nicht anders … sie tut es: Sie lächelt! –

Sie hat allen Grund der Welt, zu lächeln:

Sonnenstrahlen fallen freundlich durch das Fenster – und gratulieren dem Erdling Wilrun zum wiedergewonnenen Leben.

***

Ihre „alte Suppe" wird sie schon fertig auslöffeln!

Was hat Barbara ihr Kind von klein auf gelehrt? –

„Halt hoch den Kopf, was dir auch droht,
und werde nie zum Knechte!
Brich mit den Armen gern dein Brot –
und wahre: deine Rechte!" –

***

25 Die Nachwehen

Als der Eismond weniger wird, hat Wilrun bereits eine Hausbesorger-Wohnung für sich aufgetrieben.

Diese ist mit einem einzigen Stück möbliert: mit einem rechteckigen, kleineren Küchentisch, aus massivem, weißlackiertem Fichtenholz.

Gas und Strom sind abgesperrt!

In ihrem Stiegenhaus: funktioniert das Minutenlicht nicht! –

Das von ihr zu betreuende Anwesen ist der Bauart nach ein Vierkanthof. Im Ost- und Südtrakt wohnen Haus-Parteien; die zwei anderen dienen als Betriebsräume einer Samengroßhandlung. Das einzige Tor, von dem die Gleise für Schubwagen reichen, bis durch zur Samenhandlung: Das Tor liegt an der Straße, durch welche eine Tramway-Linie führt.

Vom Hoftor ausblickend hat man jeweils Zugang zu **jedem** der vier Stiegenhäuser; ringsherum im Parterre: verglaste Holztüren und Fenster.

Da Wilrun nun einmal kein Bett besitzt, verbringt sie die Nächte ausgestreckt auf „ihrem" Tisch, ihre Füße baumeln in luftiger Höhe überm Fußboden. Mit ihrem Stoff-Mantel deckt sie sich zu. Er ist dünn genug.

Eines Abends schneit es, als wäre Frau Holle wütend geworden.

Die Stadt Wien will, im Schnee, förmlich ersticken! … Wilrun könnte vor Zähneklappern ohnehin nicht schlafen: Sie schließt sich der Schneeräume-Brigade an, welche die Tramway-Schienen freibuddelt; dabei wird ihr heiß. Aber richtig. – Und hinterher gibt es etwas Handgeld, heißen Tee, heiße Wurst – und frisches Brot! – Na –!?

Den Rest vom Lohn der Chemisch-Putzerei, wo sie als Büglerin arbeitet? Den ist sie los: Vor ein paar Tagen hat sie ihr zusammengekratztes „Rest-Einkommen" … „abgegeben" an eine Wohnungen vermittelnde Agentur. –

Als sie den Nepp wittert, ist es zu spät: Ihre Proteste blockt man ab, um „neue Anwärter", nicht zu verunsichern. Zwei Mannsbilder drängen sie raus aus dem Büro, komplimentieren sie rüde ins Stiegenhaus; dort bugsieren sie sie die Stufen runter, stoßen sie fast hin, zum gitterverglasten Portal-Türchen, das eine eben eintretende Hauspartei: vor Schrecken, offen stehen läßt.

Sie setzen Wilrun an die Luft. – Zu! –

Wha, … Sie ist verbittert. Sie weint darüber: daß es Leute gibt, die sich auf solche Art bereichern. – Als sie endlich

ruhig wird, sieht sie ein: **„Trau, schau genau: wem."** –
Sie ist besiegt: Lehrgeld. –

* * *

Ihre Arbeitskollegin, die Kunden-Dame, die Frau Resi –
schenkt Wilrun ein solides, hochklappbares Schrankbett,
komplett, mit tipptopp gepflegter Matratze; das hat die
Frau, zufällig, in einem sauberen Keller, ungenutzt herumstehen. Ihre Chefin läßt es von dort abholen und ihr
gratis zustellen, durch den Firmenwagen. – (Wundervoll … wundervoll …)

Wilrun schraubt den zerlegten Bett-Schrank zusammen,
schiebt ihn stramm vors linke Zimmerfenster; so gewinnt
sie gleichzeitig für dort einen Sichtschutz gegen den Hof …
das eine Doppel-Fenster rechts bleibt noch zur Hälfte frei. –

„Gut! – Himmlisch!!", heute wird sie in einem Bett schlafen!

In einem richtigen Bett, das ihr gehört! – Vielen, vielen Dank!

… da ist eine **Unterschlagung** passiert: In dieser Zimmer-
Küche-Wohnung findet sich auch: eine zünftige Holzha-
cke; die hat wohl der vorige Hausmeister hier vergessen.

„Lächerlich ist das! – Wirklich!", sie muß hellauf lachen:

… **Null** Ofen! – **Null** Holz!, aber wie großartig, eine Hacke!

Sie lehnt das gewichtige Ding, am Fußende des Bettes
hin und findet den Anblick urnett: „So, die ist gleich
mein Beschützer!"

Sie legt sich aufs Ohr. Mit diesem Tag – ist sie völlig zufrieden.

Für heute – ist sie sogar: **wunschlos** zufrieden. –

26 Das 13. Gebot

Der Erdling Wilrun schläft zufrieden, wie ein Kätzchen.

… „Drrr! Drrr!" – Die Hausglocke schrillt! – Sie fährt aus der Matratze hoch.

„Nanu!?!" Sie rubbelt ihre Augen. – „Wenn jemand seinen Tor-Schlüssel nicht dabeihat, dann mußt halt du …!!"

Sie wirft sich ihren Mantel über und schlurft diensteifrig über den nachtstillen Hof, zum Durchhaus hinein. –

Sie sperrt … öffnet eine Handbreit das hohe Tor – und fragt:

„Ja bitte?"

Draußen stehen vier junge Männer, die sie noch nie gesehen hat; sie tragen ihre Hüte: so tief in die Stirnen gezogen, wie man das aus Mafia-Filmen kennt.

Da tritt aus dem dunklen Schatten der rechten Tor-Mauer noch ein fünfter in ihr Blickfeld: … einer, … **Nein**: **fünf gegen eins**. –Er ist also: ihr erklärter Feind, **das** muß sie nun zur Kenntnis nehmen.

Sie schlägt das schwere Tor zu – mit der Kraft der Angst.

Trotz dem: fünf Gegner, sich dagegen werfen:

Es gelingt ihr, den großen Schlüssel – einmal umzudrehen. –

Dann macht sie kehrt, wirft ihre Schuhe beiseite und eilt, von Panik ergriffen, zum Gebäude, wo im Parterre ihre Hauswartbude ist!

Sie muß hören: wie das große Schloß vom Haupteingang – das Holz zersprengt.

Sie hastet hoch, zum höchsten Stockwerk, und lauscht:

Die Eindringlinge sind bereits mitten im Hof …

Es erschallt ein Suchkommando. – Gott, ist das jetzt ein Segen, daß hier im Stiegenhaus das Nachtlicht fehlt! – Einer der Männer scheint sich, trotz unbekannter Finsternis, immer weiter nach oben zu wagen! – Wilrun fleht **still** in sich hinein:

„Nein! – Nein! – Bitte nicht! Geh weg! Geh weg!", die Schritte sind noch: zwei Meter von ihr fern, einen Meter, sie drehen ab, nehmen die Stufen … streben dem Parterre zu, verschwinden nach dem Hof –

Sie hört, wie der Suchtrupp vereinbart, in einem der anderen Gebäude nach ihr zu schnüffeln. –

Gut. Gut. – Ab jetzt wäre sie: in der Hausmeisterwohnung, sicher. –

Sie verhält ihren Atem. Ihre Zehen greifen die Stufen abwärts.

Sie gleitet … durchs frostige Dunkel, ganz lautlos zur Tür hinein – und sperrt geräuschlos hinter sich zu.

„… Tschinn!! – Klirr!!", fallen reihum, wie von Lauffeuern getroffen, sämtliche ebenerdige Gläser den Vandalen zum Opfer. Wilrun schlottert vor Todesangst.

Was ist, wenn **ihr** Fenster *nicht* verschont bleibt?

„Krach!!! – Klirrr!!!", tschinnern die Scherben ins Zimmer.

Wilrun greift nach der Hacke:

Sollte jemand es wagen, seinen Schädel … hier hereinzu-strecken, sie ist bereit, diesen erbarmungslos zu spalten.

(Das würde wohl, als **Alibi,** über den nächtlichen Be-such, ausreichen.)

… es scheint ausgetobt zu sein:

Unter lauten Flüchen sucht die Horde in der winterli-chen Nacht das Weite.

Es bleibt schreckensstill, in allen Wohnabteilen …

Niemand aus den Wohnblocks würde was „auszusa-gen" brauchen:

Es brennt **nirgendwo** – ein Licht.

27 Wenn eine Tür zufällt ...

In dieser Nacht wird sie nicht mehr ruhig genug, um noch einmal einschlafen zu können.

Am Morgen ruft sie ihre Chefin an:

„... Sie sind ein Juwel, Chefin! – Ja, anzeigen wegen Sachbeschädigung! – Ich habe verstanden! –

Gleich hernach muß ich mich auf die Stiefel machen, ich werde irgendwo anders ein Dach über den Kopf finden! ... nein, dort gehe ich nicht mehr hin; die vergangene Nacht hat mir **mehr** als gereicht, Chefin!"

... Sie weiß gar nicht recht, wie es sich dann ergibt, und dem Zufall sei Dank, daß die nächste Hausverwaltung sich findet:

Wohnen wird sie kostenfrei, Lichtstrom und Wasser gratis, ... bereits am Abend hat sie ihre neue Bleibe; für sie ist es ein Hausmeister-Paradies: Die Wohnung ist teilweise, gut zweckdienlich, möbliert; Heizmaterial ist überhaupt nicht nötig: Die Wohnung liegt sonnenseitig im ersten Stock und zu allem guten, lichten Überfluß: befinden sich sowohl das große, helle Zimmer als auch die schmale Küche genau über der Backstube einer florierenden Bäckerei. –

Diese glückliche Wendung nimmt sie als eine ihr erwiesene, große Gnade entgegen: Sie könnte die Welt umarmen. –

* * *

Wieder eines mit dem Suppenlöffel – auf die Schnauze!

Das Heim, wo ihre Kinder beschützt sind, wird: aufgelassen!

„Umgewidmet!", eröffnen ihr die zwei Heimleiterinnen, denn sie gehen in Alters-Ruhestand. – „Tjaa, Wilrun: In ganz Wien ist weit und breit **nirgends** was, wo man ein Geschwisterpärchen aufnehmen würde! – Wir überstellen Ihre Kinder auf einen Pflegeplatz, nahe der jugoslawischen Grenze: Nach Radgersburg. – Ja, da können Sie **sagen** und meinen, **was** Sie wollen! Am Montag wird die Überstellung der Kinder vollzogen! Dieser Beschluß ist unwiderruflich!!" –

Moment – Moment, Erdlinge: Ja, ist Wilrun denn **lebendig** … oder darf da **sonst** noch … irgend jemand mitschwätzen!?

„Meine Kinder: **bleiben** am Ort. – Ich werde mich bei euch noch **vor** Montag melden, **mit** einem Lösungsbescheid."

Wilrun stürmt alle ihr zuständig erscheinenden Rufkabel; keine abschlägige Antwort kann sie abschrecken. Sie ist sicher: Noch vor dem Ultimatum **findet** sie das Passende! –

„Ja! – Pramergasse? Das Mutterhaus der Schwestern?! – Ich bin mit einigen von Ihnen sehr gut bekannt! Ja! Als Schülerin, im Erziehungsheim! – Können Sie mir bitte helfen! Ich bräuchte einen Tip!" –

…zügig stapft sie die kilometerweite Strecke, bis zur „Zweigstelle": Sie muß schon **c**lever argumentieren, um mit der Oberschwester einig zu werden! ... Mit wem **die** es zu tun haben würde?

Das: soll die Leiterin, in nächster Zukunft, *selbst* herausknobeln! -

Ein konstruktives Abkommen! Eines, von dem **alle** Teile profitieren: Wilruns Arbeitskraft soll der Abteilung für die Alten-Sommerfrische zugute kommen: die bewährte Stations-Betreuerin, Schwester Carolla, selbst schon mühsam, älter, wurde erst kürzlich operiert; sie hat bereits **flehentlich** dringend auf Hilfe gehofft! – **D**as trifft sich.

Wilruns wertvollster Vorteil:

Als Hausangestellte darf sie ihre einstündigen Mittagspausen zusammen mit ihren zwei Kindern verbringen. – Paßt ideal.

Samstag, Sonntag wird sie „privat" sein: als Hausbesorgerin ihre Obsorge für 43 Wohnungen erledigen und sonst Allfälliges.

Eine fabelhafte Konstruktion!!! **Dieser** Felsen ist ins Meer gejagt:

„Hallo, Hadersdorf? Hier spricht Wilrun! Meine Kinder: **können** ...!"

***

Der Sommer macht den Erdling Wilrun mit mancherlei Seelennöten alter Stadtmenschen bekannt und deren bedrückenden Leiden; die Gäste dieser Sommerfrische gelten als von der Gesellschaft abgeschrieben. – Wer Milde … gegangene Wege … und Wehmut der Alten weder ehrt noch freundlich dafür dankt, der hat kein Herz. –

Wilrun selbst hegt Gedanken: Nach diesem Sommer, wenn die Gäste wieder in ihren Privatwohnungen eingekerkert sein werden, ihre zwei Kinder zu sich „nach Haus" zu nehmen.

Sie tastet beim Amt vor. – Antwort:

Ein junges, hippes Fräulein wird geschickt!

Es kommt, um die „Wohnverhältnisse" von Wilrun unter die Lupe zu nehmen:

„Ein Gang-Klo? Das von mehreren Hausparteien benützt wird!? Sie glauben nicht im Ernst, daß die Fürsorge Ihnen hierher die Kinder freigeben wird!"

Wilruns Kontra … erwirkt eine Vorladung zum Amtsleiter.

„Na, sind Sie uns nicht böse! – Es geht ja auch nicht allein um das Gang-WC! Sie sehen doch selbst noch aus wie ein Kind!", er grinst süffisant: „Wer **weiß** denn, wie viele Männer – so ein junges Ding, mit in die Wohnung …" – Ihrem geharnischten Blick folgt eine längere Pause. –

„Na gut! Schauen Sie sich um! Vielleicht **finden** Sie ja einen Mann: der Sie heiratet! – **Wir** jedenfalls brauchen etwas, das man eine ‚komplette Familiensituation' nennen kann!"

Woher?? – Unwesentlich! … Wer?? – Egal! –

Wilrun fragt ihre vormalige Chefin nach der Wohnad-
resse eines ehemaligen Kollegen, der war als Team-Arbei-
ter sehr beliebt; um sechs Jahre älter als sie, Bauspengler,
Lehre abgeschlossen, … ein ganzes Jahr auf hoher See, …
zurück nach Wien, aus Heimweh. –

Sie besucht diesen ihr beinah wildfremden Menschen,
knallt ihm ihre Karten auf seinen überraschten Tisch,
hält an um seine Hand!

Ihre Exchefin hat recht, dieser Mann besitzt so gut: wie
nichts. –

… eine Zweckheirat mit **b**emerkenswert gleichwertiger
Grundlage.

Für ihre Kinder wird sie selber sorgen. – Klaro.

Morgen gehen die zwei Erdlinge: zum Standesamt und
bestellen das Heirats-Aufgebot.

***

Zur Zeit bringt Wilrun knochige 41 Kilo auf die Perso-
nenwaage, aber sie benötigen dort **keinen** Esel, um den
vollen Essenswagen über den Obstgarten-Hang hinauf
bis zur Baracken-Ebene der betagten Sommerfrischler
zu hieven.

Mit der Freude sind Herz- und Kernkraft: sich einig.

„Wilrun: Ich werde die Welt wohl bald verlassen müssen!" –Wie sehr schmerzen sie, die Worte ihrer Chefin: Obwohl Schwester Carolla sich schwer krank fühlt, dirigiert sie doch den Laden, mit den Augen einer reifen Mutter. Es genügt, wenn sie bloß anwesend ist. Wilrun ersetzt ihr, sozusagen: ihre Hände und Füße.

„Schwester, wissen Sie mir einen Rat? Ich hätte doch gerne meine Wohnung – ein bißchen, bißchen: kinderfreundlicher!"

„Das lassen Sie nur meine Sorge sein! Ich bin zwar schon ein unnützer, alter Scherben …!" – Schwester Carolla macht dem Namen ihrer Ordensgemeinschaft **alle** Ehre. –

Und *erneut* wieder diese **unglaublichen** – Zufälligkeiten:

Die Amts-Akte ihrer zwei Kinder ist einer Beamtin unter die Augen gekommen, *die „gar nicht **zuständig** ist für dieses Amtszimmer!"* –

Ja so was. Und noch was –

… Privat gesehen ist die Beamtin eine Kriegswitwe, die im Alleingang ein Zwillingspärchen großgewurschtelt hat. –

Als sie in den Unterlagen blättert, sticht ihr der Name aus Wilruns Mädchenzeit ins Auge; da war doch vor sieben Jahren … diese kleine Frau, die ein paar Monate hindurch – im Arbeitsgebiet der Beamtin gewohnt hat! – Sie kombiniert: „Die Mutter der **hier** bezeichneten Kinder … wird doch nicht etwa – die Tochter **jener** Frau sein, mit der ich damals zu tun hatte? … **d**och, es ist sogar wahrscheinlich!

Das Mädchen **hat** doch ‚Wilrun‘ geheißen!“

Sie stellt sich nicht bloß die Fragen. Sie nimmt sich ganz persönlich darum an. –

… Am Heiligen Abend feiern Michael, Sophie, Wilrun und Gatte, als Champions, zum ersten Mal, ein fröhlich ausgelassenes „Oh Tannenbaum, oh Tannenbaum“. –

***

Am selben Heiligen Abend stirbt „daheim“ – Wilruns Großmutter. –

Die Enkelin wird erst ein Jahr danach davon erfahren; denn sie hat sämtliche Schleichwege Barbaras untergraben. –

Einen Hinweis, zum Ableben der Großmutter, der Wilrun durch einen Traum erreicht, schenkt sie *(von den Standard-„Traum-Büchern“ komplett vergeigt und danebenberaten)* eben **nicht** die folgerichtige Betrachtung.

***

Aber nun ein anderer nächtlicher Hinweis.

*STATUS-INFO: KATEGORIE ZUORDNEN, LEICHTGEMACHT: „SCHULE DES LEBENS“ – ZEUGNIS-VERTEILUNG

Ist Wilrun – in der Hauptschule?? –

Sie sieht sich in einer Klasse, beisammen mit Halbwüchsigen; es geht ziemlich ungehobelt her: Die Rangen zeigen sich sehr aufgeweckt, und übermütig!

Der Lehrer, absolut souverän bei der Sache, blättert im Packen der Leistungs-Zeugnisse weiter ... und ruft Wilrun auf.

Seine Worte: „Du bist in allen Gegenständen: **erstaunlich** gut! Jetzt solltest du aber: **noch** einmal **kräftig** anziehen!" –

ENDE

***

SELBST-BEJAHUNG

28 Signale aus dem Jenseits

„Hallo, Herr Ena! – Hast du gehört? – Die Nachbarin hat uns angeboten: Sie wäre richtig erleichtert wenn wir nicht nur arbeiten, sondern einmal zusammen **ausfahren** wollten. Sie würde dafür gerne einen **halben** Tag lang auf die Kinder aufpassen!" –

Sie und ihr Mann entscheiden sich dafür: auf seinem weißen Pony II bei strahlendem Nachmittagswetter – auf die Hohe Wand zu rollern.

Im Bereich der Serpentinen treffen die zwei frohgelaunten auf hölzerne Bänkchen, die dort Touristen zum Ausrasten einladen.

Die beiden haben ein Plätzchen für ihre Brotzeit gewählt; sie packen ihren Sandwichwecken und ihre Schmalzdose aus.

Sie schmatzen genüßlich.

Vor Freude kommen sie richtig ins Albern

„Pfaah, Wilrun, mich sticht direkt der Hafer!"

Sie selbst indessen, nimmt eben noch wahr, wie in einiger Entfernung, die Steigung unter ihnen, ein Fahrzeug die Serpentinen rasant hochgesaust kommt.

„Du, Wilrun: das müßte doch ein Ur-Schauspiel abgeben, wenn da jetzt, unter mir, vor der Nase: zwei Fahrzeuge zusammenkrachen würden!"

„Geh, bitte! Wünsch dir doch nicht so was! Ich kann mich beherrschen!", entgegnet sie noch, doch im selben Augenblick, „Wummm!", kracht es auch schon unterhalb des Jausen-Platzes: Trümmer und Scherben schlittern vom Unfall-Platz davon.

Dem Gatten, der Wilrun bleiben die Bissen im Hals stecken: Wie um Himmels willen konnte denn jetzt … auch von oben her, ein Auto so wild daherschießen!?

Zu ihrer beiden Beruhigung zeigt sich: Es ist bloß *Sachschaden* entstanden. – „Gott sei Lob und Dank!"

Trotzdem macht dieser Vorfall sie und ihren Mann **tief** betroffen.

Sie bleiben auf der Bank sitzen, sie disputieren darüber: ob dem Gatten ein „geheimes Mit-Verschulden" anzulasten sei?

Wilrun überzeugt ihn: Die sonstigen Ursachen dieses Unfalls haben hinlänglich gereicht, ihn auszulösen:

„Na und wenn schon **vor** deiner Nase! Es sind eben zwei Unvorsichtige aneinandergeprallt!" –

Die Überlegungen, die trotzdem jener Unfall aufwirft, werden für Wilrun und ihren Gatten noch eine Menge Gesprächsstoff liefern.

***

Wer will kommen?? –

Von wem? … (hat sein Vater „schon ewig" wunschfantasiert?) –

Genau: „Ruben" – will kommen! –

… das steht jedenfalls für Wilrun … (ziemlich fest) … seitdem sie die Anzeichen einer Schwangerschaft an sich bemerkt hat. –

4.25 Uhr

Ein vernünftiger Arzt – ihr geht dieses bigotte Schauermärchen ohnehin nicht unters Fell … lautet: „Eine Mutter *kann* ihr Kind nur wahrhaftig lieben, wenn sie es unter Schmerzen gebären muß!"

Als die dritte Preßwehe gewaltig anschwillt, führt die Hand des Arztes behutsam den weißen Bauschen an ihre Nase heran:

„So – und jetzt schön, …ruhig durchatmen. –"

… ihr Bewußtsein taucht ein in eine nachtblaufarbige Sphäre, die einen milden, ihr urvertrauten Eindruck erweckt; als habe sich beim Hineintauchen gleichzeitig auch oben aus ihrem Gehirn etwas losgelöst, hat sie den optischen Eindruck, dieses Etwas träte nun aus ihrer Stirnbeinhöhle aus: Es gleicht einem grell strahlenden, kleineren Tennisball … mit ihm ist klar die Assoziation verkoppelt:

„Dein **innerstes**: ICH –!"

… ICH … ICH … ICH, wie ein greller Schriftzug entfernt es sich, verfolgt sichtbar gezielt, nach halb rechts, einen Kurs, strebt mit Lichtgeschwindigkeit fort: anscheinend einem fernen, anderswo All-Einem entgegen, nach welchem es zurückzukehren scheint. –

… ein milchiger Schleier – als Umfeld? … Was kann da los sein!?

Leise Stimmen! – Deutlicher! – Jetzt spricht der Arzt:

„Vier-Uhr-fünfundvierzig!, Knabe!, 3380 Gramm! 50 Zentimeter."

Sie will wissen, ob sie vielleicht soeben träumt!

„Wirklich?! – Ein Knabe!?"

Zwei Erwachsenenhände strecken ihr ein rotes Gesichtchen entgegen: Ja, das Kindchen ist echt! – Eine ebensolche Stirnader kennt Wilrun sonst nur noch: an seinem Vater!! –

Sie fällt zurück in den … erholsamen Schlaf einer Siegreichen.

29 Demonstrativ

Wie oft war Barbara in einem psychiatrischen Krankenhaus?

Die längste, ununterbrochene Periode: dauerte sechs Jahre. –

Wilrun erzählte ihr, in ihren Wochen-Briefen – nichts. Und alles.

Barbara erfuhr davon, wie ihre Enkelkinder sich entwickeln und schließlich, daß Wilrun mit ihrer Familie in eine **eigene** Wohnung übersiedelt. – Es soll uns nicht wundern, daß es Barbara kränkte:

Während zweitausendeinhundert Tagen: kam niemand sie besuchen.

… als Wilrun Lehrling war, im zweiten Lehrjahr, hatte sie Barbara einmal besucht: Es war … **nicht** zum Sagen. – Die Mauern an sich mochten noch das Grauen der hitlerischen „Endlösung" feinstofflich konserviert haben. – Als Lehrling, selbst stationiert in einem ganz und gar irre … geführten Kloster, hatte sie jedenfalls *Monate* dazu gebraucht: bloß um die Eindrücke von lediglich einer Stunde Anstalt und Park-Leben dort, einigermaßen abzuschütteln beziehungsweise zu verdrängen. Dagegen ist Barbara titanisch: Ein Natur-Medium, transformiert Dunkel zu Licht … Und baut Karma-Gespinste ab für viele. –

Wodurch war Barbara also für die Endlosperiode in „Mauer-Öhling" gelandet? – Sie hatte die Beerdigung ihrer

Mutter begleitet. – Was Wilrun ein Jahr später vom Großvater über die Friedhof-Szene zu hören bekommt, wundert
sie allerdings **k**ein bißchen: Mit dem Tod ihrer starken
Mutter war Barbaras Kern-Kraft dermaßen abgeflacht:
die seit Jahren leerstehende, alte Volks-Schule, wo sie vor
sieben Tagen erst auf Miete eingezogen war: das Haus
fand plötzlich „ganz zufällig" einen Käufer. – Da kam die
rauhe Friedhof-Szene wie gerufen: Barbara war „fällig"
für sechs Jahre Sonder-Anstalt. – Aber **wissen** Prediger
eigentlich, was sie reden? Das Gesetz der Resonanz erklärt es so: **Wer andern eine Grube gräbt, fällt <u>bit-
ter</u>: selbst hinein. –**

… Sogar den Großvater hatte das viele Trauern in seiner Kern-Kraft schwer geschwächt. Die starken Frauen
alle fort. –

Das kranke Bein des Zimmermannes hat eine Vor-Ge-
schichte: beim Wiederaufbau, Wien: Das Baugerüst war
eingestürzt mitsamt den Männern: Baustelle Wiener Burgtheater. – Nachkriegs-Wien: WEN interessierte es: ob
einer, zwei, drei oder noch **weitere** mehr … ein Krüppel waren: Erste Hilfe, Not-Behandlung, Punkt, zack,
raus. – Seine nächsten Jahrzehnte Leben: war kein Geld,
das Bein operieren zu lassen … Es bricht ihm einfach ab:
als er beim Brunnen steht; ein Wunder: daß er **das** noch
erlebt, es wurde sein Glück: Die Pein, die sein Leben verbittert hatte, war nach der OP wie nie gewesen: „Jetzt
könnte ich erst tanzen gehen, mit deiner Ahnl!", lacht er
unter Wehmuts-Tränen. – **Jetzt** wußte er: Zum Leiden
braucht es kein „Von Gott verurteilt sein" … Jedoch ein
System: das **notwendige OP-Kosten** anstandslos bezahlt … denn, beim besten Willen, ein Bauer **kann** seine

einzigen zwei Milch- und Zug-Kühe **nicht** eintauschen: gegen einen **vielleicht** (!!) optimal wiederhergestellten Knochen. –

So viel zur Vorgeschichte vom Bein, das durch zwei Weltkriege und Wiederaufbau in Treue dem Vater-Land gedient hatte.

… Dennoch hat der Großvater Barbara nicht besuchen können:

Der graue Star belegte seine Sehkraft; die Operationen an den Augen rissen ihn fort, aus seiner geliebten Umgebung; im rechten Unterkiefer fing der Krebs zu fressen an. –

***

Endlich wirft auch Barbara wieder ihre Trümpfe auf den Spieltisch. –

Urlaub aus der Anstalt!? – Und **das:** gleich für drei Monate nonstop!?

Gut, dann hat sie Zeit genug. – Soll sie sich selbst überzeugen, daß Wilrun nicht das Leben führt: welches Barbara für sich erwünscht. –

„Revers hin, Revers her! – Solange Doktor ‚X‘ dort Anstaltsleiter ist, werde ich keinesfalls **freiwillig** dorthin zurückgehen!"

Na fein: Barbara ist, an Herz-Kraft, wieder ganz die Alte. –

„**Nein,** mein Lieber, ich bin weltweit davon entfernt, ihr Zwang antun zu wollen! Aber ich muß die Anstalt ‚Mauer-Öhling‘ informieren.“ –

„Hallo!? – Ja, hier spricht Wilrun Ena! … Ja! Wegen: Doktor X!“

Die Antwort sollte uns nicht groß erstaunen.

Wilrun erhält die Auskunft:

„Herr Doktor X.?? – Der ist **nicht** mehr an unserer Anstalt tätig!“ –

Wilrun: „Vielen D…!“, und gleich darauf:

„Weißt du, *was*, lieber Mann? – Barbara hat diesen Doktor X ein bißchen ‚*angetaucht*‘! Mein *lieber* Schwan! – Und was jetzt?“ –

Es ist „unmittelbar“ vor Ablauf von Barbaras Urlaub:

Wilrun spricht mit Barbara darüber: welch großartigen Sieg sie doch hiermit zu verbuchen habe: „Jetzt wird es ja für dich dort leichter sein …“ Barbara fällt ihr ins Wort: „**Das** – werden wir sehen: ob ich nicht **irgendwo** unterkommen kann, in einem Haus, in meiner engsten Heimat!“ – Barbara spricht es aus. Barbara macht sich auf ihre Schuhe … der Anruf aus der Ferne – überrascht Wilrun nicht; dem Gatten … wollen schier die Augen aus den Höhlen treten. –

Alles, was jetzt aussteht: ist **Formalität**, die Wilrun als ihr Vormund sehr gern für Barbara erledigt.

Seit diesem Anruf: wohnt Barbara in einer Anstalt: in einem hübsch gelegenen Kastell: Das ist kaum zwei Bezirke fern von „daheim".

Oh: JA. –

***

30 Der Tod gibt: „Schäch"

*TRAUM-FRÜHWARN-SPOTS – ERKENNEN LEICHTGEMACHT.

(Ergeht an Herz-Kraft, Kern-Kraft-Parameter): Telepathisch zur Vor-Bereitschaft aufgerufen/MÖGLICH: zwei baldige Erfahrungen, von enormer Wucht und Tragweite: liegen schon so gut wie „in der Luft".

(Universelle *ICH-Schock*-Vorbeuge-Kommunikation.)

Befindet Wilrun sich in einem Heim?

Oder ist das ein – Hotel – mit Heim-Schlafsaal? –

Zu Beginn weiß sie genau Bescheid über ihren Weiterflug.

Sie spricht zu einem fremden Mädchen: „Hier ist es viel wärmer, als ich dachte; ich habe aber bloß **zwei** kurzärmelige T-Shirts dabei!" – Sie wird unruhig, wird nervös;

sie will noch einmal das Flugzeug aus der Ferne ansehen, mit dem sie dann bald weiterfliegen sollte. –

Aus dem Tower-Lautsprecher über ihr gibt eine männliche Stimme bekannt:

„… um 14.03 Uhr nach Calais!" –

Irgendwer spricht sie an: „Wirst du hier im Speisesaal noch zu Mittag essen?" – Sie antwortet: „Ja natürlich, das geht sich zeitmäßig noch locker aus; wer weiß wann sonst ich wieder Gelegenheit dazu habe!" Hmm … Und plötzlich ist ihr **nicht** mehr klar: **Zwei** Flugzeuge?? In **welches** … sie einsteigen sollte: Ins größere? Ins kleinere?

Sie ist darüber verstört und redet ihre Gesprächspartnerin an: „Das gefällt mir **gar** nicht: Ich sehe dort draußen die Riesenmaschine warten und weiß einfach auf einmal nicht: **Wann, welche von beiden startet.** – Und warum: nach ‚Calais'?"

ENDE

Sie bilden um das Bett herum ein Spalier, etwa zehn Erwachsene: Töchter, Söhne, Schwiegerkinder.

Die Männer sind durch die Bank wesentlich älter als Wilrun.

Als sie in die Stube hineintritt, formieren sie sich zu einer Gasse:

Eine lange Reihe slawisch beherrschter Gesichter.

Ausdruckslos.

Die Augenpaare: allesamt – unter Wasser.

Der Älteste – hat Wilrun herbeizitiert.

Er kommentiert mit sonorer, halblauter Stimme, für alle gut hörbar:

„… sagen: **Kommen nicht** zu Frau wegen Reverse-Zettle! – Niemand!

Haben **fünf** Nummern angerufen!!!

Mama dann befehlen: ‚Holen du **endlich** – junga blond' Frau herüber!!' – Ich gehen sofort …"

Wie sollte da den Erdling Wilrun die Angst nicht überkommen??

Sie läßt es mitten in diese dunklen Visagen hineinplatzen:

„Ihr habt doch alle: einen mörderischen *Wurm* in eurer Marille!"

Es schlägt von einer Mauer – gegen die andere! –

Da faßt von der Bettstatt her eine weiche Hand nach Wilruns Hand, eine linde Stimme trifft ihre empfindsamste Stelle:

„Machen du Einlauf, sonst verbrennen!"

Ein Peitschenhieb! –

Sie streichelt die Hand einer Frau, die sie im Leben zuvor nur zweimal flüchtig gesehen und gegrüßt hatte; wie sie schätzt, ist es eine ungefähr 60 Jahre alte Arbeitshand, eine gute Hand, die Hand einer – vielfachen Mutter.

Wilrun beginnt innerlich zu beben.

Sie wehrt ab: „Ihr seid doch nicht etwa – alle – Verrückte!?" Jedes Gesicht mustert sie so eindringlich, daß **ein (!)** Blick genügen würde, sie loszusprechen.

Da kommt es von den Lippen der Frau. – **Kein** Wimmern:

„Du nicht fürchten! – Messer im Bauch… schnei…den … Leben: ab!"

Dann finden ihre dunklen Augen Wilruns Blick.

Und nun kommt es fester: „Bitte! Lassen nicht krepieren! – Mama will nur: zwei, drei Stun…den schlafen!"

Die Rollbalken der Masken – senken sich; die erstarrten Tränen kollern aus den Fassungen.

Weg!!! – Nichts wie **weg** von hier! –

Wilrun flieht: zurück in ihre Wohnung …: Alle Türen hinter ihr – sind **offen** stehen geblieben. – Sie entnimmt ihrer Hausapotheke das Klistier … sie schnappt aus dem

Buchregal ihren „Hausarzt", sucht die Seite … und kehrt zur Frau zurück: In der Küche wartet nun ein Lavoir gefüllt mit sauberem, gut handwarmem Wasser. –

… die slawische Mutter hat sich zurechtgelegt, wie sie es vom Spitalaufenthalt her wissen mag.

Die anderen stehen da. Wie angeschmiedet.

Wilrun – ist so jung! –

Sie blickt noch **einmal** … **tief** in alle Seelenfenster:

… es ist beschlossen. –

Die Ehrfurcht vor diesem Leib – führt in Wilruns Adern einen Veitstanz auf.

Also, die Ärmel hoch – und los: genau nach Vorschrift!

Auf das Gesicht der Kranken legt sich – ein Lächeln. –

Die Felsen regen sich nicht, auch dann nicht, als Wilrun sich vom Bettrand abstößt und dem Ausgang entgegenwankt: Die fahle Frauenhand hatte ihr soeben über ihr Haar gestrichen. Es war noch keine Knochenhand.

Als am frühen Morgen Wilrun zufällig auf den Gang hinausplatzt, da tragen die Frauen schwarze Kleider und schwarze Kopftücher:

Sie halten sich am Stiegen-Handlauf fest, um Wilrun im Abwärtssteigen mit Blicken zu grüßen. –

Wilrun schnalzt den Riegel der Gang-Klotür beiseite, kriegt grade noch die Muschel – und kotzt, kotzt, kotzt…

***

31 Extreme vor der Heimkehr

„Ja hallo, Wilrun! Kennst du mich noch!?"

„Halloo! Wie werde ich **dich** denn nicht wiedererkennen, die gemeinsame Hauptschule liegt ja noch nicht **so** weit hinter uns!

… wirklich? Du wohnst nur ein paar Gassen weit …?!", so stehen die zwei jungen Frauen beim Fleischer im Geschäft – und versprechen einander zu besuchen. Sie verbünden sich. Sie werden wie Kusinen.

„Sag, Wilrun: Ist der Ehekrach, der vor drei Jahren war, spurlos vorübergegangen?"

… nicht spurlos! Nicht im günstigen Fall für diese Ehe. –

Manchmal blitzte es kurz: Sie **kann** es *nicht* verputzen, wenn er so gutartig **denkt**, daß jeder dahergelaufene Freibeuter fähig ist: ihn wieder und wieder … um **sein** Sauerverdientes zu bescheißen. –

Nun gut: Jedes Familienmitglied drücken andere Schuhe; doch die **Kinder** sollen erst einmal im Schulwesen richtig Fuß fassen.

Dieselbe Ansicht teilt dann auch „ihre Frau Doktor" mit ihr. –

… Kann gut sein, Wilrun erzählt ihrer Kusinen-Freundin auch folgendes Traum:

*Kraft-Traum/ROSEN, ROSENGARTEN, PAVILLON – MÖGLICHE PARTNER-OPTION ERKENNEN, LEICHTGEMACHT.

Wilrun steht am Eingang zu einem zauberisch schönen Garten, er ist in Morgennebel eingehüllt; vor sich sieht sie in diesem Garten einen Pavillon: der ist um und über – von dunkelrosa großblütigen Heckenrosen umwachsen. Nur der Eingang: ist ziemlich frei. –

Still geht sie an den Pavillon heran … schaut zur Öffnung hinein: Da drinnen sitzt ein Mensch, den sie urinnig zu lieben spürt. –

Sosehr sie sich auch mühen mag: Sie kann **nicht** erkennen, wie er aussieht von Angesicht. –

ENDE

***

Erheitert darüber, lacht sie auf: „Das Radfahren? Erlerne ich doch nie! – Bis heute hat mir dieses Kunststück niemand eintrichtern können!"

„Na gut, paß auf, Wilrun, du setzt dich jetzt **vorne** auf das Tandem. Und ich: sitz hinten auf! – Alles logo!??

Und du fährst einfach los. Denk daran: Ich sitze sowieso hinter dir drauf!!"

Sie radelt … fährt Rad. –

„War nicht schlecht, hm?? – … wo, hallo!?", sie bringt das Zweipersonenrad auch zum Stillstand. **Ohne** zu stürzen! –

Halb vergnügt und teils erschrocken, ruft sie ihrem Gatten zu:

„**Bist** du wahnsinnig – wie kannst du mich denn ganz **alleine** losziehen lassen!?"

Der Gewinner lacht aus vollem Hals: „Ist doch fürs Erste ganz prima **gelaufen**!!"

Wilrun ist jetzt achtundzwanzig! … Nun heißt es <u>üben</u>! …

„**Haben** Sie das *Schild* in diesem Park denn nicht gesehen??", die Politesse weist mit ausgestreckter Diensthand darauf hin: *„Das Radfahren in dieser Anlage ist Kindern über 15 Jahren untersagt!"*

Ihr gehorchend steigt Wilrun unverzüglich ab.

Sie schiebt ihr Rad bis zum Wohnhaus zurück … und überlegt:

„Na schön, dann **bin** ich eben: **unter 15.**" – Sie zückt die rote Pudel-Mütze aus dem Schrank und schiebt ihr neues Klapprad erneut zum Park. – Die Politesse bemerkt sie doch **sehr** wohl und dreht sich weg, Wilrun, trotz

Respekt, ignoriert die Anwesenheit der Ordnungs-hüterin; so kommen beide Frauen glänzend auf einen grünen Zweig.

… Endlich, nachdem im Radfahren topversiert, immer die „Kusine" voraus, ihre „Fahr-Schülerin" durchs Dick und Dünn der Wiener Innenstadt geleitet hat: sitzt Wilrun sicher am Sattel. – Ab nun fährt sie selbständig, dreimal die Woche, zu ziemlich früher Stunde, zu ihrem Arbeitsplatz, dem Stil-Möbel-Geschäft am Wildbret-Markt, Innere Stadt. –

… Grade eben erwacht schon erstes Tauben-Gurren im säuselnden Blätterwerk der die Straße säumenden uralten Bäume:

Sie bröselt die Hauptstraße stadteinwärts: weit und breit noch *gar* kein Verkehr; Ähnliches denkt vermutlich auch der Mercedes-Fahrer, der sie aufgabelt, mit dem Stern seiner Autoschnauze. Der Gute hat sich wohl erschrocken! …, weil er doch mit aufheulendem Motor über die blinkende Ampel-Kreuzung brettert … und auf und davon ist. –

Ihr neues Rad liegt zertorkelt im Bankette-Rasen … Sie selbst kann sich aufrappeln: „Na servus, ob man damit noch fahren kann!?"

Doch beharrlich biegt und sichert sie es, wenigstens so weit: Sie **kann** das Rad noch fahren.

„Hörst!! **Grüner** wird die Ampel nimmer! Jetzt fahr doch schon, du blöde Blunz'n!!" –

„Geht leider nicht! Herr Straßenkavalier! Mein linkes Bein ist mächtig ramponiert!" –

Doch sie hat Glück. Weit größeres Massel, als sich wer in solchem Falle ausdenken könnte: Sie sieht das Fensterputzer-Fahrzeug ihres Mannes parken, vor einer Bank-Filiale.

„Du, da hat mich einer zusammengeschoben. – Bitte bestell du zum Wildbret-Markt ein Taxi hin, und komm wenn möglich, gleich zu meiner Arbeitsstelle. – Helfen? … nein: Bis *dorthin* werde ich es noch schaffen." … Auf dem Samt-Fauteuil der Chefin: ist dann Sense.

Der Gatte und das Taxi parken fast gleichzeitig vor dem Geschäft. – Ihr Mann trägt Wilrun hinaus:

„Meidlinger Unfallkrankenhaus, bitte!" –

… Keine Fraktur! – „Schwere Ablösung der Muskulatur, vom linken Oberschenkelknochen! – Sie **müssen** hierbleiben!"

Geht nicht: Wilrun hat zu Hause drei junge Kinder. –

… hunderte von Stunden hält sie ihren Torso still auf dem Lager, starr wie eine Mumie. – Gatte und Kinder „kochen", putzen, waschen, bügeln … stellen die gesamte Hütte auf den Kopf.

… sobald sie zum Einnicken ihre Augen schließen will: steht ihr stolzes weißes Traumgebäude – **lichterloh** in Flammen. –

Selten ein Schaden, den der Nutzen nicht begleitet! –

Nachdem die erste, nämlich die **traumatische,** Schmerzen-Woche überwunden ist, bringen die Kinder ihrer Mutter **Bücher** ans Bett; bisher sind sie, nach und nach, im Regal nur angesammelt worden.

Sie stammen teils vom Antiquar oder der Auslage vom Trödler: Dort begegnen ihr alte Bekannte. – Auch nimmt jene mit: die es noch werden wollen. – **Was** findet sich unter den ihr noch „Unbekannten"?

… Doktor Axel Munthe und sein *Haus von San Michele*, ebenso „*Die Schlangengrube*", „*Knigge*", Vicky Baum: „*Hotel Shanghai*", „*Brehms schönste Tiergeschichten*" und hoppla: die kulinarischen Gelüste des Thomas Lieven, von J. M. Simmel: „*Es muß nicht immer Kaviar sein.*" – (Exakt, so ist es.)

***

„Was **meinst** du, lieber Mann, **wer** mir heute plötzlich begegnet ist, auf der Straße: mein Cousin Stephan! – Er wohnt mit seinen Lieben nur fünfundzwanzig Geh-Minuten, von uns weg! – Jippie! Ist das nicht irre!?"

***

Wilrun will als Aufräume-Frau in Teilzeit arbeiten und bekommt dafür familiäre Freundschaft (denn sie kann, ganz nebenbei, auch lecker Zwetschken-Kuchen backen).

… Als ihre Chefin in Pension geht, möchte sie zum Reinigungstrupp ins Kaufhaus „Steffl", Kärnterstraße, und wird nach vierzehn Tagen zur Objektleiterin befördert: sie mag ihre jugoslawischen Mitarbeiter sehr gern; auch die zwei Brüder, die Studenten, die kommen; alles in allem, sowohl ebenerdig als auch die Etagen: ein **Super-Team.** –

Da kreuzt eines Tages … auf ihrem rechten Ringfinger ein Extrem, … will sagen: ein „Ekzem" auf!

… im Nu grassiert es über die ganze rechte Hand, zusehends binnen Tagen stürzt es sich auch: auf die linke. –

Das Zeug: juckt ja höllisch –

Unangenehm? – Unzumutbar! – Abscheulich!

Heulen möchte man vor lauter Ohnmacht, weil es einem nachts die Ruhe raubt und tagsüber behindert: *„Nichts! Am besten gar nichts!"* soll man angreifen!? – Wer wäscht die Wäsche, das Geschirr?? –

Sie wird das Gefühl nicht los: die Ärzte halten sie am Faden! – Solang sie solches Heimweh hat in Wien, und dazu Haut an Haut mit Zores … würde sie das Zeug *nicht* loswerden. **Das** ist *ihre* Diagnose!

Sie wird Dauer-Patientin im Ambulatorium der Hautklinik, jeden zweiten Wochentag muß sie dorthin: in *das* Haus, aus dem sie als Kind mit weißem Turban versehen „heimzu" gefahren war.

***

Was war **das,** eben für ein … Ratschen: übers Preßglas ihrer Tür!?

Da ist doch was … an ihrer **Wohnungstür** gewesen. – Ein großer Hund vielleicht? … Im Hause: *hat* doch niemand einen großen Hund!

Es ist sonst nicht ihr Brauch … doch diesmal will sie schauen:

Arglos öffnet sie die Tür: da kippt ihr *frontal* ein Mannsbild in die Arme. Eine Schrecksekunde lang meint sie: sie müsse mit der Last nach hinten stolpern, schlüge gleich samt ihr auf ihrem Hintern auf!

„Ja Stephan … Um Himmels willen, was ist geschehen!?"

Der Cousin ist bewußtlos. Beide Unterarme gekreuzt, schleift sie ihn vom Vorraum durch ins Zimmer, bettet ihn nieder auf die Bettbank. Eine *Halskrause* hat der um! Eine *orthopädische!*

„Vom Krankenhaus *daheim* bin ich per Bus nach Wien … und direkt her zu dir, weil Tille um diese Zeit arbeitet! – Der Unfall daheim? Im Nachbardorf: dort in der steil abschüssigen Kurve beim Mühlbach: … Wamm!!! … und der Lenker konnte gar nichts mehr dagegen tun: Aus! Ende! … wir wurden mit Blaulicht ins Spital gebracht … Das Röntgen hat **null** Auffälliges ergeben, aber ich *schwöre* dir: Der **eine** Halswirbel, der *ist* gebrochen!"

„Wie du mir da entgegengeplumpst bist, wundert mich: daß er nicht *abgebrochen* ist." – Sie jagt einen Appell um

den nächsten durchs Wand-Telefon an die Arzt-Praxen …
Es interessiert *niemanden!*

Eine **einzige** Hilfe ist flott zu kriegen. Eine: einzige! –

„**Taxi-Funk**!?“

„Bitte rasch!“

„Auf kürzestem Weg in die Uni-Klinik! Unfallchirurgie!“ –

Stephan wird gerettet.

Der ägyptische Oberarzt, der ihn vormittags entlassen hat, kommt **sofort** her nach Wien: Er nimmt sich hundertprozentig seines Patienten an, be-ordert alle Vorbereitung: anbohren, strecken …

Und operiert ihn selbst. –

Da sie, wegen des grauslichen Ekzems an den Händen, „pausenlos“ in die Hautabteilung kommen muß, kann sie Stephan besuchen, so oft sie möchte; die **meisten** Pfleger und Schwestern – drücken der Kusine und ihrem Vetter zuliebe – ein Dienstauge zu.

Es kommt vor, daß Stephan schläft, wenn sie anrückt. – Dann erschüttern sie die Szenen, die hier ablaufen im Saal:

Menschliche Körper toben, ringen, mühen sich gewaltig; Seele und Geist umfehden das kämpfende Muskelpaket, katapultieren es dem springenden Punkt entgegen, an dem die Genesung **wird** einsetzen *müssen;* sie nehmen dem zuliebe **alles Mögliche** zum Werkzeug: Schreie … Namen … Hilferufe … Trugbilder … Träume …

Die Einsatzparole lautet: „LEBEN hat Vorrang." –

Stephan wird wieder wie neu sein.

Gewiß, er ist *nicht* mehr im Dauereinsatz auf Dachstühlen und Rohbau tätig. – Sagte er nicht selbst, erst vor wenigen Wochen:

„**Das** ist **kein** Beruf für ewig."

Auch **hier** … Im Anfang waren: **der Gedanke und das Wort.** –

Stephan wird sich wohlfühlen: Er wird künftig im Theater arbeiten, als Bühnentischler und Restaurator.

***

Nein, die Eheleute sind einander **nicht** spinnefeind; wenn es wieder mal kurz kracht, spürt sie es: „Wie Stechen am Herz", darum steht es schließlich bloß noch am Papier: daß ihr Leben ein gemeinsames sei. – Seine eigne Herz-Kraft: muß gefälligst jeder schützen. –

… Endlich … hat auch Ruben das ABC erlernt.

Nach Neujahr weiß Wilrun: Zum „Heimkehren" wird es höchste Zeit.

Nicht unbedingt ins Heimatdorf. Das nicht. – Zudem hat der Nachbarort weit flexiblere Autobusverbindungen; der Bürgermeister ist ihr mit einem guten Vorschlag schon im Wort.

Er muß sein Wort brechen: Die Hausbesitzerin des in Frage kommenden Objekts hat bisher in einem Heim gelebt; sie stirbt unerwartet. Nun gut: bis *wann* der Nachlaß denn geregelt wäre?

Bei Lebzeiten: hatte die liebe Frau gar keine Angehörigen gehabt. –

Wilrun läßt sich nicht aufhalten: Am nächsten Wochenende fährt sie selbst ins Dorf. In einer großzügig anmutenden Villa erfragt sie sich den Tip: „Nun *ja*, das kleine Haus, uns gegenüber: ebenerdig, mit *angebautem* Gästehaus; der Besitzer würde es gern vermieten." –

So viel vorweg: Ob der Eigentümer *wußte*, daß sein unscheinbares Doppel-Häuslein ein **ungewöhnlich** starker Kraftort ist?? – Als Mieterin sollte sie selbst das bald erfahren. Denn die „Erb-Tante" des Vermieters war nicht nur Forstmeistersgattin gewesen; sie war eben auch: die reizende, eigenwillige Tochter: eines Varieté-Magiers und „Matschie", seiner Gattin. – Und jetzt kommt's: Sobald Wilrun unterm Dach der Packen vergilbter Sütterlin-Briefe in die Hände fallen wird, folgt überraschtes Gucken, ja Bumm: **Fünf** der Vorzeit-adressen der Verstorbenen (Hausnummern ausgenommen) decken sich mit ihren Voradressen nahezu völlig. – (Lieber Himmel, **was** es alles gibt.) –

„Das *Zauberer-Haus* gehört: Franz K.! Den finden Sie unter der Woche in Wien, bei Mautner-Markthof, im Verwaltungs-Büro." –

Super so: Er ist auch einverstanden mit dem Mauerdurchbruch, mit dem sie vorhat, die zwei Häuschen zu einer Einheit zu verbinden. –

Sie vereinbart mit ihm einen Fix-Betrag als Monats-Miete, unterschreibt den Vertrag und bezahlt bar auf die Hand, für ein halbes Jahr im voraus. – Das war Jänner.

Ab dem Frühjahr meldet sie sich in der Gemeinde als wohnhaft an. Zweitmeldung. – Den Durchbruch, Verbindungs-Stufen mit Ziegel-Bogen drüber, Sanier-Arbeiten, Ausmalen etc. läßt sie von ihren Cousins besorgen, die sind solide, akkurate Bauhandwerker. –

Den Schutt, den Müll, die Rückstände vom Ausmalen jagt Wilrun mit Hilfe einer befreundeten Wiener-Hauspartei aus den ländlichen Räumlichkeiten: Als die beiden, in bester Laune, im eisigen Doppel-Häuschen ihre Putzlappen schwingen, schreit im Radio der Edi Finger jun., beim Fußballmatch Österreich – Ungarn:

„Tor! – Toor! – Tooor!!! – Tor, ich werd' narrisch … "

***

32 Die Wurzeln

Die weiblichen Wurzeln:

Als Wilrun 10 Jahre alt ist, **verabschiedet** sich von ihr, ihre Urgroßmutter:

Urgroßmutters Stube (in deren eigenem Haus, ohne Veränderung).

Ihr Bett: wie zum Sonntag sauber aufgeschüttelt und zu-gebettet, darüber eine handgearbeitete, in Sternen gemus-terte Häkeldecke, naturfarben wollweiß. – Hoch überm Bett im Mauer-Winkel – in ruhender Schwebeposition: eine kleine Flagge – in Schwarz.

ENDE

Schuhe:

Wilruns **Großmutter** steht am gegenüberliegenden Bach-ufer – **klares** Wasser – Wilrun ist barfuß. – Die Groß-mutter trägt in ihrer Schürze ein Paar Schuhe, die Wil-run genau passen könnten. (??)

Die Ahne deutet ohne Worte an: Wilrun könne ohne Sorge über den Steg gehen, **dann** solle sie die Schuhe an ihren Füßen tragen. –

Wilrun setzt über, zieht die Schuhe an: und geht nach **rechts** – ab.

ENDE

Die männlichen Wurzeln/Ein Großvater-Traum:

EICHE – KAPELLE – FRIEDHOF (sehr satte, überkräftige Farben)

Wilruns **Großvater** steht vor der Kapelle; diese thront unter einem riesigen, belaubten Eichenbaum. Beiderseits hinterm Baum verläuft eine weiße Friedhofsmauer. – Den Hang zur Eiche hinaufführend, **vor** der Kapelle **endet** ein schmaler erdbrauner Pfad. –

Der Großvater sagt zu Wilrun: „Ich muß dich jetzt **allein** lassen, es sind schon viele drinnen! Ich muß trachten: daß ich hineinkomme!" **ENDE**

***

„… ich will bei der Mutter sein, wenn mein Kind kommt: In der Stube meiner Eltern möchte ich, daß es zur Welt kommt!" –

Barbara – **vergißt** es zu sagen. – (Eltern, sind keine Hellseher.)

Zwei **harte** Steine, mahlen nicht fein:

Der Vater, in Unkenntnis, stützt seine Rechte auf die Schrot-Truhe

die hinterm Flügel der Küchentür ihren Mauerwinkel ausfüllt.

Der Mann windet sich wie ein Tier, das von Harpunen getroffen ist:

„Na **mehr:** brauchst nit!", brüllt es aus dem Fünfziger heraus, als gelte es, zwei bitterböse Weltkriege und das arbeitsreiche Elend vergangener Jahre in diesem einzigen Satz auszuspeien.

„Haben wir dir nicht hunderte Male gepredigt: daß es dir ‚so' ergehen könnte!?"

Barbara antwortet nicht. Sie schaut dem Vater stur in die Augen.

Der Mann stichelt weiter.

Barbara dreht sich plötzlich auf dem Schuhabsatz herum und holt ihre paar Sachen aus der Stube.

Wenn der Vater **so …** anfängt, dann kommen sie zwei ohnehin „nicht füreinander". – Und ihr Autobus fährt bald hinauf nach Wien.

Thomas, ihr jüngster Bruder, steht am Brunnen und hat Tränen in den Augen. Er hat alles mitgehört. –

Barbara ist schon am Brunnen vorüber, durch die Scheune durch, stöckelt unter Nußbäumen hin über den „Göbel-Platz": auf dem zur Erntezeit die beiden Kühe eingespannt rundgehen, um das Getreide auszudreschen. Barbara schaut: nur *geradeaus* und trabt wie ein Trakehner-Roß steil hügelan. So engelstolz! So trotzig! –

In Windeseile hat sie den höchsten Punkt erreicht.

Barbara blickt *einmal* noch: nach ihrem Elternhaus zurück; vom Kronenwald der Nußbäume verdeckt, ist es nicht mehr zu sehen. –

Ihre Blicke streicheln über das Tal … Und dort drüben: ist ja auch der vielgeliebte Obstgarten des Vaters! –

Für einen Blitzbesuch dorthin? So viel Zeit: würde schon noch sein!

Aller köstlichen Verlockung kehrt Barbara ihren starken Rücken und stampft in Richtung Bushaltestelle davon. –

Sie „braucht": keine Äpfel, von daheim! –

* * *

*Kraft-Traum/STATUS-NIVEAU ERKENNEN, LEICHTGEMACHT.
SCHULE DES LEBENS – DER SCHULLEHRER SAGT AN –

Er sagt: „Wilrun, in den vorgegebenen Gegenständen bist du mies!

Ich weiß aber, daß du trotzdem eine Vorzugsschülerin bist!"

Er betont: „Deine Tochter lernt **rascher** als du!"

Sie verabschiedet sich von dem Lehrer:
Von der Schule aus führt eine steile, plane, frisch asphaltierte Straße zu einer Berghöhe, sie denkt noch: „So ein Wahnsinnsberg!" Aber sie geht hoch und sieht die Schule bereits tief unter sich im Tal.

Der Himmel: ist rein und azurblau, die Stimmung: sonnig und mild. **ENDE**

✶ ✶ ✶

Vermutlich hätte unter anderen Umständen Barbara ihre Tochter nicht so leicht besiegt!

Wilrun ist vor vier Wochen „heimgekehrt", da kommt der Schlag per Eil-Post: Ihre Frau Doktor ist gestorben. – Und Wilruns Sparbuch reicht nicht, am Begräbnis teilzunehmen. – So etwas: schmerzt. –

Sie ist also zur Zeit: verwundet; auf Kern-Kraftebene: besiegbar.

Auch Wilruns Gatte ist dafür. – Wochentags wohnt und arbeitet er in Wien. – Barbara darf also zu Besuch kommen. Selbstverständlich erfaßt sie mit diesem kleinsten Finger: Wilruns ganze Hand. –

Oh ja, sie weiß: eine ganz und gar hirnverbrannte Idee ist das: dem Drängen ihrer Mutter nachzugeben. – Und

sämtliche Verwandten geben Barbara … gehörig Scharf-
schützenhilfe. – Was meinen die **amtlicherseits** dafür zu-
ständigen Stellen?! – „**Wir** leisten Ihnen – **jede** erdenkli-
che Hilfestellung! **Jede**! Ein „solcher" Mensch: **gehört in
eine Privatsphäre**! Auf **uns**: <u>können</u> Sie sich verlassen!"–

Verlassen! – Verlassen??? – Alles, alles, alles ist vergessen:

Sobald Barbara „entlassen" wird: sobald wird sie „verlassen" sein!

Das trifft es ohngehässig-zuverlässig! – Nun gut. Der
Wahnsinns-Berg ist prophezeit. Und schließlich soll auch
Barbara: … den ursprünglichen Seelenauftrag, trotz allem, bis ins „dritte Stockwerk" schaffen bis dorthin, wo
die Lebens-Bücher sich horten. –

… Verbissen sucht Wilrun also in diesen Tagen nach Arbeit: Für die Kinder erhält sie die staatlich gesicherte Mo-
nats-Beihilfe; Alimente-Beitrag für die zwei größeren?
Erwirkt durch den amtlichen Einhebungs-Kurator?? –
Ein lahmer Gaul ist froh, wenn jedenfalls **ihn–selbst**:
sein Gnadenbrot … höchst lukrativ ernährt. –

Wilrun schafft als Hausfrau und Mutter; als Tagelöh-
nerin am Ernte-Feld; beim Ausforsten; in kleinen Hö-
fen, auch: wo der „Storch" die Jungbäuerin am händi-
schen Kühe-Melken und der Hofarbeit hindert; oder sie
ist Putzfrau; Marktfahrer-Hilfe; an Wochenenden kommt
ihr der saisonale Bedarf örtlicher Gasthöfe, an Servier-
Kräften, zu Paß.

***

Wilrun besucht ihren Großvater so oft wie möglich.

Sie lieben einander. – Was sich an Restbeständen vom Hausstand ihrer Großmutter, in den Schuppen und Dachböden der zwei Onkel noch retten läßt, trägt sie voll Glück und Stolz in einem alten Buckelkorb ins Doppel-Haus im Nachbardorf hinein: So schleust sie allmählich das Fluidum ihrer Kinderzeit in die Räume des Mietshauses ein.

* * *

Kraft-Traum/Status-Anzeiger/*WESENS-REIFE-GRAD & WERTE-SCHÖPFUNG-POTENTIAL* – DEN AKTUELLEN STATUS DER INDIVIDUELLEN GRUND-AUSSTATTUNGEN ERKENNEN, LEICHTGEMACHT.

Wilrun sieht sich im Traum in einer sehr schönen, reich aussehenden Stube stehen. Der Raum hat klare, bunte Butzenscheiben-Fenster; in der Stube ist es sommerlich taghell; der Fußboden ist gezimmert aus hellen, honigfarbenen Brettern.

Ihr Augenmerk heftet sich zunächst auf die sattgrünen, bodenlangen Vorhänge, danach auf einen breiten festen Schrank aus hellem Holz: darin liegt herrliche, weiße Wäsche aufgestapelt; zudem steht eine breite **Holztruhe** im Schrank: Der Deckel ist hochgeklappt, die Truhe randvoll gefüllt mit runden Goldstücken, bunten zierlich eingefaßten Edelsteinen und schimmernd weißen Perlen. –

Vor dem Schrank ausgebreitet: liegt ein prachtvoller, dicker Flor-Teppich; er ist hauptsächlich in Karmin-Purpurrot und Nachtblau gemustert. – Sie geht ruhevoll am offenen Schrank vorüber und sieht, halb-rechts: eine Reihe numerierter, in die Wand eingelassener, gold-eloxierter Schließfächer, die sie sich genauer ansieht. Von hinten her tippt ihr ein Unbekannter wortlos lächelnd auf die rechte Schulter:

Ach ja!?

Sie hält tatsächlich einen gold'nen Schlüssel in der Hand! –

Welches Fach?? –

ENDE

***

33 Bücher, Bücher – Pädagogen

Nestwärme?
Wie beschissen kommt Wilrun sich vor! –

Wie hochmütig und rebellisch war sie gegen „das bürgerliche Schicksal" vorgegangen!

Um für ihre Küken die Nestwärme zu erhalten, muß ihr *schleunigst* etwas einfallen! – Sie und die Kinder besprechen es bei Tisch. –

… in irgendeiner ersten Nacht holt sie den in eine Decke eingewickelten Michael in ihr Bett. –

In der übernächsten Nacht liegt eingewickelt Sophie an ihrer Seite, während der sechsten, eingewickelt, kuschelt sich der kleine Ruben an ihren Körper an;

… das sind die Nächte, in denen geplaudert und gelesen wird. −

Häufig tut die Mutter bloß noch mechanisch daher, als ob, … während das Junge neben ihr schon eingeschlafen ist. −

Bald gilt … eine Zeitlang … den vieren diese Sitte als: unverzichtbar.

… haben sie bisher die Entwicklung der „Höhlenkinder", „Sadako will leben!", den „Ruf der Wildnis", „Onkel Toms Hütte" und die Schelmenstücke des Weisen „Nasreddin" miterlebt, wird es nun notwendig: den Kindern die Situation ihrer Großmutter Barbara zu erklären. −

Einem Elfjährigen, einer Zehnjährigen, einem Achtjährigen einen „Simmel" vorzulesen, diese Möglichkeit würde mancher glattweg als überspitzt bezeichnen. Trotzdem ist Wilrun sicher: **Dieser** Autor „habe Buchstaben, um auch Blinde sehend zu machen!" (F. Nietzsche)

Nur aus J. M. Simmels „Stoff, aus dem die Träume sind" kann Wilrun die hautnahe Fasson zuschnippeln: daß drei sehr junge Menschen den sehr bedauernswerten „Störenfried" als verwandtes Wesen erkennen, welches die Würde seiner von Natur gegebenen Kern-Ausstattung dazu verpflichtet: **würdig** sein Dasein zu erhalten.

Der „Stoff" macht den Kindern bewußt:

Hier kämpft eine gequälte Seele einen völlig ungleichen Kampf; einerseits den Kampf gegen: den sie fortwährend bestürmenden Empfang von Sinneseindrücken, die den landläufigen Standard-Regeln **nicht** entsprechenden … andererseits den Kampf: in dem die Spielregel der „Alltagsnorm", der Wehrhaften: die Selbstschutz-Waffen unentwegt – aus ihrer Hand schlägt.

***

An den Montagen, an den Dienstagen ist Wilrun nicht mehr die Kellnerin. – Diese beiden Tage sind besetzt für das Leben mit ihren Kindern – und vorwiegend für häuslich anfallende Pflichten.

Am frühen Nachmittag eines solchen Sonnen-Tages zieht Michael mit seiner Mutter los; er will „unbedingt" mit Wilrun rauf zum tiefen Graben an der alten Römerstraße, wo die Bewohner aus der Umgebung ihren ungeliebten Ansammlungen aus Haus und Hof – den Laufpaß geben. – Den ganzen Weg bis zur Halde hinauf begegnet ihnen beiden keine Menschenseele.

Während Wilrun ihre Augen an neuen Eindrücken weidet, rennt Michael bereits los, um irgendwo ein Beuterevier zu orten …

Wilrun bereiten die zahlreichen Vergißmeinnichtbüschel ziemlich Sorgen, die da am Grubenufer wuchern, dicht an dicht.

Sie starrt hinab in den Kessel; sie beobachtet den Sommerwind: wie er blättert, in den Scheidungsdokumenten einiger Schulabgänger. –

… „Hat Michi eben nach mir gerufen?" –

Ihre Augen finden ihn in einer Entfernung, die sie beide etwa vierzig Meter voneinander trennt.

Wilrun fällt auf, daß er ein Etwas wie eine Siegesfahne begeistert hin- und herschwenkt. – „Mutter!" –

„Mutter!!! – Ich glaube, ich habe das Buch: von dem du schon seit einer Ewigkeit redest! – Komm her! – Komm! – Schnell!"

Schnell?? –

„Wilruns" ältester Sohn und seine Schwester, 1983

„Wilruns" jüngster Sohn, 1985

Ja, wenn jetzt im Tiefflug ein Hubschrauber dahergedonnert käme, sie würde sich glatt an seine Kufen hängen! Aber so? –

Zu sich selbst gesagt: „Welcher Mensch würde schon ein ordentliches Buch – in ein **solches** Grab werfen!?"

… „Mutter!!!", bedrängt Wilrun, erneut ein Appell. –

Wie aber soll sie – einigermaßen heil – zu ihrem Sohn hinüber gelangen: Selbst eine abgefeimte Bergziege könnte sich in einem derartigen Gelände zum Krüppel stolpern! –

Also: Runter! – Und: Auf allen vieren! –

Erst vor dem Ziel wagt sie: sich einigermaßen aufzurichten; Michaels Augen fragen noch, gleichzeitig triumphierendes Lächeln!

Nun **wirft** es Wilrun aber **doch** beinahe um! …:

Michi präsentiert ihr ein unversehrtes Exemplar, das der Bub noch **nie** zuvor in natura gesehen hat:

„Die Lotosblume vom Hoangho", von Sidonie Förster-Streffleur: „Eine Erzählung aus dem alten China" –

Wilrun kennt sie aus der Zeit ihrer Hauptschuljahre: aus dem Mädchenheim. –

***

Und gleich noch einmal ein **Tusch** – aus **diesen** Sommertagen:

… vor Dienstbeginn fährt sie zur Bücherstube, in den Bezirks-Hauptort; der Ort ist noch um zwei Dörfer weiter von ihrem Wohnsitz entfernt als ihre Arbeitsstelle. –

Heute nacht möchte sie sich einschläfern lassen von einem sanftmütigen Buch. – „Das ewige Beten: ob es irgendwann Erfolg hat?" – Und das Vordringen in diverse Wissensgebiete des Mystiker-Ordens beruhigt **auch** nicht eben ihre strapazierten Nerven!

… als sie in den Laden eintritt, scheint ihr, als warte schon genau das Richtige auf sie: Von einem dunkelblauen Buchrücken herab lacht ihr ein sattes Sonnenangesicht zu …

Auch darum nimmt sie Ludwig Reiners „Der ewige Brunnen" mit: Ein Hausbuch deutscher Dichtung wollte sie schon seit langem gern besitzen. – Wie der Buchhändler sie ansieht an der Kasse, so bedeutet das sicher: „**Das** ging heute aber flott!" –

Während der Dienststunden brennt sie durchgehend darauf, heimzukommen, um mit ihrem Neuling Freundschaft anzuknüpfen!

Die Gäste haben es heute absolut nicht eilig, das Lokal zu verlassen. (Duschen ist ihr jederzeit erlaubt, im Bad der Chefin) ... Bis das Restaurant endlich menschenleer ist: fühlt sie sich total k. o., ... und daheim: bis Mitternacht bleibt ihr noch eine halbe Stunde Frist zum Lesen. –

„Das Buch der Kindheit" – schlägt sie gleich zu Beginn auf:

„Der getreue Eckhart": „Oh, wären wir weiter, oh, wär' ich zu Haus!"

Nein danke, mit **diesem** Einstieg möchte sie heute **gar** nichts zu schaffen haben! – Sie überschlägt „Jugend und Freundschaft" –

Und die Augendeckel klappen ihr schon öfters zu ...

„Wo bin ich jetzt, in diesem Buch??"

„... die Elsebeth hält's mit dem Frieder!" ... „Sie kommt: die Treue, die Süße! Ich hab' mir's **gleich** gedacht!"

„Waas?? – Hab' ich das jetzt geträumt? Oder gelesen!?!"

Gleich noch einmal!!! …Dann beginnt sie so (!) herz-
haft zu lachen, schallend, völlig ungehemmt … beinahe
kippt sie … „Auweia, auweia: – Ob die Männer tatsächlich so denken??" –

Und dann bei Tage:

„Kinder, hört rasch her, bevor ich das Geschirr abwasche!
Ich lese euch ein Gedicht vor, das ich im neuen Buch gefunden habe!

… es klang **so** irre drollig: daß ich vor Lachen fast aus
dem Bett gekippt wäre! – Wo ist denn jetzt … diese ver-
flixte Stelle –!? … ich werde sie *gleich* finden! … wenn
ich doch wenigstens den **Anfang** noch wüßte! … Wie
der **Dichter** heißt? – Ja, wenn ihr **mich** fragt: den Namen hab' ich gar nicht **mitbekommen**! … Welche Überschrift!? – K**eine** Ahnung! … Na **gut:** dann eben **nicht**!!"

Leicht sauer geworden – schiebt Wilrun den „Ewigen
Brunnen" in den Winkel der Kredenz-Ablage, wo das
Ding die allerfriedlichst schlafende Katze rammt; gerade auf **dieser** Stelle ihres Reviers ist der Hausfrau das
Vieh ohnehin ein Pfahl in der Pupille! – Nicht um artig
zu sein, wechselt das Tier über zu seinem Platz am Kü-
chenfenster. –

Der Älteste unterbricht seine Hausaufgaben: „**Warum,**
Mutter – versuchst du es nicht einfach: mit der Seite ein-
hundertvierundzwanzig!?"

Meldet sich da in Michi – etwa … der Bengel, der seine
Mutter frotzeln möchte? Sie bleibt „cool" …

Aber es **kratzt** sie! – Sie stänkert Michael an:

„Geh **bitte**, wie willst du denn ausgerechnet auf die Seite hundertvierundzwanzig (!) kommen!?"

Der Bub klappt sein Heft zu und versenkt es in seinem Schulranzen. „Und warum eigentlich **nicht**: Seite hundertvierundzwanzig –?", begehrt er auf und schubst die geschlossene Tasche ans andere Ende der Sitzbank. –

Sie: stürzt den tropfnassen Teller weg, trocknet ihre Hände ab; sie ergreift das Buch, das unschuldige – und blättert: …

„So! … Und **was** haben wir jetzt **da**?" –:

„Sie kommt, die Treue, die Süße! – Ich hab' mir's **gleich** gedacht! –"

Stop! – **Nein**! In Wahrheit beginnt das „Stelldichein": auf Seite hundertdreiundzwanzig und stammt von – **umblättern**!!! – von Rudolf Bombach! –

Sie wendet sich an Michaels Geschwister: „Na und, ihr beiden? – **Was** sagt ihr nun: **dazu** –!?"

Sophie fehlt die Spucke; sie schaut Wilrun mit ihren grünbraunen Augen an: wie freigehende Weide-Ziegen schauen, wenn es blitzt. –

Die Tür zum rückwärtigen Gartenstück – steht offen:

Der achtjährige Ruben schüttelt seine flachsblonde Mähne; er tut einen Seufzer, er schlendert durch die Küche; dabei gibt er lakonisch kund:

„In **diesem** Hause – wundere **ich:** mich – **rein** über **gar** nichts!", dann lehnt er sich, in Storchenmanier, am Türstock an und betrachtet von da aus versonnen den alten Weichselbaum.

Die Früchte sind reif.

***

SELBST-AUSLÖSUNG

34 Es steht geschrieben

Bei diesem Kapitel müssen wir dem Aspekt der Chronologie ein kleines Schnippchen schlagen. Danke! –

… Das bißchen Geld, das Wilrun nach der Übersiedlung aufs Land noch in Reserve hat: hält sie wie einen Augapfel.

Als der *erste* Monat des neuen Jahres endet:

„SOS! SOS! In Wien hat ein großes Kind mit seinem Leben Hasard gespielt! – Anwesenheit von Wilrun – dringend erforderlich!" –

Während der kommenden vierzehn Tage wird sie noch mehrmals nach Wien fahren müssen.

… an einem Tag dazwischen – steckt sie sich genau fünfzig Schilling in den Mantelsack und fährt per Autobus in die Bezirkshauptstadt: zum Arbeitsamt.

Auskunft der Arbeitsstellen-Liste: „… so du nicht einen PKW-Führerschein hast: bist du in dieser ‚Heimat' – erschossen!"

Sie darf ihr Restgeld nicht antasten; die achtzehn Kilometer, vom Arbeitsamt bis nach Haus, wird sie zu Fuß gehen!

Sie trottet die Bundesstraße herauf bis zur Ortschaft, wo die berühmten Töpfer beheimatet sind. –

Bis jenes Dorf erreicht ist, übermannt sie ein ausgewachsener Seelenkater: Der Müller hat es weiß auf seine Stubenwand gesprüht:

„Es lebe die Freiheit, und wenn die uns überlebt, können wir getrost sterben." … Sie beginnt zu heulen, unter dicken, stillen Tränen trabt sie weiter, die Straße voran. – In der Dorfmitte endlich wischt sie sich den Rotz von der Nase und hält Ausschau nach einem guten Rastplatz, wo sie mit sich allein sein könnte.

Dem Gemeindehaus gegenüber bietet sich der große Zier-Brunnen mit breitem Beckenrand: ideal dafür an.

So ein **elender (!)** Mist! – Wie bitte soll das weitergehen!?

Ist sie denn echt verrückt geworden, sich ein so unabgesichertes, Energie zehrendes, mühsames Durcheinander aufzuladen!?

Still schluchzt sie vor sich hin … wird von allein wieder ruhiger.

Erst als sie aufblickt, fällt ihr auf, daß dieser Brunnen **auffallend** schön – gestaltet ist: Die Meistereien aus dem Ort – haben hier ihren Künsten ein Denkmal gesetzt!?

… eine Keramiktafel ist schöner als die an –!

Wie lautet die Inschrift auf dieser einen??? –:

„WAS du MIT GLAUBEN UND MUT BEGONNEN HAST, DAS HILFT dir GOTT VOLLENDEN!"

Ja, prima: Ohrfeige … Ohrfeige: Links, rechts! … Tzhh!

Sie sinkt zurück auf den Brunnenrand. – Sie glotzt wie völlig ausgeschaltet – vor sich hin – und trifft mit ihren leeren Blicken auf das –War **das** damit gemeint!? – Das Telefonhüttchen, dort drüben!!

Jedenfalls: wie davon hypnotisiert, schreitet sie darauf zu und hat **null Ahnung**, welche Nummer sie denn wählen sollte; denn ihre „Kusinen-Freundin" in Wien – ist prinzipiell um diese Uhrzeit telefonisch nicht erreichbar.

„Hallo? – Wer?? – Ja Wilrun, du bist es! – Und? – Was gibt es denn?"

Wilruns Antworten kommen automatisch, wie von selbst.

Ihre Freundin: „Ja, wenn es **weiter** nichts ist! – Wie viel brauchst du denn für einen Führerschein? – So! Achttausend! – Gut:

Ich lasse dir die Summe noch heute telegrafisch überweisen! –

Ja doch: Rückzahlung in Fünfhundertern! – Natürlich:

Sobald du eine ordentliche Arbeit hast –!"

… Wilrun ist dermaßen glücklich: daß sie jetzt erst recht zu Fuß nach Hause gehen würde! Aber: neben ihr hält ein kleines, rotes Auto an, kaum, daß sie richtig aus dem Telefon-Hüttchen heraußen ist.

Am Steuer sitzt ein junges Mädel.

Wilrun kennt das Fräulein nicht; aber es hat zufällig – in dem Dorf zu tun, wo sie wohnt.

* * *

Gegen Abend schafft sie so lange im Hause herum, bis ihr wundervoll selbständiges Tages-Team, ihre Kinder, eingeschlafen sind. –

In der Stube von Barbara: geht es auch leidlich ruhig her.

Und Wilrun hält nichts mehr im Hause. – Auf den Feldern liegt knöchelhoch der Schnee: Sie tritt ihre Spuren hinein – einfach um sich gehen zu lassen … es treibt sie hinauf zum knisternden, verharscht umgrenzten Wald, saugt mit dankbar weit geöffneten Sinnen alles in sich auf, was so ein Forst an Erholungs-Wert zu verschenken hat … Endlich zieht es sie – bis hinauf – an die alte Mühle. Sie hat Glück: Der Einsiedler ist noch auf! –

„Ja, … da *wäre* wohl: eine Karre – zu einem Butterbrot-Preis sogar! –Die *Heizung*, die ist zwar dahin, aber der *Motor* springt bei **jedem** Wetter an: so *sicher* wie ein Glöckerl …“

Wer hätte so etwas am frühen Morgen für möglich gehalten!?

Zufall: die mittelblaue Lackierung – ist genau: „Wilruns Fall"!

Noch ist sie einige Zeit zu Fuß unterwegs … Sogar – über längere Autobahnstrecken hinweg. Darüber – und über manches andere – schreibt sie: wie mit „geführter, goldener Feder". – Und legt die Gedichte sauber ab, in ihrer Schreibtischlade. –

Dem Großvater? – Dem hat man die Kiefer operiert, doch mit solider Nahrung hapert es. Die Freude des durch grauen Star erblindeten Greises ist das Radio: „Du, Wilrun, *schau* hin, in diese Ortschaft! –

Fahr nur *gleich* los dann, mit dem Rad! *Nicht*, daß du dort vielleicht ‚zu spät' kommst!"

… Diese Rundfunkmeldung: war eine Ente!

Niemand sucht eine Kellnerin! –

In keiner der vier ortsansässigen Gaststätten hat jemand nach einer Hilfskraft gerufen! –

Und dennoch: Beim Restaurant, wo sie zuletzt anfragt, wird man sie einstellen: Sie gefällt den jungen Wirtsleuten! – Und vom Chef, die Schwester (!) hat **genau** dasselbe Geburtsdatum wie Wilrun!

Ehrenwort!

***

Nun bestellt Wilrun den „Leitfaden, für alle, die gerne schreiben." –

… diesem Fahr-Unfall im Frühjahr – geht eine denkwürdige Schreibe voraus: Tage zuvor bastelt sie herum, an einem „Legat", an einer Widmung für ihre Kinder, tobt ihre lyrische Dichterader daran aus! – (Im Anfang waren der Gedanke und das Wort.) Und was folgt daraus:

Sie stattet einen *Besuch* ab. Das dortige Dorf liegt oberhalb steiler Straßenkurven: hoch über der Talschaft anrainender Ortsgebiete.

Es ist 11.30 Uhr, die Geschäfte bleiben am Nachmittag zu: Sie muß unbedingt noch etwas einkaufen, sobald sie heimkommen wird.

… das Straßengefälle ist nach wie vor voller Schotter von der Winterstreuung; talab bemerkt sie, daß sie – mit dem **neuen** Wagen noch etwas *zu* wenig vertraut ist. Der rote VW gerät ins Schlingern: Es sieht aus, als solle sie: über die Leitschiene knallen und im Karacho drüber weg in die Tiefe stürzen; der Wagen ist beim Tempo/dritter Gang: nicht mehr zu halten. Bremsen??? – Dem Lenkrad noch ein Ruckerl geben: Gegenrichtung! … steuern! –

Und … „bumsfallera"! – fliegt der rote Sparkäfer ab: von der Gefahr des Tieffluges … gegen die Anhöhe überm linksseitigen Straßen-bankett – und **schießt**: auf einen dicken Baumstamm zu.

„Nein!! – Meine Kinder brauchen mich noch!!", fährt ihr die innere Stimme durchs Gehirn.

Sie landet frontal am Stamm einer mächtigen Tanne, ohne angegurtet zu sein:

Die Vorderachse ihres „Käfers": ist gebrochen. –

Die Motorhaube: ein zerdepschtes Chaos.

Noch weiß sie nicht, daß sie sich am Steuer schwer die Rippen geprellt hat; davor bewahrt sie noch zum Glück der Schockzustand. –

Sie bringt, aus zwei Metern Höhe, den Käfer im Retour-gang, hinunter auf den Straßenrand, unten knallt er auf: die Beifahrerseite am Schotter-Grund …Und verbleibt konstant so liegen. Sie selbst, die geschlossene Wagen-tür endlich hochgeschlagen, kriecht auf der Lenkersei-te heraus aus dem Wrack, sputet sich: Sie hört ein Auto näher kommen … es rauscht von oben, aus dem Dörf-chen her, wo sie noch vor zehn Minuten beim Kaffee gewesen war. –

… es ist „**der Neue**"! – Es ist der neue Arzt, der junge Doktor, der auch zu Mittag ebendort Haus-Visite machen will, im Dorfe, wo sie wohnt:

„Ich bringe Sie – am **besten**: bis nach Hause!"

***

„Wilrun! Der Müllers-Sohn ist verunglückt! Tödlich!

Auch die Beifahrerin: Tot!" –

… als hätte sie geahnt, daß eventuell so etwas kommen könnte:

Nämlich, nach dem besinnlichen Gespräch, das sie vor Tagen erst mit dem Müller geführt hatte, … überrascht sie nichts.

Erst recht nicht: als sie die lyrische Verdichtung auf der Parte liest, welche die junge Beifahrerin, **zwei** Tage vor dem Drama: mit eigener Schreibhand zu Papier gebracht hatte.

Um **ein**mal mehr die uralte Geschichte …

Im Anfang waren: der GEDANKE und das WORT.

Wenn Wilrun also … so gelassen, so gefaßt ist: Warum haut es ihr dann so dick die Tränen raus am Friedhof??

Sie **kann** es an **dem** Tag … fast nicht verwinden: daß Trauergäste an einer Bahre stehen, die Zusammenfälle: intuitiv **vollkommen** richtig erfassen … Und sie nachher beim Dorfwirt, zu Ehren der Toten: in Bier und Wein ersäufen! −

* * *

35 Friedliebende Geschwister

Wilrun hat nun damals: einen guten Arbeitsplatz bekommen, der ursprünglich: gar nicht zur Auswahl stand.

Sie hatte es sich zur Gewohnheit gemacht: ehe sie aus dem
Haus ging, zu Barbaras Stube hinüberzurufen:

„Damit du etwas Rechtes zu tun hast, Mama: **Bete** für
mich! – Superdanke!“ –

Für Wilrun: war es **keine** Floskel. –

In den ersten Wochen, im Restaurant, ist ihr zumute, als
hätte sie mit dem „passionierten Feuerfresser“ aus dem
„Zigeunerbaron“ ihre Rolle getauscht: Die **Charakte-
re**, welche die neue Kellnerin sehen wollen, kommen
nacheinander an:

Der Habicht, der Goldfasan, die Klapperschlange, das Nas-
horn, der Löwe, die Hyäne, das Krokodil – und der Ele-
fant. Jedes will schnuppern: „Wer oder was – bist du?!“

Ihren Waschtag darf sie im Waschvollautomat und Trock-
ner der Chefin erledigen. Nach Möglichkeit endet ihr
Dienst um 22 Uhr.

… wenn sie daheim alles im Tiefschlaf antrifft, kommt
es vor, daß sie sich in die **Wälder** verkriecht und sie von
dort, gestärkt, erst gegen drei Uhr morgens heimkehrt:
ihr Herz fängt an zu singen, wenn irgendwo ein Reh zu
sehen ist; wenn ein Fuchs, ein Dachs – ihr begegnen …
oder wenn sie wo die Hirsche bellen hört. –

Stark verliebt ist sie in die uralte Wasser-Wehr.

Sollte ihr beim Heimkehren vom Dienst das Heulen nä-
herstehen als das Lachen, fährt sie zuvor noch rauf ins
Nachbardorf zum Friedhof und redet sich am Familien-
grab – den Kummer von der Seele:

Dabei schaut sie vorwiegend auf das Emaille-Bild, wo
ihre Patin, Tante Blanka, zu sehen ist: **dieses** Lächeln.
Dieses **unglaubliche** Lächeln. –

Sie bittet auch die Großmutter um Segen, vor allem: für
Barbara. –

Wenn so der Ballast um einiges erleichtert ist, bleibt ihr
nur noch eines zu tun: Sie streichelt über das Oval des
Bildes und gibt ihr Versprechen: „Du brauchst dich nicht
sorgen um mich, Blanka." –

… „Was **Sie** (!) für splendide Trinkgelder hier bekommen: **Das war** auch noch nicht da." – **Das** war der Bürgermeister! – Welch schöne Blumen!

Da ist ein so unmöglicher junger Fant unter den Gästen:
Um **zwei** Jahre ist er jünger als sie und ist dabei so frech! –

Als selbständiger Bodenleger steht er weit und breit in
bestem Ruf; nach der Arbeit, an der Theke, präsentiert
er oft die erfrischendsten Tages-Geschichten. –

Nach Monaten, als, wie man ihr sagt: „es alle Spatzen
längst von allen Dächern pfeifen!", ist ihr Widerstand gebrochen.

Sie hat dazu folgenden, hochspirituellen Traum:

... *WASSER DES LEBENS*...

In einem farbenfrohen Dorf,
wo heiß die Sonne brennt,
fand ich an einem Brunnen mich,
im fernen Orient:
Sein Wasser schien mir seltsam klar,
abgrundtief, kühl und rein,
so taucht' ich meinen Irdenkrug
in seinen Spiegel ein. –
... es wurde plötzlich Treiben laut,
Gejohle vom Basar:
Um Seidentücher, um mich her,
balgt' sich – 'ne Kinderschar!
Da tritt ein Fremder her zu mir,
verhüllt sein Angesicht:
Kenn' ich die Augensterne gar??
Nein! – Ich erkannt' sie nicht! –
Doch seine Stimme: Hab' ich die –
nicht tausendmal gehört!?
Ich reichte ihm den vollen Krug,
den dürstend er geleert. –

(Die Traum-Essenz ist dem Kollektiv der Menschen zugedacht, sie setzt ein als Schlußteil, voll-
automatisch: beim Notieren.)

Soll dieses Bild ein Gleichnis sein,
so zeigt wie's um euch steht!
Der MENSCH ist für den MENSCHEN da:
DAMIT der DURST vergeht.

Daß er sie wirklich liebt, will sagen: daß er lebendig fühlt und **denkt,** weiß sie **erst** seit dieser Spritztour über eine Hochserpentinenstrecke:

Vom Tal aus glühen sie hoch. Über herrlich strahlend, sonnengrüne Matten nehmen sie auf der mokkabraunmetallic schimmernden Yahama die wundervoll geschmeidig angelegte Serpentinen-Straße.

Keine Verkehrstafel warnt vor: daß unmittelbar dort, wo die grelle Sonne endet, die Waldstrecke aufwartet mit einer extremen Spitzkehre. – Noch dazu: ist sie voll Schotter und Steinschlaggeröll …

„Ja, ja! Mir ist **schon,** aufgefallen, daß du, ein wenig **sehr** gewagt, hast bremsen müssen!"

Er hat sofort nach dem Manöver angehalten, ist kreidebleich, und Schweißperlen stehen ihm auf der Stirn, als er den Helm abnimmt.

Er: „Das Einzige, was ich mir dachte, war: Nein! – Nein!!! – Sonst sieht Wilrun ihre Kinder nicht wieder!" –

Er ist ein geübter, zügiger, ausdauernder Fahrer. –

Irgendwann schreibt sie einen Brief, der niemals in ein Kuvert gesteckt werden wird:

„Mein lieber, lieber Freund,

es war sagenhaft, wie lange Du mir mit Deinem losen Mundwerk während meiner Arbeit auf die Nerven gegangen bist; auch **nicht** Dein Bubenlachen konnte **derart** viel männlichen Unsinn ausradieren. –

Und das mit den ‚Spatzen auf den Dächern‘?

Ich weiß es besser – und Du auch …

Es war einfach was vorhanden, das uns spüren ließ: wir beide hätten voreinander nichts zu fürchten. – Auch hab’ ich nie kapiert, woher der Schneesturm Dich **zufällig** trug, damals:

Nach Dienstschluß. Zornig verspieltes Schneetreiben. Alle Dörfer schienen ins Weiß fest gebettet, zu schlafen, trotzdem war ich, mit dreißig km/h und zweitem Gang, sehr gut vorangekommen; dort vorne an der Bundesstraßen-Gabel, ab der Abzweigung: nur noch vier Kilometer, bis heim …

Ja was, mein Abzweiger: war Bumm zu, die Straße: eine meterhohe Wanne, der Schneewind fauchte, der Nordsturm jauchzte, wirbelte, rüttelte dagegen: die Tür zum Aussteigen war kaum zu halten, die Körnchen nadelten mir Augenlider und Gesicht; sinnlos: außer Schneefräsen der Gemeinde, käme hier kein Mensch, heute mehr durch.

Also **wenden** heißt es, denke ich. – Denn die Umfahrung führt auch tiefsten Winters – etwa elf, zwölf, Kilometer – über stürmisch frei gefegte Güterwege … (Doch wollen und können ist zweierlei.) Hach, wie neckisch, der Hinterrad-Antrieb: Die Spike-Profile surren durch! Rutsch! Frißt sich das linke Rad schon in den Straßengraben.- Ja wirklich: je dümmer es kommt, desto beglückender wirkt das Großartige: Ein Schneetreiben wie dieses, gibt ein himmelschönes Schauspiel …

Kaum verfolge ich das Winterwunder: … fahren urlangsam … zwei Lichtkegel auf … ein **sagenhaft** überraschender Retter steigt aus, stapft herzu im Scheinwerfer-Sturm, wendet, kommt wieder, gibt Handzeichen, klinkt sein Schleppseil an … ein wohl bemessenes Anrucken … das Seil rumpelnd ausgehakt, ein Winken: „Fahr los!!", ein Starten, ein Blinken … Nicht ohne Freudentränen kehrte ich heim durch die Rauhnacht. –

Ein Sommer-Vormittag: Ich hatte mit gebrochenem, verarztetem Zeh, vorhin die Unfall-Ambulanz verlassen, und ging, weiß Gott wie, unter heftigem Belastungs-Schmerz, von dort weg, talab, in Richtung Autobus …

Und da (das glaubst du nicht) bremste nahe neben mir dein Mercedes und ... setzte mich zu Hause ab, bei meinen Lieben. –

… nach zehn Monaten wurde es also akut: Liebe auf Zeit.

Meine Kinder!?

Die närrische Meute fand die Idee: ‚Einfach Spitze!!'

Sie warfen es mir trocken an den Kopf:

‚Höchste Zeit, daß du nicht so allein mit dir herumläufst!' –

… selbst Barbara hatte meinen ‚Bruder': Dein ganzes lichtes Wesen, in ihr Herz geschlossen. –

Sind uns nicht **überall** die Menschen auffallend herzlich begegnet, wo immer wir gemeinsam aufgetaucht sind?

Sie liebten uns. – Und wir liebten die ganze Welt.

Die Landeshauptstadt, Eisenstadt:

Ein Abendmärchen – eingebettet in Schnee. Übermütig wie junge Kinder, wie unumschränkte Herren über diese Stadt, rutschen wir Hand in Hand, eisblanke Gehsteige entlang; wir hören nicht auf zu tollen, ehe nicht vor Kälte die Zähne aufeinander klappern wie Kastagnetten; dann erst gehen wir zurück zum Wagen.

Was singt Charles Aznavour, als Du den Wagenschlag öffnest?

‚Nein, ich vergaß nichts davon …!‘

Damals konnte ich es Dir nicht sagen:

Trotzdem ich diese Kassette erst seit kurzem besessen hatte, erinnerte mich dieses Lied an ein anderes Bubengesicht, an eines, das vor vielen Jahren gefragt hat: ‚… wie spät es ist?‘

Es kam – ohne mein Zutun.

Du, der mir ein Gutteil dazu behilflich war, jene Frau zu werden, als die ich mich schon lange sehen wollte – und ich … wir beide haben auch über das Thema gesprochen: daß der Wille eine selbstmächtige Kraft in sich birgt. – Wie lautete Dein frommer Wunsch von damals:

‚Wilrun: Du müßtest einen Mann bekommen, der immer nur **gut** zu dir ist!‘

Darauf eröffnete ich Dir, wer mir insgeheim vorschwebte; Du kanntest ihn. – Wie aus der Pistole gefeuert kam Deine Antwort:

‚JA – dieser. – Der: könnte der Richtige für Dich sein.‘ –

… oder erinnere Dich ans Salzkammergut, wo wir an einem zauberhaften Wasser gelandet sind: Himmelhohe Tannen und Fichten rauschten dort, die ragten mit ihren Wipfeln hinauf: bis zur eiligen Autostraße über ihnen; eine Straße, die nichts verstand von verborgenen Wundern. Und ich dachte: Vielleicht ist es gut, diese Naturschönheit, diesen wilden Bach, jemandem zu überschreiben. Ich wählte mir als Titel:

‚VERSUCH, DER NACHWELT EINEN UNVERSEHRTEN WILDBACH ZU VERERBEN‘,

mein ‚Textament‘:

‚Der Morgen ist jung, und leicht wird der Schritt,/den der Winter lange verdroß:/erwachende Schmelzwasser rieseln hervor/aus Schneerosenblüten und Moos –/sie gleiten an glitschigen Felsen herab/zur Tiefe und sprühen und glüh'n!/Und schlagen ermattet auf Schaumkronen auf,/und – treiben es weiterhin kühn:/Sie tanzen als Wogen bald schüchtern, bald keck,/bald schmeichelnd – um schimmernden Stein,/bald fließend smaragdgrün, bald silbern im Sand,/bald rötlich wie blaßroter Wein./Wie Pfeile – jagen Forellen hindurch,/und genießen ihr

Hausherrenrecht:/Zu verborgenen, grünblauen Grotten im Berg/entfliehen sie unser'm Geschlecht. –/Noch in **dreihundert** Jahren (ich wünsch es euch so!),/erlebt, wie es mir heut bekam!/Euer Herz werde weit – und lebendig und froh,/im Wald – an der träumenden Klamm:/Euer Morgen – sei jung, und leicht euer Schritt,/den der Winter lange verdroß:/Erwachende Schmelzwasser rieseln hervor/aus Schneerosenblüten und Moos …'"

(ENDE)

Es war **ganz** … wundersam, mein Lieber: bei dir und bei „Milord" – habe ich ein und-das gleiche Phänomen erlebt: Ich konnte, sobald ich mir allein überlassen war: mich **nicht** mehr an euer Gesicht erinnern! Futsch!! Einfach: futsch! … ich mochte, an geistigen Puzzlespielen, bemühen, was ich wollte. – Ich fand das nicht nur seltsam: Ich konnte das nur als einen Sperr-Riegel der Natur verstehen: Ihr beide, du und Milord – ihr wäret wohl aus einer Unzahl von Möglichkeiten zwei optimal in Frage kommende Personen für eine Partnerschaft mit mir gewesen, hätte ich nicht lange Zeit zuvor: ganz bestimmte Wunschbilder, nämlich meinen Seelen-Auftrag abzuleisten, in mein Bewußtsein eingehämmert. –

Dir und Milord – verdanke ich das Empfinden für jene Süße, von welcher jede Frau träumt.

Dir, lieber Freund, verdanke ich … Als Abschiedsgeschenk – hätte ich gerne von dir – diese alte Zither geschenkt erhalten: Sie schlummerte zerzaust und heruntergekommen im Schaufenster eines Trödlerladens. –

Ich hatte also ins Auge gefaßt, dieses Ding zu besitzen. Auch: um damit über die bevorstehende Trennung von dir hinwegzukommen. – Gott behüte! … ich hatte keinen Dunst vom Saitenspannen, vom Stimmpfeifchen, schon gar nicht: von den Noten!

Was?! – „Münchner Stimmung"? – „Wiener Stimmung"?? – Oh nein.

Auch **das** noch!! – Nach dem letzten Tag – gibt es keinen – letzteren.

Ich fuhr um die Zither los, sobald am Morgen die Kinder zur Schule fortgelaufen waren … drückte das Ding an mich und kaufte in der Musikhandlung alles, was man mir dazu als notwendig empfohlen hatte. – Daheim klebte ich in den Schallkörper hinein: das Bild einer

von Segantini gemalten, weidenden Kuhherde – und spannte neue Saiten auf … ich tobte meine ohnmächtigsten Nächte daran aus: Nie zuvor hatte mir der Abschied von einem Menschen … jemals ähnlich heißen Schmerz bereitet.

Dann stellte mir sogar die Bibel – ein arglistiges Bein:

… es war eine solche Nacht, in der ein Mensch sich dringend wünscht, auf ein tröstendes Wort zu stoßen; ich griff meine Bibel, schloß meine Augen. Meinem Daumen allein – überließ ich die Wahl, eine geeignete Stelle aufzuspüren.

Als ich endlich meinte, richtig zu sein, schlug es mir aus dem 77. Psalm entgegen:

„Ich denke des Nachts an mein Saitenspiel und rede mit meinem Herzen; mein Geist muß forschen."

Mein weises Buch habe ich augenblicklich: unter meinen Kopfpolster geschleudert, **so sehr** hatte es mich erschreckt!

Ja – ich forschte. –

Die Zeit mit dir – hat mich überbordend bereichert: für alle Zukunft meines weiteren Lebens.

Nein – Ich vergaß. Nichts davon.

Deine „Schwester" Wilrun

* * *

Kurz nach dieser Trennung hat Wilrun einen Traum:

Als sie aus dem folgenden Traumerlebnis erwacht, entdecken ihre Fingerkuppen: Ihr rollen tatsächlich Tränen übers Gesicht!

... die Figur des „Bruders" verkörperte im Traumbild die tragende Rolle; tiefsinnigerweise hat die Darstellung ausgesehen, als handle es sich dabei um das Gemälde eines uralten Meisters:

Es war in einen schlichten Goldrahmen gefaßt; es schien eine Allegorie darzustellen zu dem Thema: „Der Sommer stirbt". Die sparsam auftretenden Bewegungsabläufe, die sich im Bildnis vollzogen haben, hält Wilrun in gereimtem Text fest;

sie schreibt dieses Gedicht sofort nach dem Erwachen, und ohne zu stocken – auf einem Zettel nieder:

Am heimlichen Tümpel,
wo sich schon kalt
der Reif in die
zitternden Binsen verkrallt,
lag entkräftet ein Jüngling
von schöner Gestalt. –
Die Halme fingen
zu tränen an –
als die hauchzarte
Nebelfee ebendann
seinen Körper – in
Seide zu hüllen begann. –
… da fielen ihm welkende Blüten vom Haar –
und siehe … nun *wußte* ich, wer jener war:
Bruder Sommer.

* * *

36 Der Zauberlehrling

Sie hat es – wahrhaftig: immer **noch** nicht! … begriffen!

Kann das möglich sein!?

Wilrun hat bis dato **nicht** begriffen, was Gewalttat ist?

… Barbaras Leiden strebt pfeilgerade dem höchsten Gipfel zu.

Medikamente? – Doch nicht Barbara!

… vielleicht hat Wilrun … ja doch eine segensreichere Möglichkeit an der Hand, um ihrer Mutter helfen zu können!

Wie geplant – bringt sie ihre Kinder ins dorfeigene Schwimmbad, verspricht ihnen, sie abends abzuholen.

Das Häuschen, wie schon angedeutet, ist ein … nunmehr energetisch wiederbelebter **Kraftort**. Verfolgen wir nun die Wirkung:

Die winzige Stube, die Wilrun selbst bewohnt, hat zum Bach hin ein großes, dreiteiliges Doppel-Fenster.

Sie läßt den hölzernen Roll-Laden herunterfahren an der Zugschnur; es könnte stockdunkel sein im Stübchen, wenn sie nicht auf der Kommode vor dem alten großen Spiegel, links und rechts, zwei hohe weiße Kerzen angezündet hätte.

Die stummen Flammen flackern:

Wer weiß, wodurch erzeugt, zieht auf einmal eine Art „eigens sich verursachender" Luftstrom – durch diesen Raum.

Sie ist bemüht, sich der sie schützenden Aura bewußt zu werden; diese, als feinstofflich neonweißer Schimmer, scheint sie deutlich sichtbar zu umgeben. Sogar während dieser Vorbereitung kann sie Barbaras halblautes Gezeter bis hier herdringen hören; was an sich schon ungewöhnlich ist, da Barbara sich drei Wohnräume entfernt von dieser Stube aufhält. –

Nicht schlecht. − Sogar sehr **gut** so. −

Spontan steigt in ihr das Empfinden auf: „**Jetzt**, darfst du beginnen." In ihre stumme Fürbitte legt sie alle Herz- und Kernkraft, die ihrer Kontemplation greifbar wird, mit hinein: Die zwei Türchen des Hochschranks spüren es, … die Kommode, wo die Wäsche stapelt, meldet sich … die hölzerne Truhenbank … die Dielen unter ihrem Schreibtisch: **Knistern, Knarren** … und dann auf **einmal**:

Ein Wahnsinnsschrei!!! … von Barbara.

Gut, Abbruch. − Nun einmal noch, von vorn, das Ganze, …vielleicht hat Wilrun sich ja bloß getäuscht. − … Wieder am Punkt: Fängt Barbara aus Leibeskräften an: durchdringend, markerweichend, hochstimmig und gequält − zu schreien! −

„Stopp!!", gebietet sie sich selbst, um **neue** Kraft zu schöpfen.

Es ist gleichzeitig: die **Pause** fürs Schreien von Barbara. − Stille …

… Aller guten Dinge sind **drei**! Und das Echo, an welches Wilrun prallt … läßt sie nicht nur erzittern: Ein haarsträubendes Grauen erfaßt sie, eine wahre Furcht, davon überfahren werden zu können …

Das steht sich „wahrlich nicht dafür"! … mit Macht reißt sie ihren Blick los vom Spiegel-Schauspiel: das von fernem Horizont, gigantisch zunehmend, rapid heranrollt, aus hinterstem Spiegelgrund:

Eine Art wie in Wogen stürmendes Wolkenfeld, der Teil einer Mega-Cloud: stumm, böse, schwarz durchmischt, wie Hochseegang, mit tollem Wolken-Brodeln … **Angestrengt mit voller Kraft** richtet sie ihre Blicke: **stramm** und fest zu Boden, hält so, **beharrlich,** ihren Kopf **gesenkt**; demütig beendet sie diesen Vorgang mit den Worten:

„Bitte, Mutter: Vergib mir. – Amen."

Von nun an wird Wilrun von einem Gefühl … schier grenzenloser Behutsamkeit im Umgang mit der Person Barbara beherrscht. –

Wilruns nachträgliche Impression:

„Dieser schizophrene Geist ist nichts weiter als ein sensibilisierter Blitzableiter:

Dabei spielen **weder** Entfernung **noch** Zeitraum **eine** Rolle!"

***

37 Man nannte sie – „Grenzfall"

Mo., 20. März – Barbara fängt schon wieder an zu rappeln, spuckt in ihrem Vorraum auf den Boden, wenn sie Namen nennt! – Schon die zweite Nacht ununterbrochen Unruhe. Ich schlafe ein, über meinem Studienmaterial. Hänge noch immer am Lernstoff „Grundschule für Schriftsteller". –

Fr., 31. März – Herr Ena liegt im Spital. Barbara redet sich ein, er treibe sich jede Nacht in ihrem Zimmer herum.

Fr., 27. Apr. – Habe Nachricht erhalten: Herr Ena ist aus dem Spital entlassen worden.
Angeblich kann Barbara seine Stimme im Haus sprechen hören; sie wird ausfällig … Sie beschimpft nicht nur diese Stimme, sie beschimpft auch mich! – Na gut, mir tut es ja nicht weh.

Sa., 4. Mai – Ich soll mit Barbara in die Hauptstadt fahren: „Verbrechen ausrotten!"

Mi., 15. Mai – Barbara schreit am Morgen: mit allem „Geschäft", das ihr Menschen-Körper hergibt.

Do., 16. Mai – Barbara muß wieder schwere, visuelle Täuschungen haben. Sie schreit mich x-mal an: ich gehöre nicht in dieses Haus.

Mi., 22. Mai – Gestern war ein grauslicher Tag. Bei Nacht war keine Minute Ruhe. Ich weiß nicht, wie es den Kindern heute in der Schule ergehen wird …
Ich selbst habe mich im Büro vor Schlafmangel kaum aufrecht halten können.

So., 17. Aug. – Barbaras Stör-Einflüsse schwellen wieder an. Habe in den Nächten durchgepaukt:
„EPIK: die erzählende Form",
„DRAMATIK: die darstellende Form",
„LYRIK: die bekennende Form",
„ESSAYISTIK: die belehrende Form" –

Mo., 18. Aug. – Um 10 Uhr bei Dr. B. in der Stadt; Aussprache, und Medikamente für Barbara. – Jetzt brennt wieder das Dach, weil ich mich an einen Arzt gewendet habe! – Sie züchtet wieder eine Abneigung hoch, sucht Streit, schläft wenig. Schläft sie überhaupt? –

Di., 2. Sept. – Fahre wieder mit Barbara zu Dr. B. – Versuche nachts – mit „Kunst und Technik der Meister-Novelle" klarzukommen.

So., 21. Sept. – Da Barbara nachts zunehmend lärmt, räume ich für die Kinder: die große Stube herüben aus und richte sie ein zum Schlafen für die Kinder. –

Mo., 13. Okt. – Heute hat Barbara Geburtstag. Ihre Tyrannei ist unerträglich. Ich richte ihr den Vorraum ein, ein mit einem Herd, damit sie wirklich „ihre eigene" Küche von nun an für sich hat.

Sa., 8. Nov. – Ich muß für eine Woche zum Schulungs-Seminar nach Linz; die Kinder kann ich unmöglich hierlassen! – Bringe sie bei Herrn Ena unter, für eine Woche, melde dort ihren Schulbesuch an: 200 km von hier entfernt. – Ich rufe Barbara täglich an (sie ist jetzt freundlicher.) –
Es tut **richtig** gut: auf Seminar in Linz zu sein.

„Nun!?!, so kommen Sie doch **herein**, wenn Sie schon in der Tür stehen und uns zuschau'n! – **Wieso** sind Sie denn nicht oben bei den **andern**!", läßt sich der Seminar-Leiter vernehmen.

„Es –, es –, es ist mir noch zu **früh** zum Schlafen! – Draußen liegt Schnee –, und außerdem ist es sowieso nichts für meinen Geschmack, in der fremden Umgebung – einen einsamen Spaziergang zu machen!

Die anderen? – Die anderen sind, die sind in der Gästehalle! Sie tanzen vielleicht, lachen, nippen ihren Irish coffee oder ihr Cola, was weiß denn ich!? Ich wollte nur die Paukerei vom heutigen Seminar irgendwie – anders verarbeiten! – Erst habe ich mich auf mein Zimmer verdrückt, … mit meinem Kassettenrekorder, legte mich flach und stülpte die Kopfhörer über: ‚Ein Amerikaner in Paris!‘, kennen Sie das Klavierkonzert, in der Fassung von André Previn? Habe ich mir ausgeliehen!“ –

„Und: Weiter!??“

Ja, Wilrun fand aber keine Entspannung! – Im Gegenteil!

Irgend etwas trieb sie an, einfach aus dem Gästezimmer zu gehen und im Haus herumzustreunen! –

Dabei kam sie endlich an diese Tür: Nichts regte sich. Nichts war zu hören. – Nur dieser äußere Türknauf, zog sie … irgendwie, zwingend an! – Was hatte ihr nur geboten, diesen Knauf zu drehen, diese Tür zu öffnen! Wie gebannt bleibt sie stehen, zwischen Tür und Angel.

Fühlt sie wirklich eine Art von Kraftwelle, die ihr entgegenschlägt?

Hat es damit eine Bewandtnis?

… mitten in diesem Extraraum stehen vier Männer, alles Seminar-Teilnehmer: um einen Turm herum, der aus vier übereinandergestellten Stühlen erbaut ist. Auf dem obersten Stuhl sitzt ein Seminarkollege, ein stämmiger, voluminöser Mensch, mit einem Körpergewicht von vielleicht 130 Kilogramm. –

Wilrun ist Augenzeugin: die vier am Parkett – schicken sich an, den auf der Empore thronenden auf den Boden zurückzuholen; sie nimmt zur Kenntnis:

Jeder der vier Männer benutzt ausschließlich: einen Zeigefinger, um die Sitzfläche des **obersten** Stuhles zu untergreifen. Und allein durch **diesen** Einsatz bringen sie es fertig: den Schwergewichtler mitsamt dem Thron … aus 1,90 m Höhe, leichthin, herunterzuheben und wie schwerelos – aufzusetzen, auf dem Saalparkett. –

„Wenn Sie nun schon einmal **da** sind, Wilrun! Wollen Sie rauf auf den ‚Turm‘??"

Sie ist nicht schwindelfrei. – Unter anderen Umständen würde sie das Wagnis ablehnen als halsbrecherisches Risiko! –

Jetzt aber – will sie erfahren: Wie fühlt man sich dort oben? –

„Selig sind, die nicht sehen – und **doch** glauben!"

Doch sie hat nun mal: vom Zufall diese Gelegenheit angeboten erhalten! Wilrun als Testperson?

„Wieso eigentlich nicht?!" –

Und dabei sitzt ihr der Schalk im Genick; nichts täte sie lieber als durch Einfunken ihres eigenen Willens – diesen Versuch – zu sabotieren! Da warnt es aus Wilruns Oberstübchen:

„Pfui, Wilrun! Laß es, Wilrun! Du fällst doch sonst auf deine Nase!"

„… Meine Herrn: Alle Achtung!", lacht sie bewundernd, „Ich hab' in **diesen** paar Minuten **mehr** gelernt als je in unseren Unterlagen zu finden wäre! – Aber zu Hause? Würde mir das niemand glauben! … daß ausgerechnet **ich**: dort oben neben dem Deckenleuchter gesessen bin! – Danke! Daß Sie mich so fein wieder herunterbefördert haben!"

***

So., 16. Nov. – Komme mit den Kindern zurück nach Hause. Barbara wird schon wieder grauslich. Sie schreit am Telefon meine **Kunden** an. – Rüge von der Firmenleitung. –

Mi., 26. Nov. – Schreibe Brief an Dr. C., der Barbara vom „Castell" her gut kennt; ich will wissen: **was** man tun kann. Die Atmosphäre ist untragbar … Der Kinder wegen kann ich diesmal nicht zum Seminar.

Di., 2. Dez. – Barbara spielt wieder alle Stücke. Das Ausmaß sogenannter „Blitzableiter-Pausen" beträgt höchstens drei, vier Tage. Mit ihr allein – schimpft sie kraß, über die Medikamente etc. – Sie behauptet: Wilrun will sie mit Hilfe von angeheuerten Verbrechern und Gendarmen – aus dem Haus schaffen. – Das kriege ich fast täglich zu hören: x-mal.

Mi., 17. Dez. – Sie behauptet, Wilrun habe vor auszuziehen. Jedenfalls führt Barbara sich auf, daß man nicht mehr hinhören kann …

Mi., 17. Dez. (2) – Barbara hat sich einen Reisepaß gelöst; ich muß deshalb hinkommen, zum Gemeindeamt. – Derzeit studiere ich nachts „DIE WAHRE GESCHICHTE, Teil 1."

Mo., 22. Dez. – Ich bin fix und fertig! Weihnachten verbringe ich, mit den Kindern, **nicht** in diesem Hexenkessel! – Gebe Barbara: das für sie bestimmte Weihnachtsgeschenk und fahre mit den Kindern fort. – Rufe jeden Tag an. Barbara gibt sich kleinlaut.

Di., 6. Jän. – Wir kommen heim. Barbara hält eine Nacht ab, daß ich erst um halb sechs Uhr morgens einschlafe: für **eine einzige** Stunde. – Am Vormittag gibt sie mir einen Brief. Danach legt sie wieder los. – Für vier Stunden bringe ich die Kinder, drei Orte weiter, im Hallenbad unter, weil ich zu einer Kundin fahren muß.

Mo., 12. Jän. – Kann mit Barbara in Güte eine Aussprache durchführen. Sie hat mir ganz in Ruhe zugehört.

Fr., 16. Jän. – So **kann** es nicht weitergehen! Es ist nicht auszuhalten! –

Sa., 17. Jän. – Ich erzähle alles dem Großvater und sag' ihm, daß ich nicht mehr weiß, **was** ich tun soll: Barbara strebt an, daß ich: „die Stelle des Pfarrers vertreten soll" … sie spricht auch unsere Verwandten darauf an. Onkel Thomas kracht deshalb mit ihr zusammen.

Mi., 21. Jän. – Barbara sperrt von innen das Haus ab und verwehrt mir den Zutritt: Trotz hellem Tageslicht ergibt ihre „Inspektion" erst nach etlichen Minuten: daß ich *tatsächlich* Wilrun sei, die sie einlassen könne.

29. Jän.: Barbara führt sich derart auf, daß ich die Kinder zusammenpacke, dazu das nötige Gewand, meine beruflichen Unterlagen und Studienmaterial … Was steht bevor: „Erotik in der Kurzgeschichte", „Die Kettenstory", „Das Schriftbild einer Kurzgeschichte", „Verkauf einer Kurzgeschichte", „Umgang mit Agenturen", „Grundwissen für angehende Journalisten". – Den Traum aus letzter Nacht habe ich notiert. Er hat mich veranlaßt, daß ich mich vor der Abreise zu Herrn Ena … im Nachbardorf bei meinen Verwandten verabschiede: „Hier, die Ruf-Nummer, wo ich erreichbar bin: falls der Großvater **stirbt:** unbedingt als erstes diese Nachricht dann: an **mich.**" –

***

Auf einer hohen Böschung überm Bächlein: ist eine Art Wasch-Steg, den der Großvater, für sich selbst, gezimmert hat. Darauf hat er eine bequeme Sitz-Liege. Er schaukelt darauf, so heftig, daß ich fürchte, die Holzbrüstung könne abbrechen, und er: zur Tiefe stürzen. – Da fallen mir im Holz: zwei sehr große, handgeschmiedete Hufnägel auf. Ich denke: „Ja gut, dann wird es für den Opa schon noch halten." – Ich habe schwarze Überschuhe an. – Als ich weggehen möchte, will der Ahne mich begleiten: Er steigt in **mein** Auto ein! Er fährt das Auto, und ich bin Beifahrerin! – Vor dem Berg, den wir vor dem Ziel befahren sollen, hält er an … Er sagt: „Diesen Weg müssen wir ab jetzt zu Fuß machen." – Einige Meter weit geht er ganz resolut, … da bemerke ich: Er fällt in die Altersschwäche zurück, in der ich ihn gestern noch gesehen hatte. – Er wird matt – und lehnt sich mit dem Rücken an, an der hinter ihm hochragenden Felsenwand. Ich stütze ihn noch ein paar Schritte weit – und denke: „**Jetzt**, gerade **jetzt**, wird er mich verlassen."

Ich rede noch mit ihm darüber, wie es in der Welt zugeht … und daß die Großen die Kleinen skrupellos … nach Strich und Faden, übervorteilen. – Großvater antwortet: „**Ich** muß jetzt: gehen. **– Aber ich sage** dir: **Die Kleinen sind nicht unschuldig an ihrem Dilemma! –**

Denn DAS: was ihnen am MEISTEN <u>nützen</u> **würde: kann ihnen nämlich KEINER nehmen!!"** (ENDE)

***

Mi., 11. Feb. – Anruf: Großvater – tot! – Ich hole Barbara zu uns. Sie ist natürlich: traurig über den Tod ihres Vaters. – Sie nimmt ihre Medikamente ein. Sie ist zwar schwierig, aber sie verhält sich gegen mich freundlicher.

Mi., 25. Feb. – Barbara will heim: „Alle" sollen wieder heimkommen. Sie beschwört: Sie würde ihre Medikamente wieder regelmäßig einnehmen. – Gut. Abends werde ich „Die Kunst, Verse zu machen" in Angriff nehmen, … ohnehin kapiere ich von der ganzen „Verse-Theorie" so gut wie null. – Ich habe **keinen** Tau: wovon da theoretisch die Rede ist. – Aber dann heißt es ran: an „Kunst und Technik des Essays". –

Mo., 23. März – Das Klo ist hin. Wenigstens trabt Barbara mir nicht, durch unsre Küche! – Das Wochenende war wieder ein Terror. –

Mo., 25. Mai – Brief an Dr. C. Gehe zu Dr. A. Sein Kommentar: Er kann nur helfen, wenn Barbara will! … (Ich täte schon gerne wissen: was, er „helfe".)

Di., 26. Mai – Barbara führt sich auf, daß ich nicht ins Büro fahren kann.

Fr., 29. Mai – Brief an Dr. B.: „Zustand gleichmäßig mies."

Do., 4. Juni – Antwort von Dr. B. Bringe seinen Brief zu Doktor A.
Antwort: Kann nur helfen, wenn Barbara es will.
(Ja so was, **so** faule Ausreden. – Sie geht mir noch … ganz **neben** mir: **zugrunde, so!**)

Fr. 5. Juni – Barbara erkennt mich gar nicht mehr. Sie tobt und sie bestreitet, daß ich im Hause sei. Tag und Nacht kaum Ruhe.

Mo., 22. Juni – Gehe zu Dr. A. – (Ich könnte nur noch flennen.) Sein Rat: Dr. B. **um Hausbesuch** bitten.

Mi., 24. Juni – Dr. B. kommt **zweimal** ins Haus; Barbara irrt irgendwo, draußen auf der Straße herum. Doch am Nachmittag trifft Dr. B. Barbara an; (Aha: Er „kann ihr nur helfen, wenn sie will".)

Do., 25. Juni – Ich fahre zum **Amtsarzt:** Er ist nicht im Dienst. – Gehe zum Jugendamt, **Ratschlag:** „Sozial-referat!"
Spreche mit Beamten: Ich soll schriftlich einreichen um Barbaras Einweisung ins Behindertenheim; gebe mein Schreiben gleich am Nachmittag auf. – Täglich **heiße** Zores, zum Zuhören. – Ich antworte nichts. Gar nichts.

Sa., 27. Juni – Barbara schreit gegen Abend, was ihre Lunge hält.

Fr. 3. Juli – Frau Briefträger war während meiner Abwe-senheit bei Barbara: Sie ist auf die Uniformierte „los-gegangen"!!

Sa., 4. Juli – Führt sich wieder auf. Ich achte sehr darauf, daß die Kinder ständig, mit mir, unterwegs sein können.

Mo., 13. Juli – Barbara schreit um fünf Uhr früh auf der Straße herum … Ich gehe nachmittags zur Gendarmerie: Ich soll am Mittwoch mit dem Amtsarzt darüber reden.

Mi., 15. Juli – Gespräch mit dem Amtsarzt: Ich soll am Gendarmerie- Posten ausrichten, daß Barbara: am Freitag zur Untersuchung vorgeführt werden kann. – Der Kommandant klärt mich auf: Schriftliche Eingabe muß gemacht werden: damit eine schriftliche Anweisung durch den Amtsarzt erfolgen kann.

Do., 16. Juli – Bin um acht Uhr morgens am Posten. – Der Inspektor: leitet den Brief: „umgehend, weiter".

Fr., 17. Juli – **Enorme** Rauchgasentwicklung bei Barbara: Das zwängt sich durch alle beiden Haus-Teile. Wie kann sie, das aushalten!?

Di., 21. Juli – Barbara rennt „dem Unsichtbaren" nach, mit dem großen Küchenmesser, schmeißt unter lauten Schreien „Verbrecher" zu ihrer Eingangstür hinaus … Sperrt sich ein. –
Nachts läuft sie im Vorgarten herum, spricht auf „ihre Tochter" ein: Die möge ins Haus kommen … damit das Verbrechen aufhört.

Mi., 22. Juli – Barbara hat den alten Schuhmacher aus L. herbestellt. Sie regt ihn dermaßen auf, daß er ganz außer sich aus ihrer Haustür in den Vorgarten wankt; ich laufe ihm nach, beruhige ihn und erkläre ihm … (ihm, diesem alten Mann: oh weh … und noch weniger, dem in Unkenntnis schwimmenden Doktorpack: Denen kann doch, **ich** Land-Ei, nicht sagen: Mama ist sensitiv/ein Trauma-Wach-Traumkanal/also: bis an seine **äußersten** Kraftreserven geschundenes, fern-erleidendes „Tele-Opfer" einer abgehoben, zügellos berauschten Unmenschlichkeit: **die** man, unter anderem, auch „Dunkle Kulte" nennt.) Liebe Welt: Stockblinde führen die Blinden. –

Mo., 27. Juli – Da der Zustand grausig ist, frage ich nach bei der Gendarmerie. – Als ich am Heimweg bei der Post vorbeikomme: Erhalte ich den Brief: Die Anweisung, in Barbaras Angelegenheit.

Mi., 29. Juli, 8:45 Uhr: Barbara deklamiert draußen in „ihrer Küche" eine selbstbewußte, überzeugende Rede. – Wilrun muß sie mit anhören, da die beiden Küchen nur getrennt sind, durch einen schweren Vorhang: „Mein ganzes Leben lang: habe ich **irgendwo** in der Fremde herumkugeln müssen! – Jetzt aber werde ich es allen zeigen! Ich war auf der Bezirkshauptmannschaft und habe einen Platz beantragt, in einem Heim, meiner Wahl! – So!!! – Und **dort** werde ich endlich: meine Bleibe finden!"

3. August.

„Klopfen? – Wer klopft denn an **meine**r Tür?", fragt Wilrun. „Wer versteigt sich denn zu **uns** ins Haus?" –

Sie geht, öffnet die Tür. –

„Ja, Tante Gisl! – Wo kommst denn **du** daher!?"

(Welch eine Frage; … ja, selbstverständlich: aus der Schweiz.)

„Sie haben mich angerufen: daß es meiner Schwester angeblich so miserabel geht …"

Gisl liest in Wilruns Augen – und meint, sie habe genug verstanden.

„Tante Gisl! Geh durch ihren Separateingang, zu ihr ins Haus!" –

… Als es neuerlich an ihrer Außentür klopft, steht Tante Gisl davor.

Sie weint. Sie weint bitterlich. Sie knüllt ihr Taschentuch und setzt hinzu: „Sag Wilrun: Wie hältst du denn … **das** bloß aus!?"

Wie soll Wilrun sie trösten, sie beruhigen; sie redet sich heraus, beinahe stimmlos: „Bitte – frag mich nicht – doch soll morgen ja der Amtsarzt kommen, jetzt: nachdem ich einen ausführlichen Bericht per Einschreiben geschickt habe an die Landesregierung."

Darauffolgender Nachmittag: Der Amtsarzt hält sein schnittiges Coupé an, dem Doppel-Häuschen schräg gegenüber, am Parkplatz vor dem Tischler-Handwerksbetrieb.

Wilrun geht ihm über die Straße entgegen; der Mann ist, seinem Erscheinen nach, ein junger, dynamischer Jetsetter. –

„Ja bitte: Schau'n Sie sich das an, Herr Doktor!"

„Okay, gut, wenn Sie meinen:

Dann bleiben Sie, wohl besser, in ihrer Küche! – Sonst irgendwelche Besonderheiten heute? – Alles wie gewöhnlich?? – Na gut!"

Die Kinder und Wilrun hören sehr gespannt zu, was sich abspielt im Nebenraum: Der Arzt spricht in langmütigem, gütigem Tonfall ein auf Barbara. – Von Barbara: eisiges Schweigen.

Der Doktor wird mit Barbara ins Gespräch kommen!? – Schweigen.

Schweigen. Schweigen.

Ohne Ansatz reagiert sie plötzlich: **explodiert** – aus allen Lebensreserven, die ein zermartertes Geschöpf mobilisieren kann; als der Doktor, aus Barbaras Küche, zu Wilrun und den Kindern hereinkommt, stehen in seinem Gesicht:

Erschrockenheit und tiefe Erschütterung eingebrannt. –

Es kaum fassen könnend, schüttelt er den Kopf, als er fortgeht; wie eine brennheiße Kartoffel wirft er Wilrun seine bittere Erkenntnis zu:

„Da hätte – schon **längst!** – etwas getan werden müssen!"

Er wird umgehend die Gendarmerie betrauen mit Anweisungen:

„Ein Ambulanzwagen ist zu erwarten: bis in etwa einer Stunde!"

***

… Wilrun und Barbara unterhalten obligatorisch, jede Woche: Briefkontakt. –

Als nächstes Jahr, zu Ostern, Barbara körperlich erholt ist, die Frist zur Genesung „abgelaufen" ist … kann Barbara übersiedeln:

Sie wird auf jenen Heimplatz überstellt, den sie sich ausbedungen hat, als sie der Marter ihrer selbstzerfleischenden Erlebniswelt **unerbittlich** ausgeliefert war: Erst als man für Barbara nach einer zukunftsfähigen Lösung für sie sucht, beruft der sogenannte Zufall eine greise Heim-Insassin aus dem Erdenleben:

Diese gibt ihren Platz frei:

Für Barbara, die bis zu diesem Ultimo, heimatlos geblieben war. –

… „Was!?!

Ihre Mutter hat sich damals hier am Amt **mustergültig** verhalten! Niemand wäre auf die Idee gekommen:

daß wir eine vollentmündigte, schwer leidende Person vor uns haben! … sonst wäre der Antrag: **sofort (**!) in den Papierkorb gewandert! In solchen Fällen kann ausnahmslos **jedenfalls: nur** der **Vormund** den Platz-Antrag stellen!"

Wilrun, ihr Vormundschafts-Dekret offen auf den Tisch gelegt, kann sie seelenruhig unterschreiben, was an Papieren nötig ist fürs Amt, Barbaras sinnvolle Selbstschutz-Absicht, zudem ihr eigenes Wort: waren siegreich geblieben.

***

38 Bloß – ein Name?

„Ja bist … du noch bei Trost! – Bis jetzt hab' ich geschlafen!?

Sophie! Warum habt ihr mich denn nicht: geweckt!?"

Seit zweieinhalb Jahren hat Wilrun … zum ersten Mal wieder richtig, handfest, durchgeschlafen! –

„Sophie, hör dir bloß an: Was es mir heute nacht geträumt hat!

I. SALAT –

Ich war mit dir in einem Gasthaus. Wir mußten eine Riesensalatschüssel leer essen! – Pfui Teibel noch mal: war **der** sauer! –

II. AUTOMATISCHE SCHREIBE –

Meine Hand schrieb von allein, trug Schriftzeichen ein: in ein altes, übergroßes Buch; es war mit merkwürdigen Bildern ausgeschmückt und mit natürlichen Pflanzen: die daraus hätten entnommen werden können.

III. KLAVIER –

Ich saß an einem Klavier. Auf dem Notenständer lehnte ein geöffnetes Notenheft: an Stelle von Noten fand sich

darin eine Reihe verschieden hoher Türmchen. – Ich
wollte vom Blatt spielen, wurde aber dabei irritiert. –
Von wem? – **Keine** Ahnung." –

ENDE

***

Am Nachmittag beginnt Wilrun – mit ihrem vergange-
nen Leben durchgreifend aufzuräumen. Sie kann darin
kaum genug bekommen:

Sie kramt in ihrer Stube nach verwaisten Schätzen, stöbert
nie Verwendetes aus seiner Verborgenheit. Was brenn-
bar ist, verheizt sie nacheinander im weißen Kachelofen.
Dort landen auch alte, Wiener Tagebuch-Notizen, …
Aber nun: der Haushalts-Kalender aus 1936 …

Wieso … ist denn die eine Seite so lächerlich aufgeschlagen!?

Was ist das für eine Überschrift? –

„Die Deutung der gebräuchlichsten Vornamen" (?)

Nicht übel! – Gleich nachsehen, **was** wir, da … stehen
haben:

„Sophie"!:

Sophie, Sophia, Sofie, Sofia, wVN zu griechisch sophia
„(Lebens-)Weisheit".

Das klingt ja vielversprechend!

Und nun: „Ruben" … „Sehet, ein Sohn!"

Nun, diese Erklärung ist – simpel!

Wilrun blättert um, sucht „Michael" :

… lächelnd malt sie sich aus: Wenn der Bub groß ist …
wenn er dann an seine Freundin ein paar Zeilen schreibt:
Dann werde ich ihm den Vorschlag zujubeln: „Du, un-
terschreib doch so wie dein Name **richtig** lautet, schreib
hin: ‚Viele Grüße und Küsse, Dein ‚Wer-ist wie Gott'" …
WoW! Mein Herr Sohn wird vielleicht Augen machen! –

Was bedeutet eigentlich – „Wilrun" ?

Wilrun: „Wille" und „Geheimnis, Zauber"

„Haa-haa-haa … Wer denn darüber: **witzeln** könnte!"

Wilruns Familienname steht nicht zufällig da?

Nachgucken! Wilrun Ena …

„Ena"!!

„Ena": „Kleines Feuer"! – Kleines Feuer … Kleines Feuer??

Nun gut, **dann** darf man wohl ohne Scheu: ein Stam-
perl Spiritus hineinkippen, in die bescheiden lodernde
Flamme …

39 Ritual und das Lächeln zweier Engel

Einer von Wilruns Lieblingsmalern ist Hans Thoma.

Als Drucke hängen einige seiner Bilder eingerahmt an der weißgetünchten Mauer ihrer Stube; mitten unter ihnen – findet sich, in Postkarten-Format: ein Schwarzweiß-Foto der jungen Marylin Monroe, ihre **verzweifelt** schüchterne Pose und ihr Blick scheinen auszudrücken:

„Die Situation, um mich herum, gefällt mir nicht!"

Wilrun hat doch nun wirklich „alles" hinter sich gebracht:

eine Art von Himmel, eine Art von Hölle!

Der Bauer, den sie sich erwünschen würde, der ist immer noch ledig.

Der braunhaarige Sebastian ist um zwei Monate älter als sie.

Damals im Restaurant, hat sie ihn abgewimmelt: Sie wolle ihre Kinder **allein** aufziehen! –

Das war vor zwei Jahren gewesen. Seit damals ist ihr Sebastian bloß noch zweimal begegnet.

Beide Male hatte sie das untrügliche Gefühl gespürt, daß sie beide von **gleicher** Empfindungsart sind. –

An diesem Abend ist ihr zum Winseln zumute; sie weiß niemanden, mit dem sie hätte darüber sprechen mögen. – Sie heult sich deshalb an ihrem Kopfkissen ordentlich aus.

Dann geht sie wieder einmal heran – an den alten Spiegel, … zündet die Kerzen an: … mein Gott, sie sieht doch wirklich hübsch aus …

Ehrlich: Welchem Grund zuliebe sollte gerade sie, jenen Mann, nicht bekommen, der sie seelenverwandt wirklich gerne haben würde. –

Sie wendet sich dem Spiegelbild **noch** wesentlich aufmerksamer zu:

schaut sich, mit seiner Hilfe: selbst in die Augen, danach blickt sie zufällig hinüber zum Postkarten-Bild der Marylin – als plötzlich unmittelbar neben dem Marylin-Foto: feinstofflich das Lächeln kurz aufscheint, das Angesicht von ihrer Patin Tante Blanka. –

Wilrun spricht laut, obschon kein Mensch sie hören kann:

„Ihr beiden schönen Mädchen! Euer Tod: darf nicht ‚umsonst‘ gewesen sein!" … Und sich selbst herrscht sie im Spiegel an:

„Und du! – Du hast die Aufgabe: **nicht** zu verzweifeln – und zu leben!

Also unternimm gefälligst etwas Vernünftiges!" –

… nach dem Einstimmungsritual ist Wilrun der Andacht mit aller Sammlung ergeben: „Wo immer du jetzt bist! Wenn du der Rechte bist, den ich mir gewünscht habe, und wenn ich die Person bin, auf die du gewartet hast – und wenn diese Verbindung **segensreich** ist, dann brauche ich dich, bald! – Dann **rufe** mich doch an! – Bitte!"

… vierzehn Tage später … klingelt bei ihr im Haus, das Telefon.

Eben heute: hat sie die vorher geschilderte Begebenheit **völlig** aus dem Gedächtnis verloren. – Wenigstens an diesem **einen** Tag. –

Wenige Tage später, ein Spaziergang bei Nacht, erzählt Wilrun diesem Mann, welche Schritte sie unternommen habe. –

Er mißtraut ihrem Verstand **nicht**; trotzdem er sie kaum kennt. –

Eher klingt es nach Bestätigung, wie er von seinem Impuls spricht, der ihn ermutigt hat, aus dem Telefonverzeichnis ihre Nummer zu suchen – und: die Wählscheibe zu drehen.

* * *

Als der Hochsommer im Land steht, passiert etwas total Herrliches: Wilrun trottet dem orangefarbigen, pfauchenden, ständig Arbeitstakt wechselnden Ungetüm hinterher, nämlich dem Oldtimer-Mähdrescher von Sebastian:

beherzt greift sie die gut und gern dreißig Kilo wiegenden Strohbürden auf, wie sie fallen: richtet sie paarweise wetterfest auf im Stoppelfeld. – Kurzum:

es ist Wilruns Gelegenheit: ihren „zwei Lebensretterinnen" würdigen Dank zu bezeugen …

Sie bereichert ihre poetische Juwelen-Sammlung um folgende Ballade:

DIE BALLADE VOM MÄH-DRESCHEN

Das Sonnenrad thront streng und heiß –
und bleicht die Ährenhäupter weiß,
als der Asphalt vibriert und röhrt,
weil eine Dreschmaschine fährt. –
Ist – (tack, tack, tack, tack)
das Mehl im Korn bereit –?
Nun ist der Schnitter Zeit! –
Ein Raunen eilt durchs Feld!

… durch blondes, wogendes Gefurch
wälzt sich der Riese roh hindurch
und saugt mit scharfem Klingenschlund
die reifen Gräser aus dem Grund:
Korn – (tack, tack, tack, tack)
nimmt unsichtbaren Lauf,
häuft sich zu Türmen auf
im Rüttellabyrinth.

… die Messer gieren mit Gewalt,
und jedes Körnchen lechzt nach Halt,
damit die Macht, die es begehrt,
auch leidlich sanft mit ihm verfährt:

schon – (tack, tack, tack, tack)
löst es sich mit Bedacht,
schwimmt durch den dunklen Schacht
und schmiegt sich dicht an dicht!

… ein Donneratem bläst den Stau
der feinen Spreu – empor ins Blau
und schnaubet, was ihm ohne Zweck
nach allen Richtungen hinweg:
hoooch – (tack, tack, tack, tack,)
wirbelt ein Flimmerkreis –,
senkt sich auf Ernteschweiß
als grauer, fahler Staub. –

… der Dreschgigant entledigt sich
der leeren Halme ordentlich
und jeder Bürde – mit Gebrumm:
windet er straffe Schnüre um. –
Schwer – (tack, tack, tack, tack)
sinkt in das Stoppelfeld
gebündelt und gezählt –
voll Duft – das feuchte Stroh …

* * *

40 Auswertung und das neue Lernen

Obschon jetzt, wie vom Traum vorausgesagt, die Zeit der „**pfui-sauer** schmeckenden Salate" anbricht, um daraus zu lernen:

Es ist eine Zeit der Wunder. –

Es kommt drauf an, sie als kleine Wunder … zu erkennen, erst recht inmitten aller Umstände, denen man sich im Alltag gegenübersieht.

Barbara – ist also fort, aus dem kleinen Doppel-Haus; ihr würde es bald „besser gehen".

Den einträglichen Außendienst als Versicherungsangestellte, den hat Wilrun allerdings verloren. – Sie versucht es noch mal als Serviererin im Gastgewerbe: Es zieht sich zähe bis in den November, bis das neu adaptierte Lokal endlich eröffnen darf, wo man ihr mit Vollzeit und *„Fünftagewoche"* im Wort ist. – Nachdem sie jedoch volle acht Wochen nonstop im Einsatz ist, ohne auch nur einen Tag für sich und ihre Familie frei zu kriegen, wirft sie nach einem unbedachten Wort des Chefs den Krempel hin.

… Im Februar schlägt man ihr vor: in der Fabrik. – Nun ja!? Wenn es ansonst nichts „gibt"!? – Zu sich selbst gesagt: „Wenn dort so viele Frauen durchhalten können, wird es **auch**: **dir** gelingen." – Acht Stunden Akkord. Leistung 120 Prozent. Ein Jahr, zwei Jahre. –

Ab dem **zweiten** Jahr macht sich ihr Unwille, wie geölt als Roboter zu werken, eigenständig Luft: Ab August beginnen ihre Gehwerkzeuge zu streiken. – An manchen Tagen ist es damit so extrem, daß sie nur unter starken Schmerzen gehen oder Autofahren kann. –

Ihre Arztbesuche bestätigen: „**Keine** organische Ursache!" –

Ja, fein!! – Injektionen lindern die Schmerzen; sie sieht null Ausweg, sich anders über ihre Pein hinwegzuhelfen. –

WARUM sind alle Plagen aus den Gelenken verschwunden, wenn sie mithelfen darf in der Landwirtschaft!!? – Sie ist überzeugt: In den Fabriken – herrschen derzeit keine Zustände, die sie akzeptieren will.

Sie weiß auch nicht, **welche** Lösung sich für sie selbst ergeben wird.

Diese **kommt,** eines schönen Tages … von ganz allein:

Ruben dreht total durch, in der **Schule**! – Als sie deswegen jetzt ein Schuljahr lang pausieren darf, lassen bereits in der ersten Woche die Schmerzen **vollständig** von ihr ab. – Welcher Umstand kam ihr da zugute?? – Es war nämlich so: Seinerzeit, für Ruben, hatte sie ihr „Baby-Karenzjahr" **nicht** konsumiert! – So etwas nennt man Glück: daß man es hat, wenn man es braucht. –

Sie weiß gar nicht, wie sie den Staat genug dafür loben soll, in dem ein Gesetz solchen Segen aufkommen läßt: Michael, Sophie und Ruben – gedeihen in dem einen Jahr, daß man dabei **zusehen** kann. Die drei scheinen jetzt an Entwicklung alles aufzuholen, was die Arbeit nehmende Mutter – ihnen „schuldig" geblieben war. –

Wilruns Haus – hat einen weitläufigen Keller? –

Sehr aufgeräumt: Es liegt nichts herum; ein paar Ziegel-
stapel und die Holzträger sind dick verstaubt … der Staub
ist von auffallend hellsilbergrauem, warmen Farbton.

Ein alter Mann, seinen Hut aufgesetzt, kommt diesen
Keller grade inspizieren; sie sagt erstaunt: „Ich **wußte**
gar nicht! Daß wir da unter uns einen **Keller** haben!“ –
Sie begleitet den Mann also: In der Hand trägt er einen
großen (Schürhaken?), gezielt reißt er damit eine mor-
sche Bodenlatte auf; drin ist ein Rattennest: weiße, nicht
sehr große Tiere. Der Mann sagt: „Nur *keine* Sorge, **das**
haben wir gleich!“

Er hat einen kleinen Fausthammer dabei und schlägt mit
Ruhe, die Tiere sofort tot. – Rechter Hand: sieht sie zwei
gesunde, wohlgenährte Kühe friedlich stehen; sie stehen
in einem hohen gußsteinernen Becken; links davon steht
ein breiter Ausgang offen: ein Scheunen-Zugang. – „Na
so was!?!“, meint sie, „**das** hätte ich nie gedacht!“

Sie fragt den Mann: „**Wer** mistet aus bei den zwei Kü-
hen?“

Er: „**Die** betreut **niemand**!“ – DAS wundert sie … Sie
geht heran ans hohe Becken, guckt hinein und sieht:
Die Kühe haben bis zum Kniegelenk … gar keine **Füße**
drauf: nur Knochen, Sehnen, etwas Moderfleisch: So

338

ragen eine Elle hoch die Stampfen aus dem Morast. „Ja, klar", denkt sie, „klar, daß denen die Füße faulen, wenn niemand saubermacht."

Dann sieht sie: daß zwei dicke Weiber, sich der Wand lang, mit vollen Melkeimern diebisch davonschleichend: zum Ausgang hin verdrücken, und mit der Beute eiligst über den Hof-Beton verschwinden.

Sie fragt den alten Mann: „**W**as haben die in meinem Keller zu schaffen? – Wie **kommen** die dazu, die Milch von hier zu beziehen!?"

Der Alte sieht ihr ruhevoll und direkt in die Augen und erläutert: „Das geht schon **lange** so, aber **das** können Sie ja nun unterbinden!"

Sie jedoch legt null Wert auf **solche** Milch … Ihr ekelt vor den schändlich veruntreuten Standbeinen der zwei Kühe. –

ENDE

***

… Als Ruben ab Herbst nur noch den polytechnischen Lehrgang vor sich hat, fährt Wilrun bis Saisonende täglich nach Eisenstadt: Sie füllt dort an der Gassen-Theke, „Gelati"-Spezialitäten in Tüten ein.

Oh ja! – **Eis verkaufen** macht **richtig** Spaß … Und wie wunderschön: Kaum jemand will sein Restgeld zurück; sie darf es behalten.

… bald ist sie mit **Markt-Fahrern** einig, daß sie bei großen Markt-Terminen: gern einspringen wird, mit ihnen um drei Uhr oder vier Uhr morgens: aufbrechen, den großen Stand aufbauen, Waren bereit richten, … anbieten und kassieren wird … um abschließend in Teamarbeit: die Zelte wieder, **fein** geordnet, abzubrechen. –

… irgendwer läutet an: ob sie an einem **„Storchen"-Hof**, der Jungbäuerin das Besorgen der großen Wäsche, die Küchenarbeit am Herd und das Melken der Haus-Kuh abnehmen würde. –

… daß tüchtige **Erntehelfer** … ihre vollen Körbe rasch leeren können, fährt sie (Gott steh ihr bei): einen alten „Steyr-Diesel" die Furchen redlich entlang, im ersten Gang; sie wird dafür belohnt mit drei Eimern Kartoffeln und einem frisch geschlachtetem Fleisch-Huhn. –

… sie koffert als **Tupper-Lady**, präsentiert tollsten **Modeschmuck** für **Pierre-Lang** … führt den neusten TIGER vor für **Vorwerk**, aber was hilft's, sie hat null Ehe-Boß, bei dem sie „sozial mitversichert" wäre; zudem zählt „Freies": „später: **nicht** zur Pension!" (??) **Man muß sich fragen, ob solch ein System** nicht **längst: überreif ist für die Tonne. –**

… Über den Winter hin, nur vier Kilometer fern, erfreut sie: der Teilzeit-Job auf der Sprit-**Tankstelle** … auch wenn die Kunden noch so spendierfreudig ihr Trinkgeld springen lassen: vom Fixlohn für 20 Stunden **gibt** es **kein** „Sozialversichertsein". – Während für Leben und Hauswirtschaft für sie: **locker** die Zwanzigstundenwoche ausreicht. –

… fürs Kessel-Feuer sorgsam hüten, beim **Schnaps-Brennen**, bringt sie gut gewogene 10 Kilo bestes Weizenmehl mit nach Haus …

Streit? Streit wohnt nicht in dem kleinen Doppel-Haus; nur klare Vereinbarungen. Und darin sind sie und ihre Kinder: in der Tat das bestbewährte Freundschafts-Team, das man sich wünschen kann. –

Woher … Woher nimmt der Mensch – im Allgemeinen – die Kraft, sich in diesem „System-Konstrukt" zu behaupten? –

Wollen wir uns hier fürs Erste auf alteingebürgerte, weithin bekannte Erkenntnisse und Hinweise stützen:

1. Jesus von Nazareth: „Liebe deinen Nächsten wie dich selbst." (Geh mit deinem Nächsten um: wie auch **du** möchtest von ihm behandelt werden.)

   Wilhelm Reich: (Aus der Beschreibung der diversen Schichten des Bewußtseins):
   „… Schichte 3: Unter ihr leben und wirken
   die natürliche Sexualität, Sozialität, die
   spontane Arbeitsfreude, die Liebesfähigkeit. –
   Sie ist der biologische Kern der menschlichen Struktur:
   Sie ist (zumeist) unbewußt und gefürchtet. –
   Sie widerspricht jedem Zug autoritärer Erziehung und
   Herrschaft. Sie ist gleichzeitig die einzige reale Hoffnung,
   die der Mensch hat, das gesellschaftliche Elend
   einmal zu bewältigen."–

Baruch Spinoza: ETHIK; Fünfter Teil –

A) Aus Lehrsatz 10: „Gleicherweise müssen wir über die Seelenstärke nachdenken, um die Furcht abzulegen. Wir müssen uns nämlich die im Leben vorkommenden Gefahren vorrechnen und öfters vorstellen und überlegen, wie sie durch Geistesgegenwart und Mut – am besten überwunden werden können."

B) – (Ebenfalls aus Lehrsatz 10): „... Affekte, die unserer Natur entgegengesetzt sind, d. h. (nach Lehrsatz 30. Teil, IV), die schlecht sind, sind insofern schlecht, sofern sie den Geist am Erkennen hindern (nach Lehrsatz 27. Teil, IV). – Solange wir also von Affekten, die unserer Natur nicht entgegengesetzt sind, nicht bestürmt werden: solange wird das Vermögen des Geistes, womit er die Dinge zu erkennen strebt (nach Lehrsatz 26. Teil, IV), nicht gehindert ..."

C) – (Vierter Teil, Anhang § 9): Nichts kann mehr mit der Natur eines Dinges übereinstimmen als andere Individuen derselben Art. Daher gibt es für den Menschen nichts, was ihm nützlicher wäre, sein Sein zu erhalten und ein vernünftiges Leben zu genießen – als den Menschen, der von der Vernunft geleitet wird. –

Nach Weisheit und Ethik, ... nun bei Wilrun weiter; doch bitte: kurz im „Rössel-Sprung" vom Schach-Brett, hinein ins Spiel auf „zweiter Spur", denn in „zweiter Spur" ... erledigen sich, ebenfalls durch Zufall, **sehr bemerkenswerte** Dinge ...

Durch **puren** Zufall ... und fern den Rundfunk-Landesstudios, wird die Kultur-Redakteurin Klara

Köttner-Benigni ... auf Wilruns schöne Gedicht-Arbeiten aufmerksam. – Ein Blick zurück:

Klara Köttner-Benigni, die **unvergeßliche** Grande Dame der Kultur-Redaktion, war landesweit in den Neunzehnnachtzigern auch als rührige, aktive Bewahrerin heimischer Kultur-Stätten: berühmt. –

Und der kleine Seitenhieb an Wikipedia muß unbedingt erlaubt sein: WIESO ist, von der damals ... **beeindruckend** schönen Frau (deren Mann zudem gefeierter **Kunst**-Fotograf war!) ... im März 2022 auf Wikipedia kein einziges Porträt-Foto zu finden? – (Ich würde bitten, daß, wer befugt ist: eines der brillanten „Klara-Fotos" von Walter Benigni hineinstellt auf Wikipedia. Dafür im voraus: Vielen Dank.)

... Klara Köttner-Benigni läßt also Wilruns Gedichte bald präsentieren, in Serie, via Rundfunk, teils von ORF-Lady Maria Piffl.

Zudem: Drei Jahre, beim Landes-Highlight „Lyrik-Marathon Eisenstadt", nämlich 1986, 1987, 1988, darf Wilrun (obwohl „**nicht** dem Autorenverband" zugehörig) für ihre kleinen Kunstwerke: wundervoll ehrliche Fan-Blumen in ihre Arme nehmen. – Dieses war die Sonnenseite. –

Kaum weniger merkwürdig ist auch die Schattenseite:

Als nämlich die ums Kultur-Wesen *hochverdiente* Klara Köttner-Benigni (von Jungspritzern des neu im Studiopalast anhopsenden Öffi-Teams kaltschnäuzig, keck abserviert) in Pension geht, endet mit der Veranstaltung 1988 auch der **„Lyrik-Marathon-Eisenstadt".**

... Einmal abgesehen von Schlamperei und Unterschlagung seitens einzelner freier Mitarbeiter der Kultur-Redaktion: Ohnehin war Wilrun vorinformiert durch einen Traum: Mit Jahreswende 1987/88 sei ihr Seelen-Auftrag „Goldstücke schöpfen", als Periode vorzüglich erfüllt, beendet. –

Jemand mit Kontakt zur Wienzeile und Studio Argentinierstraße, stiehlt 1991 das urheberrechtlich, durch Urkunde geschützte Werk **„Ein Engel flog nach Harlem":** *„Die Aufzeichnung der Literatur-Preisvergabe? Auf Sender Radio Niederösterreich? ... dieses Tonband? **Das?** Das?? Das? Das: gibt es leider nicht mehr!")* – Ja **so** was, Freunde. – **Dieses** war die Kehrseite von der **Fan**-Seite. –

Womit es vom Rössel-Sprung ... **nun** munter weitergeht auf der **Haupt-Spur „Erlebte Traum-Praxis".** – ... zu Neujahr 1987 erklärt Wilrun die vor ihr liegenden zwölf Monate zum Zeitraum ihrer „Selbstständig-Werdung" ... Sie kommt mit Präsentations-Schulungen in Kontakt. Ihr bieten sich Bücher an mit *„Positivem Denken"* und *„Bestmöglich Denken".* Sie liest die Anregungen vom Blatt ab, wie eine Maschine: unterstreicht mit Kugelschreiber oder Stift – alles, was ihr als **praktisch** anwendungswürdig erscheint; sie nützt die Freiräume der Buchseiten für persönliche Notizen. – Im Gegensatz zu ihren Brüdern hat **Sophie** seit ihrem Schul-Abgang noch immer keine Lehrstelle; seltsam, seltsam, aber wer weiß, **wozu** es gut sein kann; manches ging einfach „daneben". –

Sophie begleitet Wilrun also von Ort zu Ort … auf ihren Vorführ-Touren als Gebietsvertreterin für Teppich-Staubsauger. – … Nun jedoch hat **Sophie genau** die Alters-Grenze erreicht: ab der auch sie eine „eigene Sozial-Versicherung" benötigt. –

Daher löst sich Wilrun am 13. Jänner des neuen Jahres: einen Gewerbeschein; sehr wohl wissend, daß damit einiges auf sie zurauschen wird …

Dank Gewerbeschein meldet sie Sophie an als Arbeitnehmerin. –

*Kraft-Traum/MANN – HUBERTUS-MANTEL: VERKEHRT – BAUCH-LANDUNG FRÜH ERKENNEN, LEICHTGEMACHT.

Wilrun tritt – offenbar – aus ihrer eigenen Wohnung heraus in ein Stiegenhaus: Für Sekunden stößt sie da zusammen mit einem älteren Mann, dieser hat einen grünen Hubertusmantel völlig verkehrt herum an; das gute Loden-Stück ist also nicht vorne zugeknöpft, sondern auf dem Rücken. – Auf seinem weißhaarigen Wuschelkopf trägt er eine erdbraune Wollmütze. Er steigt, anstatt den Aufzug rechts von ihm zu nutzen (der wäre neben der links-dralligen Stiege frei zugänglich) beschwerlich die Stufen hinunter: in ein *nicht* sehr helles Darunter, hinab. –

ENDE

Ja… ja … ja: Wilrun hat sehr genau verstanden. – Dennoch. Sie und Sophie gehen, kaufen zwei Dampf-Bügeleisen, zahlen eine Bügelmaschine an; zu zweit verfügen sie über vier fleißige Arbeitshände. Sie machen alles selbst: Info-Zettel, Absprachen, Abholen, Auftrag erfüllen, Gebügeltes retournieren … Das **System** allerdings fordert *Pflicht-Abgaben,* stets vierteljährlich, schon für drei Monate voraus; gelinde gesagt, es vermutet: hinter jedem Bügeleisen einen Millionär. –

In der spärlichen Freizeit … notiert Wilrun beharrlich weiter: auf welches Level sie es schaffen will im Leben (nicht zuletzt auch zu Ehren von Barbara). – Viele ihrer Verwandten, … ab und zu ein Weisheitslöffel aus dem Dorf, ebenso ihr Steuerberater, schauen sie argwöhnisch an, von der Seite her. Wen interessiert's: sollen einfach alle schauen, wie sie wollen. – Sie schert sich einen ausgewachsenen Pfifferling darum:

Auf die Jahresmitte zu erweitert sie ihr selbstbezahltes Test-Jahr um einen **weiteren** Gewerbeschein … nämlich darum: Sie möchte in eine neue Welt eindringen, in eine Welt, wo das „positive Denken", von **vielen** Leuten angewendet, zu handfesten Ergebnissen führt; sie ist auf Amway gestoßen, eine Möglichkeit, die alles andere ist als ein „Pflaster für Freibeuter". –

Sie selbst: lernt ungeheuer viel Bereicherndes dazu; gleichzeitig kapiert sie die Wirkung psychologischer Aufbautaktiken. Sie wird Zeugin, wie binnen weniger Wochen die Besten – sich über jedes vorstellbare **Alltags-Maß** hinaus, qualifizieren und damit ihre Traumkarriere starten. – **Diese** Welt von *„Träum nicht dein Leben, lebe deinen*

Traum" ist genau **nicht,** was sie sich wünscht … Aber **Gast-Zuhörer** sein ist doch für sie höchst wertvoll … Unter anderem stößt sie dort auf ein Buch: ein Arbeitsbuch, ein handliches Taschenbuch, vollgestopft mit anregenden Hinweisen; sie werden ihr eine unschätzbare Hilfe, um ihr ferneres Ziel mitten im Auge zu behalten.

Ja, **sie** weiß: daß **alles,** was **ihr** fürs Leben wichtig ist, erreichbar ist. –

… Nebst kostenloser Traum-Beratungen, Haushalt managen, Familie zusammenhalten, Barbara besuchen fahren, nähen, kochen, kurz klimpern am alten Wunsch-Flügel, den Weihnachtsmann „Sebastian" und zwei Helfer ins Haus geschleppt haben; kurz die Zither lieben, … macht sie weitum Haus-Besuche: in Sachen IMAS-Umfrage, für statistische Zwecke …

Der volle Irrsinn: In vielen Haushalten, wo sie ins Gespräch kommt, hört sie durchwegs Klagen … Klagen … Klagen.

Wie lauten die Antworten, die eingetragen werden wollen in die Listen? – Wie lauten hingegen die Antworten, die dem vertraulichen Hinterher folgen?

Und bitte **wen** – interessiert schon: die **Diskrepanz** – zwischen beidem?? – Jedenfalls **träumt** es den meisten Befragten die **höchst**interessanten Dinge. – Tjoo, dann, somit: wenigstens DAS. –

… In der Bankfiliale ihres Ortes hat man ihr Vorauszahlen der Pflicht-Abgaben unterstützt mit großmütigem Verständnis. –

Auch das Universum läßt einen unbedingt gewähren nach freiem Willen: **Kein** Traum hat ihr Tun getadelt oder ihr konkret abgeraten.

Doch endlich, dafür ist sie schlau genug, ist der Bogen ihrer „unternehmerischen Test-Verhältnisse" nun doch angespannt bis knapp zum Reißen: Sie weiß, es wird **fix** nötig, sich spontan ins Zeug zu werfen für klingende Münze. – Bis sie ihr erstes Buch schreiben wird: muß noch ein Ozean von Wassern hinabfließen über die Donau.

Das **neue** Lernen beginnt. –

***

Harte Währung! –

Im Herbst tritt sie wieder in die Fabrik ein, unter neuer Bedingung: entweder gemeinsam mit Sophie oder gar nicht.

… Wechselschichten! – Akkordarbeit am Fließband! – Zweimal im Monat „Sechstagewoche". –

Und gerade dem zum Trotz:

„Huch! – Bin ich heute wieder ausgebrannt!" – „Klinisch tot!!" –

Sie und Sophie sind eben zu Hause angekommen von der Früh-Schicht: Sophie fühlt sich mit ihren neunzehn Jahren um keinen Deut jünger in ihrer Haut als ihre Mutter; energiemäßig, das ginge sich aus: könnten sie **sofort** hundertjähriges Altenjubiläum feiern. –

Und heute ist erst**: Montag**! –

Gleich beim Heimkommen hat Wilrun den schönen Schwung von Dean Martin eingelegt in den Kassettenrekorder. Nach vollbrachter Hausfrauen-Arbeit tauscht sie ihn aus, gegen Songs von Neil Diamond.

… die Lautstärke trifft auch den allerletzten Winkel jeden Wohnraumes. –

Während Sound und Stimme von Dean Martin ihr inneres Licht wieder fühlbar machten, haben die Songs von Neil Diamond es tüchtig aufgemöbelt … auch das Essen für etwa 18 Uhr ist schon einladend vorbereitet, für die Heimkehr der zwei Burschen. –

„Zum Donnerwetter: … Sophie! Ob du endlich **fertig** bist!?“

Hat Wilrun **diesmal** den Neil Diamond übertönt?

Etwas leiser drehen! – Keine Antwort!?? … Also in **Ruhe** gucken. –

Aha, Sophie ist hinten, im Hausgarten:

Umsichtig legt sie die zwei Hunde an die Laufketten … Pruuh, wenn das Mädel nicht wäre, hätten Moses und die Dackelin … heute wieder „sturmfrei durchs Dorf!“ gefeiert …

Nun ist Wilrun gleich damit fertig, sich im Outfit zurechtzumachen auf den Typ der „Erfolgsmenschin“.

Noch bleiben 85 Minuten Zeit, um rechtzeitig aufzukreuzen, vor Wien, an Ort und Stelle. –

Ob sie **das** schaffen, mit dem alten Opel City?

Tadellos sieht Wilrun wieder aus. – Dabei hat sie, noch vor zwölf Minuten, den Kaninchenstall ausgemistet! –

… hinterher hat sie sich kaltes Wasser ins Gesicht getätschelt, damit sie wieder einigermaßen „lebendig" wird – … verliebt betrachtet: traumhaft schön orchestriert in seinem Getöse, bricht der Morgen an in New York …

„Ja, der Neil hat gut singen!" (Gott sei Dank.) –

So wie Sophie und Wilrun hineingekracht kamen in diesen Saal, **das** war nicht damenhaft!

Es hat den Türsteher erschreckt!

Für die beiden ist es aber auch höchste Zeit, denn der einführende Sprecher nähert sich bereits der Tribüne.

… ist da noch, an irgendeinem Tisch … ein Platz zu entdecken, für zwei Ankömmlinge?

Da erspäht Sophie – den christusbärtigen Stephan, Wilruns Cousin: Neben ihm warten zwei leere Sessel – und davor auf dem Tisch je eine Melange! – Wow, wie edel, wirklich Klasse! –

Stephan führt seinen rechten Zeigefinger an seine geschlossenen Lippen: Pscht –

Auch gut! – Nun, wenn man sich nicht zu bedanken braucht!?? –

Sie und Sophie richten sich so lautlos wie möglich ein, so wie jede es, für sich selbst am bequemsten findet.

Über dem breiten Podium flammt der Scheinwerfer auf.

Sapperlot … Jetzt sehen die Gäste den Sprecher von seiner besten Seite: Er erweckt den Eindruck, als wäre er vor wenigen Minuten herausgetreten, aus einem komfortablen Badezimmer.

Auf der Bühne sieht der Mann: relativ groß aus. Er ist auch heute wieder **richtig** elegant in Schale … Sein Grübchen-Lächeln … strahlt einnehmend, wie es die meisten von ihm gewohnt sind.

Vielleicht ist Wilrun heute schon zum letzten Mal hier, inmitten dieser vielen Menschen? –

Hier ist tatsächlich nicht ihre Welt, denn sie hat so gut wie gar nichts zu tun mit dem Philosophieren und mit Schreiben.

Trotzdem elektrisiert sie jedesmal die Grundstimmung, die hier herrscht, unter den Leuten. Hier scheint der einzige erreichbare Ort zu sein, wo man motiviert wird, eigenen Ideen freien Lauf zu gönnen.

… Wenn DAS Sophie jetzt wüßte!

… ihre Mutter hört kaum noch, worüber der Redner spricht. – Aber das tut doch nichts! Wilrun kennt die Folge der Worte – fast schon auswendig. –

Jetzt hört sie wieder:

*„Bitte geben Sie Handzeichen! … wer von Ihnen hat heute morgen ein **Frühstücksei** – in der Hand gehabt!?"*

Wilrun sieht plötzlich ein **solches:** in Zeitlupe … aus dem Scheinwerfer-Licht treten … sieht es auf sich zuschweben, sieht es zum Riesen-Ei werden, das sein Volumen noch fortwährend multipliziert; schon hält es wenige Meter vor ihr an – und seine Transparenz gestattet ihr:

das Geschehen im Saal **wahrzunehmen,** als spiele es in einer völlig stummen Welt; es ist **wahrhaftig** ein „Überraschungsei":

vergleichbar einer Fata Morgana, zeigt sich darinnen ein Abbild,
es rückt näher … noch näher:
dieses uralte Kleinbauernhaus:
wie von Friedrich Gauermann ins Ortsbild gebettet,
wie von Hans Thoma umrahmt,
wie von Franz Defregger eingerichtet …
Wie es weitergeht? –
In **diesem** Haus – wird Wilrun ihr Buch – wohl **nicht** schreiben. -

Wann wird sie es schreiben?

Wann?!?

Nachdem sie diese Vision erlebt hat, werden die Treffen verlegt, in ein neues Gebiet. –

Sophie begleitet Wilrun nicht mehr: Sophie ist nach der Fabrikarbeit fast völlig ausgelaugt … An Kernkraft: einfach zu erschöpft. –

***

*Kraft-Traum/GRAL-RITTER – TESTET die TAUGLICHKEIT – SPIRIT-REIFEPRÜFUNGEN ERKENNEN, LEICHTGEMACHT.

Wilrun steht auf einer fahrbaren Scheibe, vor einem Gral-Ritter: Der Mann begutachtet, was sie denn beizubringen habe, für den … von ihr gedachten Zweck. –

Sie legt ihm einen flachen Koffer vor, öffnet ihn.

Darinnen liegt ein windelweißes Buch, das eskortiert wird von zwei voneinander unterschiedlichen Handfeuerwaffen:

Sie hat diese Dinge nicht in erster Linie zum eigenen Nutzen, sondern zum Einsatz für **andere** bestimmt. –

Wilrun trägt ein naturweißes Untergewand, darüber gegurtet ein lichtblaues Leinentuch, sie führt eine mannshohe Fahne mit sich (mit Wappen darauf) und eine dem Status des Wappens entsprechende Lanze.

Die Scheibe unter ihren Füßen beginnt ruhevoll zu fahren:

Sie rollt an einer riesigen, blaugrauen Tür vorüber. –

Der Blick des Ritters – folgt ihr streng und prüfend … irgend etwas, irgend etwas, irgendwas … scheint ihm gar nicht zu gefallen: an Wilruns Schuhen! (??)

Sie spürt aber zuversichtlich, daß man diesen Nachteil: als **nicht** hinderlich, gelten lassen wird. –

ENDE

Hm, … Ja, vielleicht … hat der nächtliche Traumritter darauf angespielt, daß sie ihre Schreibe noch wesentlich verbessern sollte? –

Aus dieser Überlegung zieht sie die Konsequenz und belegt ein neues Fernstudium; bei derselben Akademie, die sich um die Förderung des Schriftstellernachwuchses abmüht. – Studium „Werbe-Texten". Hochinteressantes Fach, gut zu wissen, … aber es greift nicht bei Wilrun:

… die neuen Studienunterlagen – auferwecken alles, was sie über die Kunst des Schreibens, alle Jahre zuvor, je in sich hineingepaukt hat.

Das verdankt sie – ihren Studienleitern – und nicht zuletzt all jenen Büchern und Literaturwerken: deren Ziehkind sie bisher gewesen ist.

Sie wird nicht aufhören zu lernen. –

In diesem Leben: niemals …

Und immer wieder kriegt sie einen Rippenstoß – von Fabrikarbeiterinnen, Freunden und Bekannten: „Schreib ein Buch!"

„Jemand **müßte** ein Buch (!) darüber schreiben!" –

„Was du zu sagen hast: Darüber sollte es ein **Buch** geben!" …

Oh, Welt und Erde noch einmal!!! Was nützte es ihr denn, zu sagen: „Ich bin ja schon andauernd auf dem **Weg** dazu!", wer nimmt einem denn so eine Vorhersage ab?

Und **bringt** es was: Wenn –? … Nein! – Der Taschenbuchautor Raymond Hull hat völlig recht damit: Projekt-Schweigen ist Gold. –

… und dann **ploppt** am Alpen-Rockerhimmel der Kracher auf, vom mythologischen Kreta: Der Sohn des alten Dädalus, solle das Fliegen, wenn schon nicht **können**, doch wenigstens: versuchen! -Wilrun singt … oder summt oder pfeift dieses Lied bis zur „Vergasung" … „Ja, du Sänger! … Du und deine Frau und eure Mannen, ihr seid ganz dick da – unter der Anzahl derer, die ihre Mitmenschen aufrichten wollen!" – Laßt Wilrun bloß noch Zeit bis zum Sommer! Dann hat sie **drei** Wochen Urlaub vor sich. –

Dann: wird sie ihre Flügel – ausspannen! –

***

„Wilrun" – 2013 – Im eigenen kleinen Haus. –

Wilrun schwimmt auf offenem, ruhigem Meer.

Wolkenloser Frühabendhimmel.

Da und dort sind noch andere Schwimmer im Wasser.

Wilrun kennt sie? – (Alles, scheint's, gute Freunde.)

Zweige schaukeln auf den Wellen: Ölbaumzweige.

… als sie aufschaut gegen den hellblauen Abendhimmel, fällt ihr, von weit links oben herkommend, weit in der Höhe, ein nach rechts anvisierendes Geschwader gleißend greller UFOS auf … sie blinken mit orangegelbem (Landesignal??) … sie formieren sich im Blau zu einer V-Staffel … zügig kommt das Ganze erdwärts, und näher, näher, näher, … sanft lassen die Flugobjekte sich nieder, auf den treibenden Hölzern … Aus den gleißenden Ufos steigen, gekleidet in silbermetallic glänzende Monturen, … die Ufo-Astronauten heraus, bewegen sich wie Erdmenschen:

… da sind es, mit einem Mal … **J o n a t h a n - M ö w e n,** friedfertig zutrauliche Vögel, die sich mitten unter den erfreuten Schwimmern tragen lassen vom sanften Wellengang.

ENDE.

Für den 3. Juli hat Wilrun von „Sebastian" vier Eintritts-
Karten geschenkt bekommen, fürs Konzert mit dem – immer Sonnenschein versprühenden – Sänger Jürgen Marcus. – Paßt wunderbar!

… absonderlicher, kleiner Zufall:

Jürgen Markus, so dröhnt es durch Halle, sei heute leider verhindert „Anstelle von Jürgen Markus, werden Sie
ein Konzert erleben: mit dem **Kometen** unserer -Alpen-
Rock'n'Roller!!". – (Ja bitte … paßt: perfekt.)

Ein brillanter Texter! Ein **hinreißender** Interpret! Eine:
hervorragend Stimmung machende Musiker-Band!

Und eine schöne Frau, mit **gigantischer** Solostimme …

In der **beachtlich** großen Vortragshalle (das reicht ja
wohl, nur knapp, fürs Tour-Retour-Flugticket von Jürgen Marcus): sitzen, **gut** geschätzte, ganze **hundert** Kon-
zert-Besucher. –

Gratuliere! Gratuliere! … Da drüber lacht ja wohl die
ganze Halle. –

***

Zwischen Tag und Nacht liegt in den drei Wochen Fe-
rienzeit für Wilrun der Unterschied darin: ob sie hinten
im sonnigen Kleingarten sitzt, hinter ihrer „Triumph-
Matura"… oder beim intimen Schein der Stubenlampe.

Um zehn Stunden mit der Schriftstellerarbeit zu verbringen, braucht sie anschließend vier Stunden erholsamen Schlaf … Sie hat sich ausgerechnet, daß sie nur unter dieser Bedingung das Projekt in seiner Ur-Form – bis zum Ende der Urlaubsfrist fertigstellen kann.

… als sie Mitte August wieder die Arbeit aufnimmt in der Fabrik, liegt die Erstarbeit fix und fertig vor, auf ihrem Schreibtisch. –

Nun beginnt das Ausmustern, ordnen nach Themen, und das Sätze-Verbessern. –

***

*BASIS-KERNKRAFT: PASST GUT/FALL-SCHIRM-ABSPRUNG-VERÄNDERUNGS-KRAFT ERKENNEN, LEICHTGEMACHT.

Die übrige Fabrik-Mannschaft fürchtet sich vor dem Sprung aus der Maschine; Wilrun hat allen gut zugeredet. – Dann geht's los. Alle sind dermaßen zaghaft, daß sie selbst als Letzte abspringt aus der Luke.

Sie sind im Fliegen zusammengekommen und haben einander an den Händen gefaßt: exakte Boden-Landung im vorgezeichneten Kreis. –

ENDE

***

Nun! Doktor Sigmund Freud!

... wie gefällt Ihnen der Tippfehler: „in der Fabrik" – Achtung! – „**tötig** sein"! – „Tötig!" war das Wort ... **klingt** doch **echt**!?

Auf drei Viertel der Fabrik-Arbeiterinnen trifft es jedenfalls zu.

Man hat es in den Grundschulen – niemandem, niemandem, auch nur im Kleinsten nahegebracht, was es bedeutet, die eigene Sprechweise: zu **verantworten**!! –

Die gängigsten Autosuggestionen im Fabrikarbeitermilieu verfehlen selten ihre Wirkung. – Von **zehn** Personen, die an einem Band zusammenarbeiten, nur drei Fälle, kurz herausgepickt:

Lotte: „Das ist heute wieder eine Arbeitseinteilung! Da muß (!) ... man ja Magengeschwüre kriegen, ob man will oder nicht!" –

Doris: „Von **dieser** Hetzjagd geht einem ja die Galle über!" –

Anna: „Mensch! Ich sag's euch ... Ist **das** ein Radau hier! Mir wird davon das Hirn noch zerplatzen!" –

Nach sechs Arbeitsmonaten erklärt der Arzt:

„Schmerzen – ohne feststellbare, lokale Ursache!!" –

Weitere fünf Monate vergehen, bis es heraus ist:

Lotte, 26 Jahre alt, leidet an Magenkrämpfen, an realen Geschwüren.

Doris, 20 Jahre alt, muß sich einer Gallenoperation unterziehen. –

Anna, 50 Jahre alt, **mitten** unter der Arbeitswoche – wird zu Hause zusammengesunken aufgefunden. Sie ist tot. Ursache: Gehirnblutung. –

Diese Vorkommnisse tragen sich zu, **trotzdem** Wilrun bei jeder Gelegenheit dafür eintritt:

„Seid **gut** zu euch selber! – Seid **gut** zueinander!"

Sie nimmt alle ihre Herz-Kraft-Reserven aus – um vorzuleben, was sie anzubringen sucht, mit Worten. Es entgeht ihr nicht, daß sie selbst … oft ganz kräftig: für sich selbst, **daneben**tappt. –

WIE kann es sein: daß Leute für Leute einen Weg diktieren, den sie selbst noch **nie** gegangen sind?

Magie der Industrie? – Mag sein. – Aber **nicht** vom Standpunkt jener Menschen gesehen, die durch sie zu **Arbeitstieren** degradiert sind!

… zu Organismen, denen man zumißt: täglich siebeneinhalb Stunden unablässig – Hochdruckarbeit manueller Art zu leisten!

Und alle sieben Tage: den biologischen Zeitplan der inneren Uhr herumzureißen! –

Geistiges **Er**leben? – Seelisches **Er**leben? –

Nicht einmal Brosamen! – Diese Kräfte fallen hochkant, in das „Out".

Auch Wilrun wird von Körperschmerzen überrumpelt, bevor sie sich dagegen wappnen kann. – Ihr Vorsatz und ihr Einstiegs-Deal bleiben aufrecht: **Ein** Jahr lang wird hier durchgehalten: Es ist zu spannend, an Augen abzulesen, wie es den Menschen innerlich ergeht.

Ihr eigenes Leiden – führt zur ärztlichen Bestätigung: „Abwehr!" –

Die Aussage des Fachkundigen ist sogar … **erheblich** deutlicher: „… aus den Unterlagen über KZ-Insassinnen (!!!) sind ähnliche Sachverhalte bekannt geworden!", bei ihr, bei Wilrun, sei der „Sachverhalt" vermutlich in Anlehnung daran – erklärbar.

Frage: Wollen wir … **gegen** die Schutzeinrichtungen der Natur: Arzneien mißbrauchen? Wollen wir so … miteinander umgehen?

Wie lange noch? – Mit **welchem** Resultat? –

Sie selbst hat **ihren** persönlichen Schlußpunkt bereits fixiert.

Andere Menschen werden **gleichfalls** persönliche Entscheidungen treffen und schließlich erkennen, daß **sie selbst**: festgelegt haben, „was geht" – und was als „unmöglich" zu gelten hat. –

Vor allem liegt der **Magie**-Hase **genau** hier im Pfeffer:

Wie hoch muß bei so extremer Kernkraft-Ausbeutung: die Bezahlung sein **pro** Stunde eines Menschenlebens … Plus Eigenzeit-Verlust durch Anwesenheit, plus erbrachter Leistungs-Stückzahl. –

***

Besuch bei Barbara.

Wilrun erschrickt: Barbara steht wartend, heraußen am Terrazzo, im Etagen-Korridor.

Barbaras Teint sieht aus: wie gepudert mit heller Holzasche.

Ihr Haar ist unfrisiert … (Ja wie denn dieses?)

Und was ist los mit Barbaras rechtem Arm?

Wie leblos hängt der Arm lose herab: aus dem rechten Armloch ihrer Kleiderschürze.

Wilrun muß erkennen: auch Barbaras rechter Fuß – will einfach nicht gehen … Barbara bedient sich seiner – gewissermaßen als „Standbein", sie schleift es im Fortbewegen … einfach nach!

Als erstes macht Wilrun sich heran an Barbaras Haarpracht; sie bürstet und flechtet das lange hellgraue Haar, steckt es zurecht zu einer gefälligen Schnecke. –

Barbara hat Zutrauen und rückt mit der Sprache heraus. –

Aha, Wilrun versteht. –

Eine simple Rede-Wendung … Doch im Anfang: waren eben der Gedanke und das Wort; mit dem Tod der von ihr liebwert geschätzten Betreuerin: hat Barbara „ihre rechte Hand verloren." –

Hm, … sie überlegt:

Wenn Barbara es … also **von sich aus (!)** … schafft, ihre Lähmungserscheinungen abzuschütteln! … **Dann** kriegt sie von mir einen dicken Strauß rosaroter Rosen! – (Rosa ist in Sachen Blumen **unschlagbarer** Favorit von Barbara.)

Sie muntert Barbara auf:

„Über **deine** Hand, über deinen Fuß bestimmst nur **du: allein. – Glaubst** du mir das??"

Barbara versucht, ihr bei dieser Ansicht beizupflichten.

Wilrun lobt Barbara für dieses Wollen. –

„Und es ist auch **wahr**, was ich dir sage: **So lange! …** hast du dich so tapfer gehalten! – Stolz bin ich auf dich! – Und ausgerechnet **jetzt** hast du keinen Grund schlappzumachen:

Endlich bin ich dabei, genau das zu vollbringen, was mir schon jahrelang am Herzen liegt! – Du wolltest doch immer mein Bestes!?"

Wilrun hat für Barbara sechs Briefumschläge voradressiert, an ihre eigene Adresse, und hat die Kuverts vorsorglich frankiert: „Solltest du den Kugelschreiber bis übermorgen noch immer nicht halten können, dann schick mir einen leeren Umschlag zu: Ich weiß dann, wie es dir geht! –

Ich schreibe dir jeden Montag, genau wie immer! Ich komme **bald** wieder zu dir! – Spätestens in vier Wochen!" –

… zum Wochenende, am Freitag, trifft bei Wilrun ein Briefumschlag ein: **mit** Inhalt! … geschrieben von Barbara … **sehr** schlechte Schrift, Barbara hat offensichtlich: immens mit sich gerungen.

Mit jeder Woche erholen sich ihre Schriftzüge … werden von Brief zu Brief, erst ein wenig, dann erheblich, besser …

Nach vier Wochen … hat Barbara sich den schönsten Rosenstrauß ihres Lebens **wahrhaftig** verdient: **sie** – SELBST –!

***

Antwort von Verlag „A" … Antwort von Verl… Antwort von V… Antwort … Über die Rückmeldungen ist Wilrun nicht erschüttert. Die Zeitungen melden:

In diesem Jahr sind … eine **rauhe** (!) Menge Bücher in die Welt ausgelaufen. – Es wird ihr ganz sicher noch gezeigt werden, welcher Weg ihr offensteht. – (… dieses Jahr: Erste Anzeichen von Flüggewerden stellen sich ein:

erst Michael, dann Sophie, dann Ruben: … wie die jungen reifen Vögel werden sie bald ausfliegen vom gemeinsamen Zuhaus' …)

Die einzige wirkliche Freude in jenen Wochen kommt ihr zu durch ein paar Zeilen; ein **großer** Schriftsteller hat sie ihr zugeschickt; ein überragend Durchblick-begnadeter Autor; ein Name, der aller Welt ein Begriff ist. – Sie erhält sein Schreiben, vier Tage vor ihrem runden vierzigsten, schönen Geburtstag; das wird er tatsächlich: Denn hier hat ein **Mensch** sich die Mühe gemacht, ihr etwas zu schenken von seiner begrenzten, kostbaren Schaffenszeit; jemand, der **ganz** sicher „bis zum Halse in Arbeit" steckt. – Innigen Dank.

Seltsam:

Was alles mußte sich ereignen, damit ein Literaturwerk daraus werden kann, mit einem Umfang, von nur wenigen Seiten …

Womöglich hat Wilrun erfaßt, daß seit geraumer Zeit eine Mehrheit von Menschen aufgewachsen ist, die zu ihrer persönlichen Freiheit – **nicht** angewiesen ist aufs Unglück und die Unfreiheit der anderen.

War denn für sie bisher die Welt nicht eine Art **Großfamilie**: innerhalb der ihr bisher **jede** menschenmögliche Unterstützung zugute gekommen war? – Beinahe wie einst: in **Groß-Tatarien**, wovon ganze **Berge** antiquarischer Bücher getreue Kunde überliefern … Und wie es, langjährig erforscht von Raik Garve, der Aufklärer mit 20 Zeilen auf den Punkt bringt: *G-T*. –

Ein Land, das auf **alten Weltkarten** aufscheint. Es hatte weltweiten Einfluß; es umfaßte Nord- und Südamerika, Zentraleuropa, größtenteils Rußland, China, Japan, Indien, Korea sowie Australien und Neuseeland. Die Bewohner des Reiches wurden jeweils von ihrer **eigenen** Führung mittels Naturrechtes geleitet; wobei **Wahrheit und Integrität:** zur Sicherheitswahrung aller, das **Wesentliche** waren.

Fragt man nach dem **Kernland** Groß-Tatariens: War es geographisch in etwa das Gebiet der uns heute noch geläufigen „Sowjet-Union" – So waren etwa **die Tataren, Hunnen, Mongolen, Weden, Hyporeer, Skyten, Kelten, Vender, (Indo-)Germanen, Arier, Slawen, Italiker, Etrusker, Römer, Hellenen** etc.: **keine getrennten** Kulturen oder Völker ... sondern lediglich: unterschiedliche Bezeichnungen für Vertreter **dieser wedischen Hochkultur.** Und sie hat auf der **ganzen** Welt über **sehr lange Zeiträume** existiert. – Noch einmal: „Die Russen sind schuld an allem!" – Und insofern **stimmt** es: Das Austarierende, wo die Existenz **aller** Völker friedvoll nebeneinander normal war, jedes individuell seine eigene Kultur lebte, stand unter Schirmherrschaft der global vernetzten, tatarisch-wedrussischen Hochkultur. – Punkt.

Nun, liebe Erde ... wenn man **da** drüber meditiert, so kommt auch **dieses** nicht von nichts. Der Erdling Wilrun wachte auf, nachdem im **TRAUM: ein Cloud-Kollegium** ihr es um die Ohren gehauen hatte:

„**In Zeit-Geschichte: eine Fünf!!**" ... OMG, warum denn Esel-Note (**!!**)? Ein „**Nicht genügend**" (**???**) – Oha: **Wie** sollte **das** ... sich reimen: auf ihre „Geschichte/,sehr gut"" … in Ihren staatlichen Hauptschulzeugnissen?? **Da** mußte **mächtig** wo … der Hund begraben sein. –

Davon abgesehen: Für Wilrun jedenfalls war die Welt zumeist eine Art Großfamilie. – Und: Standen ihr nicht in **jedem entscheidenden** Lebensmoment die **großartigsten** Kräfte zur Seite?

Was hatte sich da alles abgespielt? –

Kann sein, es klingt auch jetzt – noch eines der Kapitel leise nach … ein bißchen wie Musik. –

Diese war es also, die erwartet hatte, auf „Notenblätter" deutlich aufgenommen zu werden. **Diese** war es:

eine Art von Ur-Musik, die ätherisch klingt und schwingt, auf für Menschen unhörbaren Frequenzen und im Flusse **aller urkern-positiven** Ströme unserer Tage. –

Was wird noch kommen?

… Laut Traum-Abfolge, so scheint es, dürfte sie bald an einem **Nachschlag-Werk** arbeiten. Bestimmt wird es die Bedürfnisse ihrer Mitmenschen erfüllen in Sachen: **„Träume: selber richtig deuten …"**

Nun aber bitte, bitte: **Woher** soll sie denn wissen, daß das Buch *Wilrun* gewissermaßen tatsächlich eine **Ouvertüre** darstellt?? –

Die Zeit der kleinen Goldstück-Werke ist erfüllt.

Das Nivea-blaue Buch sucht bloß noch seinen Herausgeber. –

Von **weiterem** Auftrag, durch Traum-Hinweise, ein Dutzend Novellen zu schreiben, ist sie zur Zeit noch völlig unbefleckt. –

Etwas Genaues weiß ein Erdling schon im voraus leider nie …

Nun denn, … um so rabiater **sorgt** im speziellen Fall ein **Riesen-Anschiß** für Ordnung, die Hand und Fuß hat. Ein rabiater **Riesen-Anschiß**? – (Ignorieren bitte: keinesfalls persönlich nehmen.)

… Mannomann, was hatte sie denn, … **schon** wieder, verbrochen? –

Ja bitte bloß die Ruhe, wegen rabiat. – Ihr war passiert, was schließlich **jeden** Erdling einmal trifft: Man dreht die Wasserleitung auf und steht … dann volle Tube „auf dem Schlauch." – Kurzum: Sie hatte verabsäumt, den ihr erteilten Auftrag zu erfassen (nicht **bloß halb!!**), sondern: **gefälligst im vollen Umfang!!** – Und „rabiat", das meint auf höflich:

Sie möge, **in** ihr windelweißes *Wilrun*-Manuskript, die wichtigsten **Kraft-Träume** aufnehmen: **(Und zwar: schleunigst!)**

… es setzt also … **weltmeisterlich, brisanten** Stunk. –

Das lebendige Finale dieser kleinen Ouvertüre setzt ein, mit der Kernfrage:

WELCHE Größenordnung herrscht im uns verbindenden All-Einen, daß es gewillt ist: uns Menschen derart ... unvorstellbar zärtlich ... zu lieben, wie gleich folgt ...

***

„Hallo, Kinder!" trompetet Wilrun frohgemut durchs Doppelhaus. „Wir pfeifen jetzt auf alles andere, **jetzt** werden bei uns die **Advent-Wochen** gehalten, so wie **alle** Jahre üblich!"

... sodann **badet** sie geradezu in einem Lied, in einer Stimme, die voll Scharm und eigenartigem Schmelz zu interpretieren versteht; vielleicht erinnern sich viele noch an die Stimme von Ivo Robić:

„... *glaub daran* ..."

Der Duft von geriebenem Anis, von Schokolade mit dazu, und das Aroma von heißen Walnüssen: Die dritte Partie von Keksen nimmt goldgelbe Farbe an;

„... *und dann wirst du seh'n: alle Wünsche, die ein Mensch träumen kann,* ..."

Noch einmal wird ein Backblech belegt, mit blassen Teiglingen;

„... *Glaube nur* ***fest*** *daran! Dann wirst du versteh'n* ..."

Die Backhitze wird ausgeschaltet, ein Keks zerkracht, in einem sprechenden Mund:

„Mutter, könntest du mich nach Eisenstadt fahren: Ich möchte meinem Bruder ein Trainings-Buch besorgen, für Fortgeschrittene, in OP, in der ‚Bücherstube' … war dafür nichts Rechtes aufzutreiben."

„Okay, Ruben! Dann: fahren wir **gleich** los?"

… Er findet auch in **dieser** Buchhandlung nicht, was er dem Karate-Trainer, seinem Bruder, unter die Fichtenzweige legen will.

Wilrun steht daneben wie eine Gipsfigur; sie sucht überhaupt nicht.

Sie wird von einem Buchtitel regelrecht angefallen: Der Seller von Jane Roberts knallt ihr von oben, vom Regal, **mitten** vor die Füße. – Ja so was: Schönes, marmoriert weißes Buch …

Magnet … Magnetismus? – Ja, ohne Spaß: Ihr war mit Büchern doch schon einiges passiert. Aber mitten vor die Füße??? – **Das** war **neu**. –

Sie bittet Ruben, ihr die Kaufsumme auszulegen; das Buch mit dem vielversprechenden Titel nimmt sie mit nach Haus.

Was wird es ihr sagen? – Marmoriert weiß, zarte Goldprägung. –

Verbirgt sich dahinter vielleicht ein Flop?

Mit wenigen Seiten vorerst, für diesen Abend, bestätigt diese Liebes-Bombe aus Elmira: Für das Buch „*Wilrun*" ist die Zeit gekommen. –

… Ruben strahlt schelmisch lachend herein zur nächtlichen Stubentür und warnt: „Hoi! Der alte Klimperkasten wird dir noch zusammenbrechen! Du spielst ja **schon** wieder: diese Hymne!" –

„Oh ja, Ruben!" strahlt sie zurück, „Und heute erst recht: als „Dankeschön!" –

Es tönt: „Gute Nacht! Gute Nacht! Gute Nacht! – Schlaf gut!! …" Und im Haus geht alles zur Ruhe. –

Einfach schön. – So schön … so schön. –

Ehrlich: Wer rechnet, … mit solcher Stimmung gesegnet, bei Nacht mit einem Riesen-Anschiß …?

TOWER MIT RUND-SPRUCH, ERKENNEN LEICHTGEMACHT: DURCHSAGEN … SPRACHPOLIZEI … ERGEBNIS-INFO …

Was? Ein **lauter** Rundfunk-Aufruf … da, im Land der Träume!?

„*… die blonde Dame … die am (Datum) von rechts … von einem weißen **LKW** … an ihrem Wagen gerammt wurde, möge sich um 4:05 Uhr auf der Autobahnstelle (genauer Hinweis) einfinden! – Sie weiß genau: wer gemeint ist!!*" – Eine erschrockene Arbeitskollegin ruft ihr entgeistert zu:

„Das ist der **Kerl:** dem du das **Kind** (!) angedreht hast!" –

Wie bitte??? WAS soll sie getan haben!?

Schon ist sie in ihrem blauen PKW zügig unterwegs, … trifft bereits ein, an Ort und Stelle, wo sie erwartet wird, von unterschiedlich uniformierten Polizisten … und von einem Mann; der aussieht wie der Weltmeister im Judo: **genau** wie Seisenbacher!

Sie kurbelt auf der Lenkerseite die Scheibe herunter. –

Der Weltmeister stürzt heran an ihre Autotür und herrscht sie mit zornergrimmter Miene und vor Wut schnaubend an:

„Du nimmst gefälligst den toten Zwilling wieder mit!!"

Wilrun kennt sich null aus. Null …Sie denkt: „Dieser Typ, *spinnt* doch hochgradig!" – Wortlos … wendet sie ihren Wagen und fährt heim.

… sie **kommt** in ihre Küche herein: Es ist alles genau gleich wie bei ihr in der Küche, lediglich die Eingangstür der Küche sieht aus, wie es dazumal jene ihrer Großmutter gewesen ist: dieselben Scheiben der Innentür, dieselbe Holztür außen; der äußere Türeingang steht offenbar … flügelweit offen: ländliches Tageslicht flutet freundlich durch die Türfenster bis herein zum Herd, wo sie vorhat zu schaffen; stattdessen, vom freundlichen Lichteinfall angezogen, nähert sie sich der Innentür und schaut durch die Gläser: nach unten zum Boden; auf dem breiten Holztritt liegt ein großer Säugling: gelocktes Haar, nackt, füllt die **gesamte** Rahmenbreite aus! Sie denkt: „**Dieses** Kind ist gut genährt! Es sieht aber tatsächlich aus wie eine Leiche …Doch ICH bin mir **ganz** sicher: **Dieses** Kind – **lebt!**"

… als sei das Wort „**lebt!**", ausrufend gedacht, das Impuls gebende gewesen, bewegt das Geschöpf seinen Kopf … und ein ganz klein Wenig seinen rechten Arm. –

Wilrun trägt es herein, in die Küche … mit einem hell-koralle farbigen Badetuch wärmt und frottiert sie seinen Körper; da steht es auf: ein schönes, vom Gebaren tadel-loses, jünglinghaft aussehendes Kind, trotz seiner Gesamt-größe von nur etwa einem Meter;

seine klaren Worte an Wilrun:

„DER ZWILLING IST JETZT EINS:
ich bin hier!" –

6 JEDER TRAUM IST IHR MENTOR –

ERSTAUNLICHE ERKENNTNISSE UND ÜBERRASCHENDE FAKTEN

Glückwunsch! Liebe Leser:

nun haben Sie auch die Lektion mit den Praxis-Feldern vom „Buch Wilrun" erfolgreich durch; ich denke: ab heute kann Ihnen niemand mehr die Bärenleiche aufbinden „Träume sind Schäume".

Auch bringt es Ihnen null: Bären-Gläubigen dagegen zu reden. Tun Sie das nicht. Denn bedenken Sie bitte: solche schwingen auf einer **völlig** anderen Frequenz als Sie: da kommt von **Ihren** Worten, höchstens „Bahnhof, Bahnhof, Bahnhof" rüber; der Zug fährt leer durch.- Am besten Sie wechseln sofort das Thema, zielen ab auf ein Hobby Ihres Gegenübers, und wie schön: wenn es zwischenmenschlich plötzlich stimmt.- Möge zudem die Lektion von „Dädalus und Ikarus", Ihre Herzkraft und Ihre Kernkraft pflegen und stärken.-

Ein vielgebuchter REIKI-Heiler, mit dem ich einmal über *Schlechte Träume" sprechen durfte, erklärte mir unter anderem: „Eigentlich ist jeder Traum Ihr Mentor…" Seinen, an und für sich gesunden, Klienten lege er nahe, dieses „Ab und zu schlecht träumen" als Geschenk zu nehmen, als *Konditions- und Krafttraining: Zum Schutz des Wesenskerns…* –

Damit hatte der Mann mir wahrlich aus der Seele gesprochen, und ich habe es sehr genossen: Ausgerechnet ein REIKI-Meister bestätigte mir, was ich innerlich längst wußte und Ratsuchenden übermittelt hatte.

Dazu, mein Ansatz, Ihr Traumnotizbuch führen, leichtgemacht: Wenn Sie ohnehin ziemlich gesundheitsbewußt leben, brauchen Sie *Schweißtreibende Energietrainingsträume* nicht notieren. Ein stilles „Danke" für die Information lohnt sich immer, und wohl erst recht, wenn es Ihnen in bedrohlichem Szenarium gelungen ist, selbstschützend zu agieren. Und damit, gut. – Allerdings gibt es fleißige Notizbuchführer, die solchen Traum als Selbsttest sehen, und notieren Datum und den Titel.

Kontemplativ lesen –
Wesentliches haarscharf erfassen

Einige Zeit bevor für Ungarn der eiserne Vorhang fiel und für Berlin die Mauer, war in Österreich das Traumaufkommen eine Wucht. Kaum ein Hof, ein Haus, wo da niemand die Traumbotschaft empfangen hatte. – Mir blieb die Frage: Sind „kollektive Träume" pur telepathischer Natur? Und WENN JA: Warum empfing **jede** Traumantenne zwar dieselbe Information, bloß in unterschiedlichsten „Gleichnissen"? Nämlich in solchen, die bloß ihr Inhaber selbst sofort für richtig kapierte? Soviel zur Natur der **kollektiven** Träume, denn solche tauchen häufig auf.

Bei Träumen **für Glück und Gedeihen in Privatleben und Beruf,** mein Tip: Zum Notieren geben Sie bitte einem Buch in Format A4, liniert, Minimum 100 Blatt den Vorzug: Dieses Format ist am beliebtesten, weil genial praktisch, wenn es ans kontemplative Lesen geht. – Bei Eintragungen gehen Sie sicher nach der *7-Kraftraum-Methode*:

*KERNKRAFT-ANZEIGER und HERZKRAFT-ANZEIGEN
*LEHRER und LEBENSSCHULE
*SPIRITUELLE REIFEGRAD-ANZEIGER
*ANTWORT, UM DIE SIE IHR HÖHERES SELBST GEBETEN HABEN
*WURZEL-TRÄUME und FAMILIE-BETREFFENDES
*HEILKUNDE-TIPS VOM „INNEREN ARZT"
*LIEBLINGS-HAUSTIER: AM VERHUNGERN (??) –
Holla! Überlegen Sie, welches Lebensthema Sie aufgreifen und „nähren" möchten. –

∗ ∗ ∗

Das, liebe Traum-Interessierte, waren im Überblick die sieben glückbringenden *Kraftraum-Arten*. Diese sollten Sie, wenn möglich zeitnah, in Ihr Buch eintragen: <u>Diese wollen **kontemplativ** gelesen werden.</u>

Wenn es Ihnen also – immer mehr – bewußt gelingt zu leben, im Sinne von „säen und ernten": wirken Sie ganz sicher mit, die Erde zum Wohlleben zu bringen, wie von der Schöpferkraft vorherbestimmt. Daher empfehlen Sie bitte dieses Praxis-Buch gerne weiter.

Ich danke Ihnen -
I.-B. Hoffmann

∗ ∗ ∗

F I N

Meine persönlichen Kraft – Traum – Stichwort – Notizen

_____

_____

_____

_____

_____

_____

_____

_____

_____

_____

_____

_____

Wilrun – „Das Kind der hunderttausend Bücher"

ERLEBTE TRAUM-PRAXIS

Beim Deuten kostbarer Träume passieren zumeist **grobe** Fehler, oft nur weil wichtige Parameter **komplett** außer außer acht gelassen werden. –

Darum, liebe Oft- und und Selten-Träumer, entdecken Sie heute: **DIE FÜNF TRESOR-SCHLÜSSEL, UM FIT ZU SEIN, IN EIGENER SACHE:**

Das Buch „*Wilrun*" (Seelen-Name) eröffnet Ihnen mit 21 Musterträumen eine solide Guide-Line durch volle vierzig Jahre, wo Sie sich zuverlässig orientieren können. – Traumnotiz-Einsteiger gewinnen dadurch maximalen Einblick ins Wesentliche und werden diesen Input nicht mehr missen wollen. Während erfahrene Traum-Kenner ihr Wissen um vierzig Jahre praktizierte Nutzer-Erfahrungen vertiefen können. – Auch wird es supereinfach, Ihre kostbaren Träume zu nützen in schwieriger Zeit: Herzkraft-Signale? Kernkraft-Anzeiger? Waren Sie vorzeiten schon mal inkarniert?

Ihre Träume selber richtig deuten, leichtgemacht.

Hoffmann Ingrid-Barbarina, Geburtsjahr 1948, wuchs auf als *Kind der guten Bücher*. Die dreifache Mutter betreibt praktische Traumforschung, seit mehr als 60 Jahren. – Ihre Ausbildung, sowohl für kaufmännische als auch für wirtschaftliche Berufe, ermöglichte ihr in Wien und im Burgenland den Einstieg in allerlei Brotberufe. Ab 1997 war sie in der Privatwirtschaft erfolgreich als Vorsorge-Beraterin unterwegs im Außendienst. –

Immer im Fokus das Wesentliche, ist ihre größte Herzensangelegenheit: DER MENSCH. – Unter dem Seelen-Namen **WILRUN** erstellte sie 1988 das „windelweiße" Buch, das unbedingt geschrieben werden wollte.

Erstmals 2004 herausgegeben vom novum verlag, hat die Autorin es 2015 vom Markt genommen. –

Mit der Ausgabe 2022 erschließt sich Ihnen der Panzer-Tresor ihrer Träume, mit **fünf** paßgenauen (Foto Nr. 10) Schlüsseln. – Durch den tiefen Einblick in die werterfüllende Natur Ihrer Träume formen Sie aus Ihrem Dasein: was Sie froh und echt zufrieden macht.

Die Autorin

 Ingrid-Barbarina Hoffmann, vorm.
Hauptmann, Geburtsjahr 1948,
wuchs auf als „Kind der guten
Bücher". Die dreifache Mutter
betreibt Traumforschung seit über
60 Jahren. Ihre Ausbildung sowohl
für kaufmännische als auch für
wirtschaftliche Berufe ermöglichte ihr
in Wien und im Burgenland den Einstieg in allerlei
Brotberufe; ab 1997 war sie in der Privatwirtschaft
als Vorsorge-Beraterin erfolgreich: Neukunden
gewinnen im Außendienst. – Immer im Fokus das
Wesentliche, ist ihre größte Herzensangelegenheit:
DER MENSCH.
1988 erstellte sie unter dem Seelen-Namen
WILRUN das Buch, das unbedingt geschrieben
werden wollte. Erstmals 2004 herausgegeben
im novum Verlag, ist es jetzt wieder erhältlich:
das Original, lediglich erweitert um den Zugang
Sachkunde/Kraft-Träume.

Der Verlag

> *Wer aufhört*
> *besser zu werden,*
> *hat aufgehört*
> *gut zu sein!*

Basierend auf diesem Motto ist es dem novum Verlag
ein Anliegen, neue Manuskripte aufzuspüren, zu ver-
öffentlichen und deren Autoren langfristig zu fördern.
Mittlerweile gilt der 1997 gegründete und mehrfach
prämierte Verlag als Spezialist für Neuautoren in
Deutschland, Österreich und der Schweiz.

**Für jedes neue Manuskript wird innerhalb
weniger Wochen eine kostenfreie, unverbind-
liche Lektorats-Prüfung erstellt.**

Weitere Informationen zum Verlag und
seinen Büchern finden Sie im Internet unter:

w w w . n o v u m v e r l a g . c o m